U0607885

稻田的等鸟

钱国丹 著

中国当代名家

精品 必读散文

读这些文字，你不会上当也不觉吃亏。

细细品味这本集子，就像欣赏那些袅袅升起的炊烟，

它们美丽了田园，也美丽了我们的心境。

知识出版社

图书在版编目（CIP）数据

稻田的等鸟/钱国丹著. —北京：知识出版社，
2016.3

（中国当代名家精品必读散文）

ISBN 978 - 7 - 5015 - 8985 - 2

Ⅰ.①稻… Ⅱ.①钱… Ⅲ.①散文集—中国—当代

Ⅳ.①I267

中国版本图书馆 CIP 数据核字（2016）第 040825 号

策　　划：刘　嘉
策划编辑：马　强
责任编辑：张　磬
责任印制：李宝丰
封面设计：君阅书装

知识出版社出版发行
地　　址　北京市西城区阜成门北大街 17 号
邮政编码　100037
电　　话　010 - 88390732
网　　址　http：//www. ecph. com. cn
印　刷　厂　金世嘉元（唐山）印务有限公司
开　　本　1/16
印　　张　12
字　　数　180 千
印　　次　2016 年 3 月第 1 版　2024 年 9 月第 3 次印刷

ISBN 978 - 7 - 5015 - 8985 - 2　定价：48.00 元

稲田的等鸟
daotian de dengniao

雪 天

　　故乡很少下雪，可我八九岁那年的一个冬夜，却下了一场大雪。一觉醒来，天地万物皆白，让我觉得陌生与惊奇。

　　母亲正在给小弟喂奶，她指着刚刚剥下来的压雪芥菜，叫我去河边洗。兄弟姐妹中我是老大，此类的苦差事当然非我莫属。

　　望着变成白鳗般的小路，再望望自己脚上薄薄的布底鞋，我面露难色。那时候我们家很穷，全家人都没有一双雨鞋。

　　父亲开始翻箱倒柜，终于，他找出一双他结婚时穿的棕红色的大皮鞋，给我套上。

　　我小小的脚在父亲大大的皮鞋里游移，大皮鞋像两只小船载着我在雪海里颠簸滑行。皑皑白雪，棕红色的皮鞋，碧绿的芥菜，鲜艳亮丽得很，而我却满心的孤寂凄凉，觉得自己简直就是安徒生笔下那个卖火柴的女孩。

　　大皮鞋塑出一个个深刻的雪窝窝，雪窝窝连接成一条巨大的链条，将我牵引到村外的河边。那是个缺水的"燥冬"，原本宽阔的河面已经浅得只剩下河中心的一道沟沟了。

　　我艰难地走下了因积雪而变得臃肿的河埠。站在最后一个石级上，对着仍旧遥远的河水发呆。下面是倾斜得十分厉害的河床，河床上七歪八斜着因河埠坍塌而留下的棱棱石块。以我那苍蝇套绿豆壳似的大皮鞋小脚板，是无论如何都无法跨越这个障碍的。

　　可芥菜是不能不洗的。我咬了咬牙，毅然甩掉皮鞋，扒掉纱袜，光着脚丫，小心地踩着那些一步三摇带雪的石块。走下那段河床，把冻得生疼的双脚赶紧浸泡到河水里。河水是温暖友好的，我愉快地洗完了芥菜，一手挎了菜篮，一手提着皮鞋，赤脚踏雪回家。

雪在我的光脚下喊喊嚓嚓、叽叽喳喳，一会儿，它们变成了千千万万的钢针，朝我双脚刺来。脚很疼，疼得我直想哭，可是哭是要哭给人看的，四下里白茫茫的连只鸟儿都没有！于是我收了泪，跳跃着因疼痛而变得麻木的双脚，快速回家。

爸妈一见我沾满雪花的赤脚，就嚷嚷说冻坏了冻坏了。我放纵了自己的泪水，让它们泉涌而出。爸爸赶忙舀了半盆温水，把我那可怜的小脚板按到盆里。他蹲在我的前面，抱着我洗净的脚板又搓又揉，说这样活血，不长冻疮。直搓得我的脚板和心里都暖洋洋的。

我的脚从此就没有生过冻疮，从来没生过。

父母在，再贫穷也是富足的——从那以后，我常常这样想。如今，我的父母依然健康精神，父亲还一直工作着。就这点来说，我简直是个福人了。

童年的灯

童年第一盏灯，是家乡那种油灯。这种灯家家户户都有，一根可供手提的小木柱上雕有龙凤，中间有一个杯口大的铁圈，一个小小的生铁灯盏就坐在上面。灯盏里的油是菜油，后来我在书上多次看到"豆油灯"字样，但我们家乡不产黄豆只产油菜。

灯油里并排卧着两根灯芯，这是种洁白的、非常轻的灯草芯。它们像一对并头双宿的小龙，恩恩爱爱地卧在油里。灯芯燃久了，会结出黑黑的灯花，姑妈就用手把它们捻去——那时候总是姑妈陪我们睡觉。

用菜油灯读书写字，眼睛很累。灯火赢弱，我们脱衣时带起的风，都可能把它吹灭。那搁在铁圈上的灯盏也太悬，一不小心就被碰歪，老鼠闹架也能将它打翻，弄得到处油迹斑斑。姑妈会念许多佛经，别人会编童谣，我姑妈能编"童经"，一首《老鼠经》我至今记忆犹新：老鼠经，老鼠经，老鼠日夜没良心，菜油偷了当茶喝，馒头偷了当点心，咬坏樟树佛，打翻琉璃灯——那时候我不懂什么叫"琉璃灯"，心想总是佛前一种比较高级的灯罢了。

以后的日子，我们家耗不起油了，油灯里的灯草就被剔去一根，再后来，我们连吃的油也没有了。早出晚归，一家人都学会了摸索，小小的灯盏成了个涸池，一任灰尘渐积渐厚。

在黑暗里摸索需要足够的耐心和小心，可我的弟弟偏偏是个急性子。有一回他放牛暮归，匆匆穿过灶间时一脚踢在了搁在地上的大锅上，锋利的锅沿在他的腿脊上啃出个大口子，鲜血淌了一地。因为得不到治疗，那伤口溃烂了好久好久才慢慢收口。

后来我们跟母亲住进了小学校。小学里点的是美孚灯。这东西是舶来品，燃油同样是舶来的煤油。煤油盛在一个大肚子灯座里，灯座有马口铁的，也有玻璃的，上面紧旋着一个化火口，像一扇门似的关死了灯座，于是就没了洒油的烦恼。化火口衔一根扁扁的纱织灯芯，一个小小的旋钮能调节灯芯的高低和灯火大小。化火口上还有4只朝上的脚，卡住一个葫芦形的、高高的玻璃灯罩。

美孚灯比菜油灯亮堂多了。但一晚的点燃，玻璃灯罩会出现一层黑黑的油烟，于是擦拭灯罩就成了老师们的必修课。

这是个完全小学，有10多位老师。一张大大的长桌，老师们团团围着集体办公，我和另外两个教师子女就挤在老师们中间写作业。晚饭后，比较勤劳的老师就开始擦拭灯罩，但罩口太小，大人们只能伸进几个指头，指头多长，他们就只能擦多深，再往里就够不着了，而那两个孩子虽然不比我大，可是他们的手怎么也伸不进灯罩，于是擦拭灯罩就成了我的专利。

我往灯罩里哈一口气，塞进一团废旧的毛边纸，然后我的手就像一条鳗鱼一样滑进灯罩，抓住这团纸，自由自在地在里面游走。就这样，我把一个个灯罩都擦得通体透亮。因为这，我在教师办公室里"揩油"到小学毕业，才不至于像别的孩子一样遭人嫌讨、白眼。

稻田的等鸟
daotian de dengniao

那一年的暑假，我们县兴办民办中学，父亲被请去做招生工作。当时他被打入农村已六七年了，对于这份来之不易的工作，他是如何的诚惶诚恐，如何的兢兢业业啊。一个酷热的日子，我去县城看望父亲，当时他正在礼堂里忙碌着什么，他指了指不远处的一个房间示意我到里面去，门上没锁，我一推就进去了。

那是间非常寒酸的斗室，两块木板拼起来的小床，一张粗糙的三屉桌上，孤零零地立着一盏美孚灯。

那时候我总是很饿很馋，我进屋的第一个念头就是想找点吃的。我去拉桌屉子，粗劣的屉子根本拉不动，我猛一使劲，美孚灯倒了，发出可怕的声响。我慌忙把它扶了起来，发现灯罩的下口破了，一块眼镜片大的玻璃仰躺在桌子上，幸灾乐祸地朝我摇头晃脑。我吓蒙了，少时的我每弄坏一件东西都吓得要命。我急急忙忙地把那个破了的灯罩放回灯座，可是它就像个无赖，身子一歪又躺了下来，我费了九牛二虎之力，终于把那缺口拼接好，忐忑不安地等待着父亲的惩罚。

父亲回到了他的寝室，还没碰桌子呢，灯罩就又滑下来了。我吓得心都要蹦出来了。父亲捡起灯罩看看，却没有大发雷霆——通常在这种状况下，父亲是会大发雷霆的。可是父亲连一点点怀疑我的意思也没有，只是说，可能是哪个学生来过，不小心弄破了。

接下去父亲带我去吃午饭。我因为心怀鬼胎，一顿饭竟不知吃的是什么。饭后，我蔫头蔫脑地在父亲的床上坐了一会儿，自觉没趣就要回家。12岁的我早已熟悉回家的路，何况父亲忙得不亦乐乎，所以就放心地让我独自回家。我难受得要命。我不知是因为我的谎言，还是因为父亲的过分仁慈，抑或是犯了错而没有得到应有的惩罚？我抹着眼泪到了码头，号啕大哭的欲望非常强烈，可是我知道在大庭广众面前哭泣是很丢人的，于是强咬住嘴唇。我希望父亲发现真相，从而赶过来，把我狠狠地揍一顿，至少也臭骂我一通，我心里才会好受些。

可是父亲没有来，我只好上了小火轮，轮船里很挤，前后左右都是人。我拼命地忍着，可胸腔里有一种东西直冲上来，我费力地把它们压下去，这一冲一压，我觉得我快要噎死了。终于，泪水澎湃而出，哭声却压抑幽喑。轮船不温不火地开着，我满脑子都是那盏倒霉的美孚灯，满脑子都是父亲毫无疑虑的脸。又担心他这么忙，今晚该拿什么照明呢？

长长的拖轮一路像是在忏悔，30里的路程哼哼了3个小时，我也足足哭了3个小时，我不知道我的泪水为什么这样充沛，它们渍红了我的眼睛，泡肿了我的脸庞。我不住地抹，抹得脸都疼了。旁边的乘客不解地望着我，有人说，这孩子怎么了？是谁在逼她出门呢？又有好心人劝我：你不想走就别走了，这么哭伤身子啊。

暑假结束时，做完招生工作的父亲又被遣返回家了。许多年以后我才知道，那是因为政治形势骤紧的缘故；可当时的我却以为，都是我把那盏灯给打破了啊。

父亲的信箱

儿时家里好像并没有信箱。农村穷教书匠的父母，本就没有多少人际交往，偶尔有封把亲戚或学生的信件，邮递员在大门口一喊，我们便飞快地跑了去，乐颠颠地接过来交给父亲。

后来，父亲订了几份报刊，于是他就用马粪纸做了个信箱，挂在二门上（我家的大门永远是开着的），一副摇摇欲坠的样子。

我离开了乡下的家踏进了县立中学，没几天就给父母写了第一封信。当时还未满12岁的我，对校园里一排竖着的竹竿儿产生了浓烈的兴趣。体育老师对爬竿的规定是：女生3米，男生5米，否则这一项成绩不予通过。

可是我那麻秆似的胳膊不行，无法完成"引体向上"的光荣使命；最要命的是我的脚弓太深，双脚板贴在一起，里面的穹窿还可以藏个小兔子，根本"抱"不住那打滑的竿子。后来我放弃

了"抱"，而采取了"夹"。我撑开我的大脚趾和二脚趾，就这么让两个脚趾夹着竹竿，在双手的引导下，一路扶摇直上，不但爬到了竹竿顶端，还横跨了固定竹竿的顶横杠，从最远处的一根竹竿上哧溜溜地滑了下来。

这件事让我兴奋不已，于是我给爸妈写了生平的第一封信。多少年后，父母的同事、舅舅、姨妈们还老提这封淘气透顶的信，我没有想到那张皱巴巴的、从练习本上扯下来的、错别字肯定不少的纸条，会给大人们带来欢乐和记忆。

长大远嫁后，正赶上"文化大革命"。本人"出身不好"，时时刻刻不忘"夹着尾巴做人"，写信变得慎之又慎起来，怕被人抓着"资产阶级"的辫子挨批判游斗，更怕那些漫天飞舞的"反革命"帽子降到头上。每每到了非向家里请安不可的时候，首先在信纸上端写着："敬祝毛主席万寿无疆"，或"凡是反动的东西你不打他就不倒"云云。信写好了，再三检查，有一点点"危险信号"的，都删去重来。那些战战兢兢的信，并不一定能到达父亲的信箱里，任何一个革命群众都有权把它拆读，或者把它们当作攻击我们家的锐利武器。

那时候，信箱是个奢侈品，也是个定时炸弹。

三中全会后，父亲平了反，他才给自己钉了个木板信箱，堂而皇之地挂在大门口。那一段时间，我写信比较勤快，憋了太多的话要说，让人高兴的事也不少：先生调入新单位，自己发表了小说，大儿子登台演奏二胡，小儿子诗朗诵得了第一名，都一一向老人家汇报。当然，人活得并不总是轻松，失败和曲折还时时伴随着我们。只是我们都成熟了，再也无权把不愉快转嫁给年迈的双亲。终于有一天，我觉得自己光报喜不报忧也挺没意思的，渐渐地，便冷落了父亲的信箱。

有一回，爸妈在我家小住几天，我发现父亲总是心神不宁。我问到底是怎么了？他说：

"信箱，家里的信箱要装不下了。"

我问他信箱里到底有什么宝贝，他如数家珍：一份浙江日报，一份报刊文摘，一份《杂文》选刊，还有三份音乐期刊。

是的，父亲的信箱够丰满的了，可是我隐隐地觉得，他还在企盼着什么。

老家装上了电话后，我便彻底地搁了写信的笔，有事，一个电话过去，便捷又清楚。说话间，却发现自己老了，早已失却了在双亲面前那种"娇语呢喃"的状态，总不过是例行公事般的"我们都好都好"，"你们保重保重"。

前年的春节回娘家时，我发现老屋的后门上又增加了个信箱，扁扁的，较精致。我问："爸，怎么又弄了个?"父亲看了看后窗，说："邮递员有时爱从这条路上走，我怕他不愿走前门，而把信件在后门外乱扔。"

我的心咯噔了一下。

母亲发话了："你怎么都不写信了?"

我看了看父亲，父亲的脸色恬淡而平静，可不知为什么，我觉得最应该问我这话的当是父亲。于是我说："有事都打电话了，不一样吗?"

"不一样。"母亲认真地说。

"怎么不一样?"

"电话打过了就没了，什么也没留下来。一封信，可以反反复复地读，10遍，20遍地读；自己读了亲戚读，朋友们读了邻居们读，还有来看我的学生们……"

我这才意识到自己犯了错误。我的两位教师父母，他们不图子女们什么，从来都不曾图过什么。如果一定说有所图，那也不过是儿女自身的健康、平安、快乐和事业有成；我们的喜悦就是他们的喜悦，我们的悲伤就是他们的悲伤，因为我们是他们身上掉下来的肉啊。

我当时下定决心，回家后一定得给父亲的信箱里充填点内容。可红尘滚滚，杂务烦冗，最容易忽略的常常就是最疼你的人，最可以怠慢的也就是你的生身父母；因为无论你怎么待他们，他们都不会怪罪你、不会记恨你、更不会背地里给你使绊子的啊。

我必须要给父母写封信了。可是我早已用上了电脑，拿笔已

变得十分别扭了。总不能从打印机里给他们拉一张哗哗作响的纸片出来吧！再说，习惯了电子邮件的来往，到邮局里寄信也变成个麻烦事了。于是心想，父亲有个电子信箱就好了，那我就可以天天给他发 Email 了。

可是这对于 82 岁高龄的父亲，显然是不可能的了。

父亲的信箱将一如既往地被我冷落着。

栽种快乐

母亲送她最小的外孙女上学后，就坚持要回乡下的老家。小妹和妹夫问她为什么，她说：我要接触"地气"。那一年，母亲刚好 80 岁。

母亲的娘家和夫家都穷，从来请不起保姆。母亲这辈子到底带过多少孩子？恐怕很难算得清楚。首先是我外婆小时候缠脚把脚给缠残废了，成人后又得了严重的胃病。母亲在娘家是老大，下面的 6 个舅舅就归她带了；到我爸家之后，又陆续有了我们 7 个姐弟妹；轮到她做奶奶外婆了，每个孕妇都是她送进产房的，每个婴儿都是她"接"到这个世界来的；而产妇的月子，都是她亲手侍候的；再接着，我们兄弟姐妹要去学习或身体不好什么的，就把孩子往她那儿一扔，放心大胆地走人了。

而且母亲退休前还一直是模范教师，对一些有病的、没爹没妈的学生，母亲付出更多，甚至常常把他们带回家来。三年困难时期，我们自己常常吃糠咽菜，母亲却坚持给一位有严重胃病的学生送白米饭，一天一碗，一送就是三年。

现在，母亲完成了带第三代的任务，她和老爸要叶落归根和大地亲密接触。小妹两口子阻挡不了。

老屋前后有一大一小的菜园子，因为父母离家多年，就有点儿"兔从狗窦入，雉在梁上飞"的荒凉。父母一齐动手，砍去蓬蒿，扯掉野藤，堵塞鼠穴，补起墙洞，把屋前屋后收拾得光光亮亮。

看着这么好的园子，老爸老妈的心里和双手都痒痒的，不栽种点什么显然是对不住园子的。接着他们就垒泥坎、扎篱笆、松土、施肥、下籽、栽秧，忙活了三四天，一畦畦齐整的土地上，全都种上了五花八门的蔬菜。

爸妈干什么都很出色，种菜当然也不在话下。季节一到，收获颇丰，老两口哪里吃得了？于是就召唤邻居们来拔菜摘豆。虽然如此，由于蔬菜太多，又不会去卖，那些菜们不免有"芳龄已过，还待字闺中"的遭遇。

有一个元旦我准备回娘家。儿子从小和外公外婆亲，一听说去乐清，一个个争先恐后的。一进老家大门，几畦青翠欲滴、却高已过膝的菠菜扑面而来；芋艿们也不甘寂寞，一个个把毛茸茸的"脑袋"拱出地面。我说："老爸老妈呀，种得太多了，不累吗？"妈说："累什么，种着高兴啊。"

中午拔了那高高的菠菜，切作几截，烧吃了，竟然嫩得入口就化，比市场上买的鲜美多了。我正奇怪呢，父亲说，这是真正的绿色食品，没施化肥、没打农药、没有浸水、更没有什么添加剂，味道当然好。儿子更是热情高涨，割草般地割了一大捆菠菜，又挖了几窝芋艿，放在车子后备厢里要带回台州。

父母种的丝瓜更是出奇的好，长长的、碧绿的身子，黄灿灿的花，风吹过去，摇曳出一棚的诗情画意来。丝瓜怕老，两位老人总是适时就摘，然后给前屋后院、左邻右舍们送去，收获了一片赞美和笑声。

也有乐极生悲的时候。有一回，母亲摘了丝瓜，给一个最喜欢吃这东西的、而腿脚又不利索的老人送去。经过黄杨厂门口，被一条大狼狗冲了个仰面朝天，当即昏死过去。住院抢救了半个多月才苏醒过来。那几天，父亲再三叮嘱我们，一定要保守秘密，千万别让那老人知道。他说，不就是图个大家快乐吗？我们一说出去，岂不给人添了心理负担？

今年国庆，我又率领孩子们去了柳市老家。丝瓜真多啊，前

院后院，墙里墙外，楼上楼下，到处是顶着嫩黄花儿的小精灵。我的孙子孙女们仰着小脑袋，欢呼雀跃地数着满棚的碧玉瓜儿，喊着太公太婆摘瓜。83 岁的太公身手敏捷，他一会儿踩在长凳上，一会儿登在竹梯上，一会儿什么也不借助，只要一个轻松的弹跳，那高悬的丝瓜就已在他的手中了。

父母虽然健康，但毕竟是耄耋老人了，由于他们一生的付出，如今的儿辈和孙辈都特别孝顺，就连 6 个舅舅和舅妈，对我父母也是尊重有加；还有学生们、邻里们，那种感情、那种尊敬是发自肺腑的，是装不出来的。这真是种瓜得瓜，种豆得豆；父母亲一辈子栽种快乐，收获的当然是幸福和温馨了。

纤　绳

弟弟打电话来，说母亲一跤摔了个脑震荡，休克了半个月都不曾苏醒，医生说很可能会变成植物人。

我的心一点儿一点儿地往下沉。我明明知道，再好强、再健康、再叱咤风云的人物，也斗不过岁月悠悠和造化捉弄，何况我的平民母亲？

母亲是个极有主见、极有权威的人，舅舅、姨妈们都听她的，更别说我们做子女的了。她年轻时很美，却丝毫没有美人的种种毛病。她的能干，她的刻苦，方圆百里有口皆碑，如今她年过八旬，又是种菜又是栽花，把家里收拾得纤尘不染。这一次，她就是给邻居送菜去的路上，被一条狼狗冲了个仰面朝天的。

车子向着故乡疾驶，车厢里横冲直撞着的是和我心境极不协调的《纤夫的爱》。我并不挑剔流行歌曲，唯独觉得这首歌的歌词有点儿轻佻，有点儿肉麻。对着哥哥"一步一叩首，泪水在我心里流"的词儿，我老想说：小妹妹你还干坐在船头上做什么？你怎么能坐得住啊？赶快下船和男人一块儿背纤去啊。

　　我一直以为，婚姻就是一根纤绳，把夫妻二人拴在一起。或者说它一头拴在"当家的"身上，一头拖着的是"家庭"这只船，虽然也有"荡悠悠"的风光，但更多的却是责任，是"背纤"的负重。随着子女的出生，负荷的增大，这条船将越来越沉重，如果再遭遇风浪，背纤的艰辛就可想而知了。

　　传统的中国家庭，都是男人背的纤。

　　我的父亲是音乐教师。他天赋极好，填词作曲、吹拉弹唱都行，只是被穷乡僻壤给淹没了。父亲当年还是热血青年，抗日救亡啊，解放战争啊，他用音乐来冲锋陷阵，奔波在白色恐怖的敌后，那些年，母亲总是提心吊胆，一家人过着聚少离多的日子。

　　最温馨的记忆，要算我5岁那年的春天。刚刚代表人民政府接收柳市小学的父亲，踩着那架咕哒咕哒的风琴，教我唱"解放区的天是明朗的天"。父亲的狂喜感染了我，我虽然不大明白歌的意思，但这并不妨碍我唱得如醉如痴、如癫如狂，母亲则在一旁，很幸福地看着。那情那景就成了我这辈子永远的甜蜜。可谁又能料想得到，余音绕梁词犹新，父亲就被打成"反革命"关进了大牢。那一年，他还不满29岁。

　　父亲的纤绳戛然而断，我们这个9口之家顿时就樯折舵裂。母亲没有哭泣，没有躺下，更没有听人劝说另抱琵琶去嫁什么前途无量的新郎。她义无反顾地拾起那根断了的纤绳，用女人柔弱的肩，背起沉重的船，开始了艰苦跋涉。她脱了鞋袜，下到水田里，插秧割稻，车水挑粪，什么都干。稻叶把她的肌肤锯出多少几何图形，蚂蟥们喝了她多少鲜血，烈日晒脱了她几层皮，我心里都清清楚楚。

　　母亲付出了所有，换回的粮食却填不满一家的辘辘饥肠。家里本来就没有积蓄，为了不让我们饿死，母亲就开始卖家具。橱柜，八仙桌，琴凳，谷仓，最后，两张木床都让人给搬了去，一家人就挤在吱吱作响的几块破板上。

　　一年之后，仅读过初中一年的母亲又谋得个初级小学代课教师职务，后来还让她转了正。漫长的31年，母亲一边当她的"反革命家属"，一边做她的优秀模范教师，这是怎么一个矛盾的

统一体啊。母亲所付出的，岂止是平常人付出的3倍4倍？

父亲出狱后，再也不能恢复工作。他承包了一应家务，包括给弟弟喂奶，洗尿布。当然，他也下田干活，干得几乎和真正的农民一样好。别人家都是严父慈母，我家恰恰相反，是严母慈父。严峻的生活，使得母亲不苟言笑，我从来没有听到母亲哼过一句歌；是她五音不全？还是没有心情？我不得而知。

漫长的31年，忍辱负重的31年，经常揭不开锅的31年，冻僵的手拿不住笔和筷子的31年啊！我的无怨无悔、相濡以沫的父母啊！

有一件事我至死都不会忘记。因为缴不起学费，奶奶说让我别读书了。母亲斩钉截铁地说：读，我就是讨饭也要让他们读书！

父亲平反那年已经60岁，办完了平反手续立即办退休手续。感谢上苍，受了这么多磨难的父亲依然身体健康，精神极好。父母亲的真正生活，是从60岁才开始的。从此，他们相依相伴，不再分离。工作着是美丽的，父亲无端被剥夺工作31年，他希望能在他的有生之年给补回来。而学校，总是乐意返聘我兢兢业业又不计较报酬的父亲。从此，校园里总是飘扬着我父亲嘹亮的歌声。父亲乐此不疲地干到80岁，在我们子女的强烈抗议下才鸣金收兵。

彻底退休后，父亲仍然爱好音乐不止，在他的身边，总是麇集了众多的爱唱歌的老头老太，父亲自制了一个硕大无朋的歌本，抄在上面的字一个个足有酒盅那么大，为的是让老眼昏花的朋友们能一目了然。他买了架电子琴，叮叮咚咚地弹奏着幸福的春天。

接着，他们搬回了老家的旧房。我每一次回家，都被屋前屋后的鲜花和瓜果蔬菜所包围。我们跳跃性很大地唠着家常，母亲倾其所有地弄菜弄饭。酒足饭饱之后，我们父女的歌咏开始。一曲《为了谁》，我们爷儿俩唱得回肠荡气，而母亲则在一旁满足地看着。她不开口，母亲怕羞呢。

可是现在，母亲躺在医院的病床上。她双目紧闭，知觉全无，浑身上下插满了管子。她显得那么苍老，那么衰弱，几茎枯槁的白发在人们带起的气流中微微颤动。

床边不缺人。子孙、亲戚、友人、学生，走了一拨，又来一拨，使得单人病房像过节似的热闹，医生和护士都被感动了，对我父母网开一面。寸步不离守候着母亲的是我的父亲。父亲非常镇静，非常安宁，那是种大彻大悟的宁静。他哼着歌，一曲又一曲。我知道，母亲如果永远睡着，父亲将重新背起纤绳，牵着母亲双双走向永恒。

父亲一边抚着母亲那只皮下瘀血的胳膊，一边贴近她的耳边，呼唤着：阿莲，醒醒，丹儿来了。

母亲没有反应。

弟弟说，父亲已经呼唤了半个月了，母亲仍旧浑浑噩噩。父亲不气馁，他说，阿莲，我们唱歌。

他独自哼了起来，一曲又一曲。

我忽然觉得，纤绳已变成一根拔河的绳子，站在这一边的是我的父亲，而那一边的却是威力无边的死神。

我在医院里，无奈无望地待了几天。那天下午，阳光明媚。父亲看着母亲平静的呼吸，对我们几个姐弟妹说：没事，你们的妈会醒过来的——别耽误你们的事儿，都回去吧！

外面突然鼓乐大作，原来是医院墙外的一对年轻人在举行婚礼，喇叭，唢呐，张扬着疯狂的《纤夫的爱》。父亲对母亲说：阿莲，唱，我们也唱《纤夫的爱》。墙外的音乐如火如荼，爸爸兴奋地唱着：妹妹你坐船头，哥哥在岸上走！……

妈妈的手指一动，又一动，然后，那胳膊便伸出了被窝，跟着音乐的节奏，缓缓摆动。她的嘴也开始翕动，幅度极小，没有声音，父亲将耳朵贴近了母亲的口唇，听着，听着，他的身子一挺，道：醒了，你妈她醒过来了，她在唱歌呢。接着，父亲的音量逐渐放大：恩恩爱爱纤绳荡悠悠……

这场拔河比赛，父亲赢了。

两位耄耋老人，两颗白发苍苍的脑袋，他们唱着，把一首轻佻的歌，唱出生死悲壮，唱出地久天长。

妈妈娘

"妈妈娘"是个称谓，这个称谓是我妹妹的创举。在母亲最后的日子里，妹妹仿佛灵感一来，就开始这么称呼了，带点拖音，带点撒娇。我觉得这个叫法很新鲜，很贴切，亲情浓浓，韵味十足。

可是我一直没能喊得出口。少小时，我就非常羡慕妹妹，她能使严厉的母亲变得慈蔼，让阴云密布的脸色变得和霁，可是我不能。都说一些人是"记吃不记打"，可我偏偏"记打不记吃"。小时候挨过母亲几次打，至今还记忆犹新。

母亲气我打我是因为我"一点儿也不像她"，用《红楼梦》的说法，我当是个"不肖种种"。我的确不是个乖孩子，10 岁之前，我特别贪玩。没任何玩具，我同样能玩出"高水平"。我能爬到柑园那 2 米多高的围墙上，旁若无人地走来走去，嘴里还叼着根从墙头拔下的狗尾巴草；玩腻了就不顾死活地往下跳，"平安着陆"的时候居多，把自己摔得青一块紫一块的也时有发生；还有一项"运动"是上房玩耍，没有梯子，我能沿着门挡，蹭蹭蹭地上一间废旧老楼，然后从摇摇欲坠的楼窗向外，再顺着斜檐转到正房顶上，我在屋顶上潇洒地散步，可怜的瓦片被我踩得卡嘣卡嘣响；再就是在学校里不好好听课，不是说悄悄话就是往同学背上贴纸条儿。凡此种种，母亲一经知道，一顿好打就在所难免了。母亲打我的理由有下面几点：一，小孩不打不成人，棍棒底下出"好"子；二，恨铁不成钢。母亲为人严谨，她总是把一切事情都做得尽善尽美，可是我永远也达不到那高标准、严要求；第三，擒贼先擒王。我家姐弟妹 7 人，我是老大，打我能达到杀鸡儆猴的效果。还有一点可能是最重要的：我父亲含冤受屈30 多年，母亲所受的政治压力和经济压力太重了，贫贱夫妻百事哀，贫贱家庭的孩子哪有好果子吃的？

挨打的时候，我害怕、伤心，有时也恼怒。但我不哭，也不跑，更不讨饶。后来也见过母亲打弟妹的，弟弟哇的一声嚎开了，立即撒腿往外跑，妈追不上，也就作罢；妹妹认错快，且哭得凄楚，妈的手也就软了。可只有我不知进退，死死地钉在原地，硬硬地挺着，一边还悲壮地想：就不跑，就不讨饶，让你把我打死算了。

现在想来，大人打自己的孩子，也需找个台阶下来，像我这脾气，母亲常常是越打越生气，到最后她自己也累坏了，气急败坏地甩甩疼痛的手骂道：你这死人骨头怎么就这样硬啊！每当这时候，我觉得泪水就要澎湃而出，但我拼命地把它们憋住，常常憋得喘不过气来，有一回觉得自己快要噎死了。

20岁那年，我远嫁台州，母亲留给我的印象，还是威严有余，慈爱不足。有文章写到母亲时，爱发点牢骚，爱讥讽她几句。可是，娘家却是我的大后方，在那里我可以得到最无私、最有力的支持。我回娘家的日子不多，如果回了，肯定是什么事需要娘家帮忙了。母亲是公办教师，可她总能抽出时间把一切做好。我每次生产、坐月子都是在娘家，至今我想起我先生没有为3个儿子的出世听过一声惨叫、担过一点儿心、送过一次水、递过一块尿布就愤愤不平。那一阵母亲被贬到偏僻的农村小学教书，为了给我烧吃的，她每晚都黑灯瞎火地往回赶，有一次在跳过一条水渠时，摔得鲜血淋漓，那两条腿上的瘀斑，很久很久都没退。还有一次，我得了严重的胃溃疡兼胃下垂久治不愈，母亲到处打听偏方，按那个很怪的程序找药煎药，整整侍候了我一个暑假。还有还有，我常常把孩子养得面黄肌瘦了，就把他们往外婆那里一扔，几个月后，领回的准是个白白胖胖又长大了许多的宝贝。

母亲为我付出了很多，可是我并没有觉得她伟大。她一如既往地严峻着，没有写在脸上的温存，更没有那种让我很甜蜜、很女儿的感觉。不懂事抑或是自私的我就是不能像妹妹一样跟她很亲近起来。

母亲也常常叹息：子女多了，一条肠子牵挂东，一条肠子牵挂西。当时我并不能体会她的心情，只觉得"牵肠挂肚"这个词儿原来是这样诠释的。

我以为自己很忙，回娘家总是来也匆匆，去也匆匆。母亲见面的第一句话就是：你这次回家准备住几天？当我说出不能久待时，她就不满地唠叨说："爆火种，又是爆火种！"火种，就是烧饭时从灶洞里爆出的火星，稍纵即灭。

有一晚，母亲和我抵足而眠。半夜里我醒来，发现母亲正在给我揉搓腿脚。我问怎么啦？她说，你的腿有病，你睡得不踏实。真是知女莫若母，我真的有关节炎，睡梦中常常酸得一踢一蹬的。我有所触动了，长到这么大，这可是第一次有人给我揉摩伤痛啊。

80岁那年，母亲摔了一大跤，半个月知觉全无，醒来之后就有点儿轻微的老年痴呆症。我感激这个痴呆症，因为它使母亲放松了。从来害臊唱歌的她，居然跟着老爸学会了一首首的新歌；从来不"贪玩"的她，居然同意老爸置办乒乓桌，老两口欢欢喜喜地打起乒乓来。去年春节弟弟家新屋落成，母亲坐在一条圆形塑料凳上，非要拉我坐在她的膝上。她一定是惦记着我写过"母亲的膝头，总是让一个又一个小弟小妹们占了，从来没有我的份"的句子了，想在有生之年给我一个补偿。

可是我不敢坐，一是母亲一大把年纪，被我坐坏了怎么办？二是我这么个大人，还做小女儿状坐在她膝头算什么事呢？可是她坚持着，非常固执地坚持着。我只得偎了过去，把背给她，踮着脚，小心翼翼地在那衰老的膝头沾了沾。

去年10月11日，弟妹们给我打电话，说医生断言，妈活不过两个月了。泪水慢慢地盈满了我的眼，这怎么可能呢？国庆长假，她还给我们一家人做这做那的，我们临走时，她还洗了好多的家养鸡蛋，煮熟了让我的孩子们带走。

我急急地踏上了回娘家的路。病床上的妈，已经消瘦了许多，见了我第一句话是：这一回打算住多久？别又爆火种啊！我说我不爆火种了，非住得你烦我不可。那一天，母亲的精神显得挺好，几天未下地的她，居然让我搀着，从医院的后门出去，绕了一大圈，然后从医院的前门进来。我还带她上街吃了次火锅，她的胃口还不错。弟妹们偷偷地说：奇哉怪哉，怎么你一来，老妈就像个健康人似的？

可我只待了4天就回家了。几天之后，弟弟打电话说，妈几天没吃东西了，她完全垮了，连我们都认不出了。我心里发酸，匆匆忙忙地赶了去，见妈瘦得脱了形，眼神似乎都散了。我俯下身，把脸儿给了她，问：我是谁？妈定睛看了看，双眼突然一亮，口齿清楚地说：你是我大囡，你是钱国丹。弟妹们又说奇了怪了，你好像带了仙丹妙药来，妈又清醒了。那一天，我给妈喂吃的，一包芝麻糊三五口就喂了下去。

住满一个月的院，母亲坚决要回家。我们想，拔了输液管妈肯定完了，可妈非闹着出院不可。还是爸理解她，说医院太嘈杂，妈需要和亲人待在一起。回家后，弟妹们轮流围在她身边，累了，顺势在她身边躺下，常常里一个外一个的。

我最后一次赶回家，是被告之妈马上要咽气了。我来到床旁，母亲瘦得是真正的皮包骨了，她的双眼全凹进去了。弟妹们喊：妈妈娘，大姐来了。母亲睁开了干涩的眼睛，伸出如槁之手，在我的脸上抚过来抚过去，最后停在我的右眼上，嘴里在嗫嚅着什么，可是我听不清楚。忽然，她提高了声音，用沙哑的嗓子费力地说："你这只眼睛不好，不要、在电脑前坐太久……"怕我这个在外地待久了的女儿听不懂，她居然用普通话重复一遍；而她是从来羞于在我们面前说普通话的啊！

这是我记事以来，母亲第一次抚摸我。我禁不住泪如雨下。

弟妹们说：你是神仙，妈妈娘见了你就来精神。看来又能坚持十天半月的了。

当天我接到台州的一个电话，非要我回去不可，我又一次"爆了火种"。临别的时候，我想喊一声妈妈娘，可还是喊不出口。

回台州的第二天中午，母亲走了。临终时，我的弟弟妹妹弟媳妹夫和他们的孩子们都在，床旁独缺我这个"不肖种种"。

母亲的发卡

母亲的发卡极普通，2 毫米宽的钢丝拗过来，正面稍长，有波纹；背面却是平直的，浑身黑色。

母亲剪的齐耳短发，她的发式是 80 年一贯制（据说她 5 岁以前是扎辫子的）。三七偏分，"头路"在左边。左边这三分头发，母亲用两枚钢丝发卡把它们拢在左耳后；右边的头发太丰厚，母亲先把其中的一半梳向脑后，用两枚发夹在头顶处将它们定位，再将余下的头发向右耳梳去，又用两枚发卡压住。

所以母亲需要 6 枚发卡。当年这种发卡是 1 分钱 1 枚。还有一种更细又没有波纹的，就是 1 分钱两枚了。可 1 分两枚的质量太差，动不动掉漆不算，没用几次，就像臭了的蛏子那样张着嘴，再也合不拢了。

在母亲 30～60 岁的那段时间，因为父亲的冤案，家里穷得连这样的发卡也用不起了。

现在，不少女子以披散头发作飘逸美，她们常常让秀发遮住半个脸，显得更有情调和神秘；可我母亲那个年代，只有疯子和最懒的婆娘才会做"披头野仙"状，所以，没有发卡对于母亲来说是很恐惶的事。8 岁那年我翻遍了屋子每一个角落，终于找到了 4 个空墨水瓶，给母亲换回了 4 枚发卡。

可是，家里再也找不出墨水瓶了。所以，母亲常常面临披头散发的威胁。这对于失业在家的父亲，是怎样的尴尬和痛苦啊。也许是受到我的启发，父亲也开始在废品堆里寻寻觅觅。有一天，他找出了一盘废弃的闹钟发条，开始打它的主意。

他把发条剪下一截，用锉刀锉锉，用榔头敲敲。发条的刚性太强了，居然纹丝不动。于是，父亲把它放在灶洞里退火，待它烧红烧软了些，又拿出来敲敲打打。我不知道父亲是怎么把那截发条给弯过来，又是怎样磨钝它的锋口，从而让两个口子互相卡住的。只记得父亲的手破了一次又一次，鲜血前赴后继地往外流。3 天之后，父亲大功告成，拿着那个土制的发卡，他是怎样的欣喜若狂啊。这个"父亲制造"的发卡，母亲使用起来有点费劲，但是她很满足，因为它是父亲做的，且大而结实，能"一口"衔住母亲的大半边头发，决不松口。

父亲再接再厉，继续生产他的发卡。至今，我回忆起埋头苦干的父亲，眼前就晃动着那盘颤颤悠悠的发条。想当年，父亲就像那盘被遗弃的发条一样，有劲都不知往哪儿使，只落得"肝肠寸断"地做发卡的下场。

然而"父亲制造"的发卡却很称职，它们伴随着母亲，整整走过 30 年艰难辛酸的路程。

落实政策后，拿到工资的父亲首先想到的就是给母亲买钢丝发卡。也许是为了弥补当年的亏欠，他常常奢侈地一买就是一整板儿（24 枚）。看着扇面般美丽展开的发卡，两位老人非常开心、非常满足。

去年冬天，母亲带着满头银丝和头上的 6 枚发卡，风风光光地走了。丧事完毕，父亲把母亲近年添置的几件首饰拿出来，让我们各自挑选一件留做纪念。我是老大，我不拿金的银的，也不要玛瑙翡翠，我只拿了母亲留下的半板钢丝发卡。

母亲走了已经一年了。这一年里，我常拿出那些发卡看看，发一会儿怔。有时候我也对着镜子，左边两枚，右边两枚，再在头顶上夹上两枚，我看见镜里的我很像母亲。过完了瘾，我就把发卡一枚枚卸下，整整齐齐地别回那纸板上去。

永远的父亲

母亲卧床以来，父亲几乎是寸步不离地陪伴在身边，以至哪

怕父亲上一回厕所，母亲就张大眼睛，惴惴地问：你爸呢？你爸呢？

父亲这辈子够惨的。他满月丧母，6岁丧父，在继母手下吃了不少苦头。有一回他的异母弟弟用石块击中他的太阳穴，大量的失血让他昏迷了一个星期，差点儿丢了性命。

成年后的父亲憨直刚正，迂而不腐。他不自量力地疾恶如仇，这让他连带着全家吃尽了苦头。60岁前，父亲活得坎坎坷坷。然而不管遇到什么，母亲一直是抱着"执子之手，与子偕老"的信念，无怨无悔地挣扎在生活的最底层。我不知道天底下有多少对夫妻能相依相伴走过80年的，而我的父母亲就是。什么"夫妻本是同林鸟，大难到来各自飞"，什么"风流总被雨打风吹去"，在他们身上全都没了效应。

父亲不沾烟酒，既勤又俭。里里外外，粗活细活什么都干。贬入农村后，父亲将农活从头学起。他什么苦都能吃，很快地就干得和地道的农民一样好。农民是以工分衡量劳动水准的，扣除半个歧视分，父亲每工都能打到9分半。

出门办事，无论多晚，父亲从来不在外面吃饭。他常说：把买一碗面条的钱买成菜，一家人都有得吃了。他脾气极好，又爱助人，从来不和邻里发生纠纷；也从来不打骂我们，哪怕是犯了大错，他也是耐心地给我们说道理，直到我们心服口服。他极疼爱我们，在牢里他得了严重的钩虫病，1米73的人，瘦得不到90斤，出狱后打了虫子，亟待补充营养，而当时我家唯一能提供营养的，就是一只母鸡下的蛋。一只煮熟剥壳的鸡蛋，父亲独自是断断咽不下去的，他先让我咬一小口，然后是弟弟，然后是妹妹……剩下的小半只才是他的。

父亲不欺不瞒，不贪不占。困难时期，村里穷得像洗劫过一般，缓过气来那年才允许养鸡，我们家养了4只，可人们不见荤腥久了，都馋得要命，鸡们才拳头大，只要闯进谁家，就被谁抓去解馋了，我们的4只鸡，就这么一只只陆续失踪。一天，邻居家的一只鸡误入我家卧室，弟弟捉住了它准备磨刀相向。父亲见了，非要弟弟给放回去。弟弟理直气壮地说：我们家的4只鸡都让别家吃了，为什么我们就不能吃回来一只？父亲说这不是一回事，并让我一起说服弟弟，而我却在一旁装聋作哑。父亲破天荒地发怒了，他气得捶胸顿足，硬是夺了那只鸡给放了回去。

父亲好学，知识面很广。活到老学到老他是真正做到的。最温馨的一幕，当是母亲盘腿而坐，怀里奶着四弟，那时刚推广普通话，父亲自做卡片，整天 ba－爸、ma－妈地和母亲一起学拼音字母。我们就在一旁咿咿呀呀地学舌，所以至今，父亲的普通话都比同龄人好得多。父亲爱弹琴，我们在一旁唱歌，记了一肚子的歌词让我终生受用不尽。寒冬腊月，西北风直往我们的脖子里灌，缩肩拱背就在所难免了。父亲说，挺直！挺起胸就不那么冷了。他带着我们跑步，直跑得身上热乎乎的，所以我们的脊梁都直得叫人羡慕。父亲那时候允许我们跳绳、打球、踢毽子甚至爬树，就是反对我们打扑克，他说那东西太费时，而且对身体没好处。正是因为父亲的干涉，我们才有较多的时间去阅读各种各样的好书；也正因为父亲的生活极有规律，所以他历尽磨难还有个健康的体魄。

有两件事足以证明父亲的憨。三年困难时期，爸爸外出买粮，在小火轮里，一个人可怜巴巴地对他说，他是到温州给老婆治病的，可他的钱包叫贼给偷了，现在连买船票的钱都没了。爸就把钱都掏给了他，那人千恩万谢，要了我家地址，说到家后马上寄钱还我们。结果，那笔钱是肉包子打狗了，害得全家好一阵只吃糠菜而见不到大米。还有一次我家养了些母兔，这些母兔们生了许多的小兔。那天母兔们在后院晒太阳觅食，突然从外面闯进一只猎犬，把它们全给咬死了。邻居们很生气，对那随后而到的猎人说：你打猎打到人家院子里来了，你赔兔子！那人尴尬地说没带钱，邻人便拿了他的猎枪做抵押。猎人说，你拿了我的枪，我今天还怎么打猎？爸说，是啊，把枪还给他吧。邻人对我爸说，那你的兔子们都白死了。爸说，不会的，我相信他。结果从那之后再也没见猎人的影子。弟弟在剥那些死兔皮时边剥边哭，刀子到处，乳腺崩析，母兔整个胸部到腹部都是细细白白、弯弯曲曲的乳汁溪流。那些失去奶水的小兔，先后都饿死了，也

就是说，我们盼望已久的笔、墨、作业本，甚至短裤、鞋子全都化成泡影了。母亲曾对我们说，你爸活了一辈子，也被人骗了一辈子。父亲说：我宁愿受骗，也不能眼看需要帮助的人得不到帮助。又对妈说，你从来不骗我，这对我就足够了。

母亲卧病到亡故，刚好两个月。这两个月，父亲基本上是衣不解带。虽然有儿女们在旁，可母亲还是固执地喊父亲，所以我们最多只担当个"副陪"的角色。最累人的是起夜，母亲极爱面子，怕脏了床铺，每隔半个小时就要起来一次，可是她已经衰弱得一塌糊涂了，把她弄起来往往都要费九牛二虎之力。我才"副陪"了三四夜，就血压升高、头昏脑涨，浑身的骨头架子都要"散"了，弟妹们也比我好不了多少，可父亲依然精神如故，所以我们都称他为"钢铁父亲"。

母亲走了，世界空了一半。风琴和电子琴被布蒙了，乒乓桌被竖了。睹物思人，父亲常常发呆。吃饭时，他把一只蟹螯剥得完美无缺，却不往嘴里送，多少年来，他都是这么为母亲服务的。早晚锻炼身体时刻，四顾没了伴儿，也就快快地没劲了。"梧桐半死清霜后，头白鸳鸯失伴飞。"为了把他带出阴影，我说爸上我家去吧。他说，人生地不熟的，我去了无人可交流。我说，你到我家学电脑，去网上遨游吧。爸想了想，说，遨游倒不想，学打字吧。于是跟我来到台州。

我当时只是想让他解解心烦而已，并没指望他真的能学会打字。"一地在要工，上是中国同"，父亲很认真地背了 5 天字根表，又学了两天拆字，就上机了。到底是 84 岁的高龄老人，手指不如年轻人灵敏，按 A 键，按出一排的"工"，按 L 键，又按出一行的"国"，可第二天这种现象就消失了。他开始打歌词，从儿时的歌词打起，然后是抗日战争的，解放战争的，抗美援朝、农村合作化的，一直到现在的。在我家住了 20 天，掌握了五笔字型的他买了台电脑，打道回府了。

我怕他独居寂寞，常常打电话劝他不要老待在家里，要多出门走走。他说，哪有工夫出门呀，我在打文章呢。两个月后，他给我发 E–mail，附件上除了 3 万字的练笔，主要是 5 万字的自传体散文，题目叫《苦乐人生》。我说，你的人生就这么简单啊？再充实一些吧。父亲很听话地开始充实，半年之后，他的《苦乐人生》变成 18 万字了，第二年出了一本像模像样的书。父亲的一生，也就是母亲的一生。母亲虽然走了，但是她活在父亲的心里，也活在这本《苦乐人生》里。

老爸今年八十八

老爸今年 88 了，他长相清癯，神态清爽，走起路来比我还快。

母亲亡故之后，弟弟妹妹们劝他到他们家去住，或劝他过去吃饭。没几天，他就不干了，说吃一顿饭，等来等去太浪费时间。弟妹们说你一人在家生活不好料理。他说，不就是买菜做饭洗衣服打扫卫生吗？有什么难的？于是就独守老屋，不但把家料理得井井有条，还学会了五笔打字和上网。弟妹们都孝顺，有好东西给他送点过去，每星期带他到饭店打一次牙祭，日子倒也安然泰然。

端午节前，我想写点有关龙舟的文章，就给老爸发 E - mail，让他找几张龙舟的照片。老爸马上忙开了，他先是买了只数码相机，然后就跟着龙舟到处跑。我们家乡人对龙舟的狂热，外地人很难想象。那几天，河里划龙舟敲锣打鼓，鏖战激烈；岸上观看的人头攒动，摩肩接踵，被挤下河去是常有的事。父亲竟在这样的条件下抢镜头，当晚就给我发了百来张照片。我为他的安全担忧，发信道：爸，你要是被挤下河去怎么得了？他回信道，才不怕呢，掉下河去我会游上来！

暑假里，我的两位妹妹和一位妹夫，带着老爸飞北京旅游。第二天他们去登八达岭长城。那天天很热，走了一阵子，人人都汗流浃背了。只见前面有一男一女，架着他们的老爷子蹒跚前

进。老人气喘吁吁的，看来体力不支。他的一对儿女鼓励说：不到长城非好汉，老爹你要做一回好汉！

我爸轻松地从他们身边超了过去。那对儿女追着我爸问，老大爷，你高龄多少？我爸回答道：88。对方不信，父亲亮出了身份证，对方看了，一边惊叹，一边对自己的父亲说，老爹你才77呢，怎么能输给这位88的啊。

回来是坐火车的，车票比较紧张，他们买的4张票全是上铺。对于一位88岁老人，上上下下的当然不便。小妹就求下铺的一位小伙子说，我老爸88岁了，求你换一下铺位行吧？小伙子看看我父亲，说，如果老人家真有88岁，我就把铺位换给他。老爸拿出身份证，年轻人看了，二话没说就上铺去了，并坚决不要补贴的钱。

可是那刻我二妹正肚子疼，疼得一点力气都没了。父亲就让她躺在下铺，他老人家很轻松地攀到上铺去了。二妹哼哼着对坐在她身边的小妹说：瞧我这不争气的样子，那小伙子还以为我是诳他的呢。

今年11月2日，老屋那又窄又陡的水泥楼梯上的顶灯坏了，老爸借了张电工梯，亲自上去检修。电工梯有4只脚，两只放在楼梯头，另两只就悬空了。父亲拿了条长长的板凳，垫在水泥梯级上，这样，电工梯的4只脚基本持平。父亲踩着梯子上去，拧下了灯泡，下了梯子，到别的插口试试，灯泡没问题。他又拿了支试电笔，第二次登上了电工梯去检查上面插口，不知怎么一来，只听得一阵噼里啪啦的，老爸连人带电工梯从水泥楼梯上滚了下来……

起来以后，他感觉浑身麻乎乎的，下巴却火辣辣的疼。看看手，几处在渗血，照照镜子，下巴也开了花。他找来创可贴，把自己的伤口一一修补起来。可是他浑身还是不得劲，于是就出了门——他不给子女们打电话，也不叫人力三轮车，而是徒步向3里外的一家私人诊所走去。路上遇见他的亲家公，见了他的模样，大惊失色地问怎么了？老爸就把摔倒的经过说了一遍。亲家公指着我老爸的裤腿说，怎么都湿了？老爸提了提裤腿，才发现腿脊上有一条三寸长的口子，血流如注，皮鞋已成了一只载血的小船了。他赶紧走进诊所，赤脚医生给他打扫了伤口，又在他的腿脊上缝了5针。

我们听到这个消息，心一下子悬了起来。因为前些日子，跟老爸同村一同长大一同老去的大舅跨过一条门槛时，把小腿摔成了粉碎性骨折。老爸这一跤，老骨头肯定要断几根了。小妹夫立马开了车子，把老爸接到正经医院，医生让我老爸住院，给他浑身上下拍了片。第二天片子出来了，让人奇怪的是，老爸身体里的206块骨头均完好无损。他骄傲地说：

"我的骨头是特殊材料做的！如果是你大舅，早就粉身碎骨了！"

他老人家急着要出院，医生说，你身上那么多伤口，挂几天抗生素消消炎吧。于是每天上午都给他挂大瓶，小妹就每天过来陪他。来探视老爸的亲戚朋友络绎不绝，他们知道我小妹是中学的英语老师，就问，你这几天没课吗？小妹说，学校期中考，7点钟开始考，8点半就结束了，这几天就比较空。老爸快乐地说，你看我摔跤的时间挑得多好啊！

一个星期后，老爸出院，并去10里外的一位学生家参加活动。我打电话埋怨他不接受教训，伤没痊愈就到处乱跑。他说，动动好，如果我不是这么"好动"，哪来这么坚韧的骨头！

永远的花鼓桶

母亲的嫁妆只有木器，木器又分方木和圆木。方木如床、衣橱、眠柜、桌椅板凳；圆木如水桶、米桶、浴盆和子孙宝桶等等。每件木器的底部，都写着"郑适钱夵"。我刚识字的时候，常对着这4个字发呆，首先，我认不得这"夵"字。其次，我根本不明白它们的意思。有一回我把它们念成"郑适钱区"。母亲

听见了，才告诉我说那字儿念 lián，并解释这 4 个字的意思是姓郑的女子嫁到钱家去的妆奁，可我还是半懂不懂。

嫁妆是没有标准的。常言道"养囡赔钱货，不赔也得赔条裤"——总不能让女儿光屁股出门吧？解放前，我们村里有一大户人家好面子，光是嫁女就嫁了 1000 亩地，生生地把家给嫁穷了。

我的外婆腿脚残疾，我的 6 个舅舅差不多是身为长女的我母亲一手带大的，为此，热爱读书的母亲只坐了两年的课堂板凳就辍学了（婚后母亲在父亲的辅导下完成了小学课程，然后考上中学，后来又考取小教资格证书。）鉴于母亲做出的牺牲，出嫁时，外公外婆都想尽力在嫁妆上有所体现。可外公是穷教书匠，无田也无房，所以母亲的嫁妆只能在木器上下功夫了。

好在我们村子里的木匠和漆匠都极好，母亲的陪嫁木器，在当时应该算最新潮、最讲究的。

我们家乡有句老话，叫"命好不穿嫁时衣"，意思是女子不必争嫁妆，有福气的，婚后还能不断地添置新衣，当然也可以添置别的东西。而我母亲就属命孬的，因为在我 6 岁那年，父亲因冤案入狱，为了不让我们全家饿死，母亲就陆续地变卖她的嫁妆，先卖 11 扇屏风的雕花木床，再卖彩绘玻璃镶嵌的大衣橱，接着卖床、书桌、画桌、琴几，最后连帽笼、鞋笼、果盒、茶盘也换了粮食。每当人家来搬东西时，母亲总是念叨，真漆两遍呢，真漆两遍呢。"真漆"，是从漆树上割下来炼就的漆；当时许多人为了省钱，用的都是化学漆。

母亲从来不在我们面前流泪，但我能从她的脸上读出痛。看着越搬越空的屋子，我小小的心里也满是悲凉。

最后留下来的，就是一对花鼓桶。这对花鼓桶只有 32 厘米高，肚子却大，装得下小弟的尿布和我们寥寥可数的换洗衣衫。花鼓桶的外表漆画贴金，画的是刘海戏金蟾，缀以荷花、兰草、鸟儿、昆虫等，很招我们喜欢。桶的上下端还绘着云头图案，庄重大气。苍白无趣的童年里，我们常将它当作花鼓来敲打，一边扯着喉咙唱着：左手锣，右手鼓，手拿着锣鼓来唱歌，别的歌儿我也不会唱，单会唱只凤阳歌……

因为父亲问题的株连，母亲一贬再贬到最偏远的山村小学教书，花鼓桶就跟着我们流离颠沛。我不知道它们是什么木料做的，很是轻巧，网兜一装，八九岁的孩子都可以背着它翻山越岭。

花鼓桶的确太实用了，路上累了，我们把它就地一放，坐在上面揉脚、数血泡，母亲则坐着它给小弟把尿、喂奶；到了目的地，我们坐着它读书写作业，晚上，母亲则坐着它给弟妹们洗脚洗屁股。乡下的破屋里多老鼠蜈蚣，母亲把夜里换下来的尿布放进花鼓桶里盖好，一大早，又抱着花鼓桶到小河边汰洗。在不断搬家的过程中，我们常常失手把它掉在地上，啪的一声，我想完了，可是花鼓桶都坚强地挺住了，仿佛决心和我们生死相随，永不离弃。

花鼓桶的盖子，翻过来就是一个盆子。在没有家具的异乡外地，它成了另一种器皿派上用场。没米下锅了，我拿着它到附近的熟人家借一二升米。有一年母亲种了些荸荠，挖了后我们就用这盖子装了，给邻居和学生家长们一一送去。

"文革"了，花鼓桶也成了四旧，被勒令销毁。可这是母亲的最后家当啊！为了保住它们，母亲拿笔蘸了那种血色化学漆，先把刘海和金蟾掩护起来，然后再把蜻蜓、蝴蝶和蝉儿"埋掉"。每涂一笔，母亲的手就颤抖一下，一边忧心忡忡地念叨说，可别让化学漆"咬"掉真漆啊。

花鼓桶被毁容了，像为了保全贞节而毁容的女人。

若干年后，云开雾散。母亲说，我们的花鼓桶也该重见天日了。为了弄掉化学漆，我们拿开水烫，拿酒精擦，拿汽油洗，化学漆被洗掉了，可"蛰伏"的刘海金蟾和鱼鸟虫们再也没能复生，整个花鼓桶变得斑斑驳驳，惨不忍睹。

母亲把其中一只花鼓桶给了我。我很放心地让它陪伴着我的孩子们。它轻巧而坚定，像不倒翁一样善良，从来不会伤及孩子半根毫毛。冬天，儿子搬着它到灶边取暖；夏夜，又搬着它到屋外去纳凉。现在，我的孙子也把它搬来搬去，他放着整套名牌桌

椅不用，偏偏爱坐在花鼓桶上读书游戏。

看着伤痕累累、满目疮痍的花鼓桶，我感慨万千。什么叫大肚能容？什么叫坚强不屈？花鼓桶就是。它就像我们的父辈，隐忍，宽容，坚定，顽强。只有付出，不图回报。我打开这个古老、沧桑的花鼓桶，我看到它的"内心"，那里面依然润泽，依然年轻美丽。

今年是我父母结婚72周年，这只花鼓桶也72周岁了。它服务了我们家4代60多口人，它见证了大半个世纪的中国历史。我想，它还将陪伴着我们的子子孙孙，直到永远。

爸爸弹琴我唱歌

那时候我还没风琴高。

我家堂屋里放着一架风琴，爸爸却不怎么敢用它，而是常常躲在被窝里，教我唱《二小放牛郎》、《松花江上》。我虽然小，却也能感受到那种凄美和悲壮。直到有一天，作为共产党代表的父亲接管了柳市小学回到家里，才一扫平日的压抑，把满心的喜悦倾注在那些欢蹦乱跳的黑白琴键上。

晒谷场上，解放军叔叔排着整齐的队伍，正在吼唱"解放区的天是明朗的天"；父亲就按着那个旋律教我唱这支新歌。"解放区的天"我懂，"朗丁天"我就不明白了（那时候我顽固地把这三个字念作"朗丁天"）。但不明白也不妨碍我们唱歌，那氛围，那气势，自然而然地让我们父女俩底气十足，嗓门高亢。常常有这样的情况：许多旋律熟稔却词儿模糊的歌，在我渐长的过程中，突然会从书报或别的地方看到正确的歌词，让我喜出望外地欢呼：原来如此！从而把谬误纠正过来。

后来，解放军叔叔又唱开另一首新歌，那是首节奏明快、轻松活泼的歌。可能是外语歌，可能是少数民族歌，发音如下：成关怪啦怪啦怪啦成关归，成关咕，成关怪啦怪啦怪啦成关归关咕。噢里格起来，成关归，成关咕，噢里格起来，成关归关咕！

我和爸都不明白什么意思，可这并不影响我们当时的激情。爸爸的风琴越弹越激昂，我越唱越疯。我们一遍又一遍地反复着，几个小时不停地欢歌着，直唱得脸色潮红、汗流浃背、气喘吁吁，妈妈在灶屋里喊我们吃饭都听不见。

这支歌就永远刻录在我的脑海里。

不久，父亲的歌声就消亡了，风琴也不知被谁搬走了。偶尔，不谙事的我喉咙痒痒的也会哼上几句，母亲就会呵斥道：高兴什么？中饭米都不知在哪儿呢！或者说：晚上又要抓你爸批斗去了，你倒有心思唱歌！

我立马就蔫了，而且好几天还不过魂儿来。

从此，家里不再有琴声，而且，这一沉寂就是数十年。

今年春节，我回家去看看。发现老爸老妈装修一新的楼房里摆了架崭新的电子琴，80高龄的父亲正饶有兴致地在自弹自唱呢。可能是怀念解放初的那份欢欣，父亲似乎对子弟兵有所偏爱，弹唱的差不多都是军旅歌曲。父亲的歌喉依然年轻，而且中气十足。更让我惊诧不已的是，年轻时并不喜欢音乐的母亲，居然也悄悄地学着哼歌了。

我于是又站到爸爸的琴旁。《十五的月亮》、《望星空》、《小白杨》、《东西南北兵》等等，高高兴兴地唱了一气。一首《为了谁》，唱得我热泪盈眶。忽然，我想起那支遥远的《成关怪啦怪啦怪啦成关归》。我问老爸，后来你明白这歌的意思吗？爸说，不明白，从未见过歌词。

可是旋律是最忠于记忆的，老爸熟练地弹奏着。沧桑逐渐淡去，欢乐踊跃而至，我又成了那个乳臭未干的小丫头，什么都不必管，什么都不要想，只是毫无顾忌地唱着。我和老爸都很忘情，都很投入，我们一遍遍地反复着，唱得波澜壮阔，唱得汹涌澎湃。我想，原来唱歌竟可以不在乎歌词的！

这篇小文发表后，有读者朋友告诉我说，我唱的那歌是西伯莱语，歌名叫《我心快乐》。翻译成中文是：我心快乐快乐快乐

真快乐，真快乐，我心快乐快乐快乐我心真快乐。耶稣已救我，真快乐，真快乐，耶稣已救我，我心真快乐！

这可真是"怪啦怪啦"，原来解放军叔叔当年唱的是基督教的赞美诗！

路边的野花

春天到了，百花开了。既然是百花，当然包括公园和街道的观赏花、自家精心培育起来的庭院花，以及草原中、山坡上、田野里自生自灭的各色野花。

野花可谓多矣，多得不胜枚举，多得不计其数。田塍边的酢浆草，颓壁上的野蔷薇，石头缝里的矢车菊，篱笆上缠缠绕绕的牵牛花，河塘里随水飘零的野睡莲，更有那满山满岭的红杜鹃，打碗花，空谷幽兰，崖畔百合等等等等。还有无数名不见经传的野花，哪一种不是鲜活欲语，哪一朵不是灼灼娇姿！

有一首歌叫《踏雪寻梅》，"雪霁天晴朗，蜡梅处处香，骑驴把桥过，铃儿响叮当……好花采得瓶供养，伴我书声琴韵，共度好时光！"踏雪寻梅本是很雅的事，寻来梅花后又把它供起来，看那花姿闻那花香读书弹琴，更是雅致之至。可我老在想，那蜡梅是否有主？若无，还好说；若有，就有点儿麻烦了，你为了自己的雅，却干出了折花的野蛮勾当，毁人梅枝，夺人所爱，人家肯定是不答应的。现今法制社会，你折花折得狠了，人家还要和你打官司呢！

为了赏心悦目，现代人可以去花店里买花，那里的鲜花可真是五彩缤纷，争奇斗艳啊。但毕竟不是人人都有这个闲钱的，更没有哪家哪户一年到头都供得起这昂贵的鲜花；所以，路边的野花可就倍受爱花者的青睐了。

记忆中的采摘野花，总是跟清明节上坟有关。祖宗离我们遥远了，有的根本不认识，上坟时悲伤的成分已经很少，更多的却是踏春的喜悦。看满山的万紫千红，听泉水玲玲淙淙，呼吸着清新得微微颤抖的空气，总有一种激动。烧过香烛行礼叩头之后，我们就欢叫着采花去了。

最常采的是杜鹃花。杜鹃花不但殷红烂漫，那带着新叶的枝条还很有韧性，我们把它们编成花环，美美地戴在头上。如果要色彩更丰富些，可以在花环上编进些鹅黄色的雏菊，粉白色的刺薇，缀有鲜艳斑点的蝴蝶兰。戴上花环的孩子们雀跃奔跑，一头的花朵颤颤巍巍，常常引来蜂蝶飞舞。

杜鹃花不但美丽，还可以吃。那年月的孩子们没什么零食，我们把杜鹃花的花托摘掉，把花蕊抽出，吃那红红的花瓣儿。那滋味有点儿酸，有点儿甜，既可解馋又能解渴。杜鹃花的寿命还不短，采上一大把带回家来插着，半个月还开不败呢。

春天是打猪草打兔草的好时光，田野里，黄花草、紫云英、豌豆花、蚕豆花，还有那大片大片的油菜花都竞相开放，美得让人怦然心动。但那是农作物，我们都懂得不能随便糟蹋的。想慌了，就采那么一两小枝，凑近鼻子，嗅它们那浓郁的香味。可能是鸟儿衔来的种子，田塍上或野地里，偶尔会出现一二枝野桃，三四茎绣球，同样将花开得张狂。农民们是不会花钱去买绸花绢花的，有情调的男人也会来一下"顺手摘下花一朵，我为娘子戴发间"的野趣，而戴了花的农妇，哪怕再粗陋，也都显出几分妩媚了。

野花是大自然的精灵，它们顽强的生命力总是令人吃惊。旱也罢，涝也罢，它们照开不误；锄头的铲削，畜生的啃嚼，还有虫害的肆意蹂躏，它们总能前赴后继。"野火烧不尽，春风吹又生"说的是野草，而野花本是野草的灵魂啊。

路边的野花是可以采的，是经得起采的。野花们从来不问采花人的贵贱，从不看人下菜碟儿。你飞黄腾达也好，你失意落魄也罢，它们一视同仁地对你绽开灿烂的笑靥。人们采采野花，既可以养眼，又可以养性，还可能把忧愁烦恼抛到九霄云外。东晋的陶渊明，做镇军参军、做彭泽令做得不甚得意，骂了几声官场

腐败，就跑到终南山下采菊花去了，那是些枝枝蔓蔓、匍匐在地的黄花，决非养尊处优的大朵丽菊可比。南宋时，台州营妓严蕊在受尽高官倾轧殃及池鱼的酷刑之后，痛定思痛，给复审她案子的台州太守岳霖写了首卜算子：不是爱风尘，似被前缘误。花开花落自有时，终赖东君主。去也终须去，住也如何住！若得山花插满头，莫问奴归处。

严蕊毕竟是聪慧女人，她洗尽铅华，到穷乡僻壤去采集野花、舔舐自己的伤口去了。

于是我明白，路边的野花竟是可以疗伤的！

要染纤纤红指甲

记不得是谁的诗了，却记得这么两句：要染纤纤红指甲，深夜闲捣凤仙花。

很美，很"女儿"。

娘家老屋的围墙内有两个园子，东边的是我家的，西边的则是我叔叔家的。叔叔带了一家在外地工作，那个菜园就归叔叔的妈——我的阿婆侍弄了。

我家园子里，一年四季种的是瓜、茄、豆、菜。家里吃口多，靠母亲的那点工资总是入不敷出，因此菜园的每一个角落都得到充分的利用，往往是苦楝树上爬满了丝瓜藤蔓，棕榈树下长一窝芋芳蕉藕；就连断墙上还放了一排的破面盆、破罐坛，装上土和灰，种了些葱啊韭啊茴香什么的。

每年春夏，豆角花浅蓝深紫，丝瓜花嫩黄金灿，茄子花像一口口玲珑的小钟，芝麻花小白蝶般成双作对地往上蹿。都很美丽，都很喜人，更兼几分丰收的喜悦；可比起那些真正的、只供观赏的鲜花来，到底还是逊色多了。

阿婆把园子耪成六畦，两畦种蔬菜，两畦种苎麻——苎麻是一种一劳永逸的植物，不用怎么理它，一年两茬只管去收割好了；靠窗的那两畦，阿婆却是种了鲜花了。

十姐妹，几分像大丽，几分像菊花，却会开出 10 种不同的颜色：午时花，只在日昼时分绽放，虽然娇小，却鲜润无比；夜饭花，有红白两种，小喇叭状，在傍晚时开得又旺又香；三十六桶的花形像百合，鳞茎多淀粉，味极苦，荒年时洗上三十六桶水去掉苦味可吃；鸡冠花，白玉兰，蝴蝶花，满天星，月月红，栀子花，含羞草，万寿菊，秋海棠，还有篱笆上的牵牛花……在阿婆的精心护理下开得生机盎然，如火如荼。

最可人的却是凤仙花。殷红、艳丽，因为层层重瓣而显得雍容，且一行行、一排排，开出一种旺象，一种气势。我每每站到阿婆的园旁，都会被满园的姹紫嫣红所震慑、所感动，我常常觉得眩晕，感到一阵阵迷乱……

吃过晚饭，总有邻居的囡儿们来讨凤仙花。她们将这花叫"指甲花"，讨回去为的是染指甲。在阿婆"不要踩痛、踩伤花们"的嘱咐下，她们小心翼翼地移动着脚步，然后尽挑肥硕的花朵儿摘了去。第二天，她们就举着双手，将染得红红的 10 个指甲一直送到我阿婆的眼睛面前。

我羡慕得要命，可是母亲不让我染指甲。母亲当年很"左"，她把这一类的举动统统叫作"资产阶级思想"。在母爱严厉的管辖下，我当然不敢"资产阶级"，所以我的指甲从来只能是"素面朝天"。

10 岁那年暑假，父母都到城里学习去了——确切地说是母亲学习去了，父亲则是去带我那才二三个月的小弟，将我们留在家里"猴子称大王"。晚上沐浴后，我用水把院子洒得湿湿的，然后和二弟抬出了竹床板，用两条长凳架好，姐弟妹们就横七竖八地躺下。数星星、唱儿歌，央求阿婆和住在我家的亮哥亮嫂讲故事，享受一天中最美好的时光。

阿婆总是坐在她园子门口的一张竹椅上，大蒲扇挥得啪哒啪哒响。凉爽的风儿一阵阵吹过，院子里的花香沁人心脾，隔墙传来女孩子们用小小的臼杵捣砸凤仙花的声音和她们快活的嬉笑声。

阿婆突然说："阿丹，你也染回指甲吧！"

我猛一激灵，蛰伏的欲望被挑动起来。可是想起母亲严厉的面容，我立即就蔫了。

亮嫂在院子里给她儿子洗澡，她说：染了指甲多好看哪！我问，亮嫂，你做姑娘那阵也染指甲吗？她说，当然，只是没有这么好的指甲花罢了。

"她妈也真是的，女儿家染一回指甲，哪里就变坏了呢？"阿婆说。

"阿丹哪敢？她如果染了，她妈怕要把她的指头都敲断了！"亮哥仰在躺椅上，大着嗓门逗我说，"你说说，到底敢不敢？"

不知道是抗拒不了诱惑，还是被亮哥激起来了，我从竹床板上跳了起来，说："染就染，有什么不敢的！"

我进了阿婆的园子。夜色中，园子更显神秘，我一半摸索一半辨认，仔细地采撷了两大捧的凤仙花骨朵儿，正要出园时，阿婆说：连凤仙叶儿一并摘了，等会儿你还得用它们来包指头呢。

没有杵臼，阿婆的声音又起："用水泼泼台阶，拿秤砣砸。"

洗净了台阶和秤砣，我将凤仙花堆在台阶上砸了起来。

"搁点盐。"

"搁点明矾。"

阿婆在遥控指挥，我一一照办。末了，砸成一堆花泥酱酱，我把这些酱酱一小撮一小撮堆在 10 个指甲上，平举着两只手问：

"接下去该怎么办呀？"

"你就这么擎着吧！"亮哥幸灾乐祸地说。

亮嫂将儿子放在亮哥的肚皮上，过来给我包扎指头。她选取那些较宽的凤仙叶子，在我指头上绕了一圈，再将叶边儿倒折过来，防止汁液流失，最后用苎线扎好。于是我的 10 个指头，全都戴上了湿漉漉鼓囊囊的、散发着浓浓凤仙花香的指套儿了。

"今晚睡觉可要小心，哪个套儿掉了，哪个指甲就染不成了。"阿婆拍打着蒲扇，她的声音已充满了睡意。

那一晚我睡得老实极了。第二天一早，10个指套完整无缺。摘下了那些被我的体温烤得半干的叶套，呀，10个指甲亮丽无比，艳红无比，那红是透明的、鲜活的，与指甲的生命紧紧连在一起的。

我一辈子就这么美丽了一回。

如今，看一些美女的红指甲，总觉得是涂了一层油漆，穿了一件盔甲，显得笨拙而虚假。那些涂料还不牢固，不时地剥落了一小块两小块，把指甲弄得要多难看有多难看。更有甚者，那些化学物质让指甲坑坑洼洼的都有病态了，也不知道对身体有没有伤害。我就越发觉得"绿色美容"的弥足珍贵了。

所以，我奉劝爱美的小姐们：多种一些"指甲花"，"要染纤纤红指甲，深夜闻捣凤仙花"去吧。

我要唱，唱出希望

我喜欢听歌，也喜欢唱歌。我说的唱歌，不是指穿着闪闪发光的演出服，上台去让千人瞩目、万人鼓舞的演唱；也不是去录音棚做成磁带、光盘，拿到市面上发行卖钱。我缺乏登台亮相的勇气，也没有歌星的才情和天赋；我的歌常常是唱给我自己听的，有时甚至是唱给自己的心听。

无论如何，唱歌总归是件有意思的事，它能缅怀过去、抒发情感、增强血液循环、缓释不良情绪；而且，它会给你政治、历史、文化、民俗等等许多知识，让你一生受用不尽。

我这辈子会唱的歌不少。唱的次数多了，那词儿、那曲谱就刻录在我的脑子里，永远也抹不掉了。常常是要用到些什么，我不必查词典翻资料，只把脑子里的歌词调出来就行了。

少小时出门求学，稍大点寻求饭碗，"文革"时流离颠沛，工作后出差奔波。我坐过小火轮，坐过大客轮，也坐过运货的舴

艋舟，捕鱼的大帆船、小船碗（我们这里称太小的船为小船碗），当然也坐过汽车和火车。当前程渺渺、心情黯淡时，我唱歌；当旅途遥遥、寂寞难挨、又没有什么书籍和杂志可以打发时光时，我也只能唱歌了。

我说的唱歌其实只是哼歌。就是哼，我也羞于让旁人听到，怕人骂我"有病"，也怕打扰别人休息。所以，坐汽车、火车时，我趴在窗口，让歌声随风而去；坐渔船、舴艋舟时我则背过身去，让浪涛把我的歌声带得远远。

唱什么歌？随意得很，有时是毫无意识地脱口而出；有时是听到旁人说个什么联想到的；有时是和着收音机、电视机哼哼的，更多的是触景生情有感而发的。

比如坐舴艋舟，听到岸边的枝头杜鹃啼鸣，我张口就来：布谷声声叫，叫的是阳春到，阳春到阳春到，春耕要赶早……

坐着小火轮穿越城市村庄，岸上往往会闪现出标语什么的。有一回，我看见"劳武结合"四个字，我就唱：劳武结合好呀么好主张，姑娘和媳妇都扛起了枪……

一个青黄不接的春天，我在丽水的山里寻找救命的番薯丝，虽然饥饿，虽然劳累，但桃红柳绿，溪流淙淙还是感动了我，我一高兴，就"溪水清清溪水长，溪水两岸好呀么好风光……"地唱起来了。

最恐怖的一次是坐着一条农民的小船，去温州的北麂岛捕墨鱼。广播里说那天是 10 级风，按理是不得出海的。可饿急了的渔民管不了这么多，他们指望早一天到达海岛，抓捕那些趴在礁石上谈情说爱的乌贼，救他们一家老少的命。天苍苍，海茫茫，风萧萧，波涛汹涌，想想我们很可能葬身鱼腹，我便哼起电影《红珊瑚》唱段：海风阵阵愁煞人哪……风声紧，浪滚滚，风浪它不怜打鱼的人……

那次的旅程是两天，在一个无名小岛上休息了一晚，似乎躲过了劫难，可第二天凌晨我们又要赶路了。望着那只有大风天才起起落落的海蜇，我又唱：未出牢笼又坐监，从黎明熬到月儿上东山……

不是我耸人听闻。那天，和我们同时出海的一条小船没了，连同船上的三男一女都消失得无影无踪。解放军的巡逻艇冒着风浪去救人，连船板都没找着一块。

"文革"中的一个中秋节晚上，父亲又被抓去批斗了，造反派们可真会挑日子，万家团圆的节日让我们一家栖栖惶惶。我等在家乡的一个湖旁，听秋风送来了"坚决打倒钱某某"的高亢口号声，我没有愤怒，没有哭泣，只是望着波光粼粼的湖水，唱着《江湖赤卫队》那支忧伤的插曲：月儿高高挂在天上，秋风阵阵湖水茫茫……

20 世纪 70 年代末，忽然舶来了邓丽君的歌，街头巷尾、厂矿农村到处飞扬着那些轻俏、煽情、欢乐的歌声。原来唱歌是可以这么放松、这么随便、这么不讲政治的！我也是第一次领教了"流行歌曲"四个字。邓小姐的歌实在太丰盛了，但我最喜欢的，却是一首并不怎么流行的《美丽的希望》：

> 我要唱唱出希望，美丽的希望。
> 只要有春天来，严冬决不会长。
> 我弹你来唱，还是你弹我来唱？
> 歌声随着东风飘扬越唱越响亮。
> 飘越在田野高山，
> 飘海又过洋，飘向那遥远的欢乐的边疆。
> 春天，我要欢唱，
> ……
> 管它怎么样，
> 杜鹃燕子们管它藏何方……

记不得是谁是作的词，谁作的曲。我觉得这首歌很阳光，很洒脱，旋律也很美。"管它怎么样，杜鹃燕子们管它藏何方"，看似不负责任，实是教人潇洒，劝人对某些事不要太过认真，太为伤神，太耿耿于怀。

人生不如意十之八九，很少有人一辈子都风调雨顺的。当遭

遇生活的风浪，当陷入生命的泥沼，当寻寻觅觅、冷冷清清、凄凄惨惨戚戚，"此情无计可消除，才下眉头又上心头"时，困惑、伤心、愤懑都会狼狈为奸地对你攻讦，也许你觉得你生命的风帆就要折断了，这时候，只要有歌声响起，我们就会看见希望，看见曙光。曾有过一次，我徘徊在生死边缘，我觉得我已经跨不过那道坎了，我感到我真的不行了。这时候，理智告诉我应该唱歌，可我哪里还有心思、还有情绪唱歌啊！但我给自己下了死命令，强迫自己开口：

"我要唱，唱出希望，美丽的希望。只要有春天来，严冬决不会长……"开始，那词儿是被我硬挤出来的，不成曲，也不成调，也没有节奏而言，倒像一个病入膏肓的人在呻吟、在哭泣；可慢慢的，乐感有了，旋律来了，再下去，那哀伤，那悲愤就渐渐地离我而去，远去再远去。我就这样把自己从极度绝望里拔出来了……

唱歌是可以疗伤的。我感谢音乐，感谢唱歌。朋友们，如果你过得不大如意，如果你感到不快乐，如果你很委屈、很受伤，那么就和我一起唱吧：

　　我要唱，唱出希望，美丽的希望……

俄罗斯套娃

那一年春节，我第一次踏进婆家的门槛。

婆婆屋里有个洋娃娃。圆圆的脑袋，胖胖的身体，有点儿像不倒翁，也有点儿像大头阿福，但绝对不是阿福和不倒翁。娃娃的外表彩绘着各色各样的人物，还有白桦树、小木屋、雪橇和卷尾巴狗，一派异域风情。

我拿起了她，确定她是木头做的，但一点儿都不重。晃晃，有咕咚咕咚的声响。仔细一看，娃娃的腰部有条细细的缝隙，原来她是由上下两部分组成的。我旋转了一下，开了，里面冒出个一模一样的洋娃娃，再旋转一下，里面又冒出一个，就这么一直旋下去，由大到小5个娃娃就出现在我的面前了。

婆婆说，这叫俄罗斯套娃，是她女婿从苏联带回来的。我听先生说过，他的姐夫是50年代公派留苏学生，回国后就参加了大庆油田的开发建设，和同在油田工作的姐姐结了婚。当时大庆油田的生活相当艰苦，几乎没有养育婴幼儿的条件，所以他们的儿子就生在海门，由我婆婆抚养。

我让这5个娃娃一会儿站成横队，一会儿站成纵队。她们一律裹着厚厚的头巾，一律张着大大的眼睛，嘴唇红红的，带着微笑，活像一母同胞的5姐妹。

当时我们正热衷于俄罗斯歌谣，其中一首是这样唱的：

> 集体农庄有位挤奶的老妈妈
> 她的名字叫华尔华拉
> 待明日，大小女儿都来拜访她
> 欢欢喜喜她们做客回娘家
> 啊　这位老妈妈
> 真正是福气大
> 来了五个亲生女儿五朵花
> 老大叫娜莎
> 老二叫塔莎
> 奥里卡沃琳卡
> 阿娜诺西卡
> 最可爱的小女儿年纪还只十七八

我反复哼哼着，不停地把娃娃们摆弄来摆弄去。3岁的小外甥不高兴了，说："我的！"婆婆赶忙过来，说："当然是你的！"于是她把套娃一一归好，拿走了。

我有点儿恋恋不舍，因为我还来不及破译套娃身上的故事

呢。又自嘲自己是一个新娘子，抢小外甥东西玩，成何体统？于是自律起来，再也不碰这个玩意儿了。

没多久我听到了关于套娃的故事：说一对从小就失去父母的兄妹相依为命。妹妹在一次牧羊途中遭遇暴风雪失踪了。哥哥找妹泪花流，可妹妹却从这个世上消失了。哥哥思妹心切，就用白桦木刻了一个妹妹模样的女孩。时刻带在身边。以后每过一年，哥哥认为妹妹应该长大了些，就再刻一个大些的女孩。就这样年复一年，女孩越刻越多，这小伙子就把她们一个个套在一起……

故事很凄美，流传也很广泛，套娃也慢慢地演变成为俄罗斯传统工艺品。随着年代的推移，套娃的做工越来越精致，绘图越来越精彩，表达的内容也越来越丰富了。

我非常希望能拥有一个俄罗斯套娃。可当时中苏交恶，"老大哥"从我国撤走了，姐夫们也不再有到苏联的机会，套娃就成了一个无期的梦，深深地贮存在我的脑海里。

30年后，我随作家代表团访问俄罗斯。在10天的旅程中，我们行走在莫斯科、圣彼得堡、图拉等城市，参观了冬宫、夏宫和众多的名人故居，欣赏了精湛的雕塑和美丽绝伦的芭蕾舞。

那一天在莫斯科山，我看见不少俄罗斯商贩在兜售套娃，我马上被吸引了，这时候我能够读懂套娃上的故事了，它们有《七色花》，有《熊和狐狸》，有《森林里的住宅》，有《渔夫和金鱼的故事》等等。总之，每一个套娃上都绘着喜闻乐见的俄罗斯童话故事。我慷慨解囊，买了5个套娃，装在一塑料袋里提着。俄罗斯到处是白桦林，白桦树是一种细腻、轻俏又白净的木料，做套娃正好，试想如果是一般杂木做的，5个5套娃岂不连塑料袋都要被坠破了么？

导游小姐娜斯佳对我们说，这地摊货质量不好，下午我带你们到正规商店去，那儿的货物才是精品呢。

中饭后，娜斯佳带领我们直奔一家大商场，那里的商品琳琅满目、应有尽有。同伴们有买裘皮大衣、买头巾的，有买油画、买伏特加的，还有买俄罗斯纪念邮票的。我却一门心思去访问套娃。这里的套娃真多啊，她们有10个套的，20个套的，最多的一个是 32 个套，排在一起浩浩荡荡，像一支正在行进的娘子军。

不怕不识货，只怕货比货，这里的套娃比起上午的地摊货，的确不能同日而语，价格也惊人，像那 32 套的，折合成人民币要两千多元，10 套的也都要 200~300 元，最贵的一个要 500 元。我咬咬牙，一口气又买了 5 套。肥硕的俄罗斯售货员一边为我的大件装盒，一边笑容满面地又搬出一大堆套娃来，动员我多买几个回国送人。我赶忙摆手说："够了够了，我的钱包空了。"俄罗斯大叔不以为然地说："中国人，怎么会没有钱？"

做了回有钱的中国人，感觉蛮好。我的旅行箱成了托儿所的床铺，里面躺满了俄罗斯姑娘。回国之后，我得意扬扬地把这些套娃分别送人。最昂贵的那个，当然送给一个我认为最该送的。几天后，那人悄悄地对我说，这东西，是我们黄岩宁溪生产的！

我像被打了一闷棍，天哪，看我有多傻啊，路远迢迢，花那么多钱，背回了一堆本地产品！

于是想起"文革"期间，我托出差在北京的朋友买回一双布鞋，一看鞋底上的字样，竟是"浙江海门反帝巷制造"。

我郁闷了。过了好些日子，我才回过神来，去仔细检索我的套娃。别说那精湛的工艺了，也别说俄罗斯文化和俄罗斯风情了，就看那细腻轻巧、洁白无瑕的白桦木，我想问问内行人。

黄岩宁溪有白桦林吗？

我站在首都机场啃麦饼

这种麦饼圆圆的，直径 10 厘米，厚 1.5 厘米，形如一面小鼓，我们家乡就叫它"麦鼓"。

它无馅，也没缀葱花或芝麻粒儿，可谓是本色到家了。我把它装在一个食品袋里又放在自己的旅行包里，几番折腾，它没走形。北方人就是实在，不像我们南方街上的面制食品，松松的，

水水的，一捏，就瘪了。

北京到黄岩的飞机是 13 点 35 分起飞，我不到 12 点就进首都机场了。奥运在即，北京的安保工作十分到位，我得给安检留出充裕的时间。

胃空了，我很高兴，现今的人山珍海味喂得太多，就怕肠胃拥堵。我推着行李车在机场里逛来逛去，发现有好几处环境优雅的餐厅。隔着玻璃窗，我看见衣冠楚楚的先生女士们正在里面优雅地用餐。可是我不想进去，我不是怕花钱，也不是怕那些白人黑人，只因为独自一人坐在那里怪没意思的。

我的包里有这么个麦饼，那是我早餐时花 5 毛钱从中国作协食堂买来的，另外还有一根红肠和一小包榨菜——前天外出游览时，疗养院配给的午饭过于丰盛而剩下的。我从不将好好的食品扔掉，"粒粒皆辛苦"，"一粥一饭当思来之不易"。我始终认为，暴殄天物是要遭报应的。

这么些东西够我一顿中饭了。

我来到一架饮水机旁，水龙头细细的、弯弯的，一高一低，像一对窃窃私语的情侣。于是我歪下脑袋，一按开关，那细细的水流刚好射进我的口中，不急不缓。

我开始啃我的麦饼。饼很香，就是干了点，有这凉水伴着真好。我撕开了那包榨菜，榨菜就着麦饼吃非常合适。还有我刚刚向朋友学来给红肠剥皮的方法：把它拦腰拧着，拧了几个 360 度，再纵向一拉，它断了，一挤，粉粉的东西就出来了。

我站在水龙头旁，啃一口麦饼，喝一口凉水，再吃一点红肠和榨菜，感觉相当良好。机场里熙熙攘攘，客人们来自五湖四海，匆匆地从我身边擦过。大家都忙，大家都奔自己的目标而去。我旁若无人地吃着我的麦饼，虽然是站着，但是我吃得跟坐在餐厅里的人一样气定神闲。我还非常注意机场的卫生和清洁工的感受，决不让一点儿饼屑和榨菜丝掉在地上。

我想起我小时候的麦饼。我们家乡不产小麦，却有一种叫"末麦"的牲口粮，末麦极贱，产量也高，麦粒却坚硬无比。那时候我们饿极了，就挖了些末麦放到磨盘上，兄弟姐妹们一齐扑上去推磨，使尽了吃奶的力气，才磨出几升粉。可是，耒麦的面粉揉不成团，它永远是开裂的，一擀，更是裂成一朵石头花。我把一朵朵小小的"石头花"贴在锅沿上，把它烙成"耒麦鼓"。耒麦鼓十分粗糙，嚼着它，像嚼着粗糠，不过我们也吃得挺香。我们的寡妇姑妈就常叹息道："肚饱肉也苦，肚饿不管耒麦鼓。"姑妈还说，如果能掺点白面就好了。

可是，我现在啃的是纯粹的白面鼓！

机场里，我是唯一站在水龙头前啃麦饼的。我不觉这有什么不雅。我下放农村 8 年，番薯来了，我在水田里洗洗满是泥巴的手，抓起番薯就啃；当工人 15 年，该吃饭时，我用草纸擦擦满是机油柴油的手，拿起馒头就吃。此刻我站在空调凉爽的候机大厅里，双手干净，时间从容，我还备有雪白的餐巾纸呢！

偶尔，也有人扭头看我一眼。我不怕他们看。我不穿名牌，但是衣着得体；我站着吃饼，但我仪态大方；我吃得简洁，但我从心底往外冒着中国人的自信。滥吃滥用、多占白拿才叫丢人呢。外国人不是常批评我们中国人爱摆阔爱浪费，说各个饭店一天要倒掉多少吨山珍海味吗？我想他们说的也是事实。但是，我今天却无意中上演了"节俭秀"，我要让他们看看，腰包鼓起来的中国人，也是可以这样站着啃麦饼的！

那麦饼实在是太结实了，我足足吃了半个小时，也喝了半个小时的凉水。

我的手机滴滴响起，是一位朋友用短信问我在干吗。我用餐巾纸擦干净了手指头，给她回信说，我正在首都机场幸福地吃麦饼。幸福，这是我当时真实的感受，幸福有时就这么简单。我飞快地打着字，我身旁的一位年轻人终于憋不住了，他问：你老还会发短信啊？

我笑了，心想，谁说站着吃麦饼的人就不会发短信呢？

这时，机场的广播响起，提示我们登机。我提起行李，从容地向指定的登机口走去。一阵风过来，热乎乎的，我仿佛闻到家乡浓浓的麦饼香味了。

我们的龙舟

端午节快到了，龙舟鼓咚咚地响起，大人小孩的心都怦怦地跳了。

我们的龙舟，是指我娘家乐清柳市一带的龙舟。雕刻得非常精致的龙头龙尾，彩绘得五彩斑斓的龙身龙鳞。36个座位36把短桨，头尾各配长艄一把，还有司锣、司鼓、司旗各一人：共41人。

"长艄"是特别长的桨，并不划，只是架在船后当舵用，有了长艄，龙舟才能稳稳地前进而不会因摇晃影响了速度。

不是哪里的龙舟都有资格配置长艄的。"郑家湾"郑氏是大姓，他们的祖宗叫郑畋，18岁会昌进士，历任兵部侍郎、吏部侍郎和司空平章事。《唐诗三百首》选了他的《马嵬坡》：

> 玄宗回马杨妃死，
> 云雨难忘日月新。
> 终是圣明天子事，
> 景阳宫井又何人。

郑畋原籍河南荥阳，致仕后，隐居到乐清象山脚下。有这么个老祖宗在那里撑着，我们的龙舟自然比别处的高出一筹了。

别处的龙舟很渴望得到一支长艄。他们备好了香烛酒菜，把龙舟划进了郑家湾，举行了一个隆重的拜谒仪式，认了郑家湾的龙舟为干爸。郑家湾人高兴了，就赐他们长艄一支——仅仅是一支而已，绝没有两支的。对方已经很满足了，带走这支长艄，子子孙孙都可以夸口下去。

持长艄的人，兼做"蹿龙头"工作。蹿龙头是高难度动作，首先得有极好的弹跳水平，当然也得有极好的平衡能力。他每一蹿都蹿得老高，这时龙舟已前进几米，他得计算好这个距离稳稳落下。蹿起，落下，再蹿起，再落下，和36支划桨配合得十分默契，才能让龙舟如虎添翼，飞快地向前射去。

我娘家有宽大的河流和浩渺的湖泊，否则，龙舟就难有用武之地。龙舟出行，有做独龙表演的，有双龙争强、三龙斗胜的，也有四龙五龙战得难舍难分的；最排场时，10条龙舟齐头并进，龙头昂得高高，龙尾潇洒飞扬。健儿们奋力地举桨落桨，动作整齐划一，掀起了惊涛骇浪，云起雾缭得连人影也看不清了。两岸是人山人海，摇旗呐喊的，欢呼雀跃的，还有发痴发癫的。那种盛况，可以和世界上任何激烈的体育夺冠比赛相媲美。

有一年端午节我回娘家，车子到达柳市那条长百余米的公路桥上，忽然不动了。探头看看，桥面上是一溜长蛇般的车队。原来桥下的龙舟鏖战正酣，司机们停了车，乘客们都争先恐后地下车扑向桥栏，尤其是外地的客人，他们惊喜地欢呼着，庆幸自己遇上了这样壮观的场面。

我们的龙舟，比别处的龙舟剽悍矫健得多。我看南京秦淮河的龙舟，像一口碗，才12把桨，好像一个还未断奶的孩子；三亚的龙舟，是14把桨，虽然披红挂绿，可让我感觉是一个小儿出来玩玩而已；韶关的龙舟，有20把桨，龙身倒也不短，但总觉瘦弱纤巧，不堪委以重任似的；香港的龙舟人数不少，但龙头龙尾被简单化了，看上去像个怪物。其他地区有24把桨的，28把桨的，有的造型简陋，色彩灰暗，而且没有司旗司锣，显得有些冷清；更没有蹿龙头的弄潮儿，跟我们的龙舟相比，缺乏阳刚之气，缺乏那种奋勇夺冠的能量和豪情。

每年过了春节，我们的龙舟就要从"龙舟屋"里被请出来，进行一番仔细的检修。兵欲善其事，必先得其器嘛。农历四月，龙舟训练就开始了。下水的那天，锣鼓喧天，炮仗动地，点香燃烛，祭拜天地，祭拜河神和龙王。有结婚、添丁，或考上大学等喜事的人家，都要扯上两丈红绸，给龙头龙尾披红挂彩，把龙舟

打扮得喜气洋洋的，也给自己企求快乐和吉祥。

划龙舟的都是精壮汉子，智力和膂力都十分了得。司鼓是总指挥，来不及出门的人，只听鼓点就知道龙舟们在干什么，咚，咚，咚咚，鼓声平淡，那龙舟只是在赶路。密密的一串长音，是龙舟转桨了——龙舟从不调头，只是转桨，健儿们一齐抬身，齐刷刷地转身180度，齐刷刷地重新落座，龙尾朝前，逆向前进。鼓声越来激越，如马蹄，如急雨，我们就知是斗得如火如荼了，鼓声如狂飙，如雷霆，那就是我们的龙舟大获全胜了。

划龙舟是项非常艰辛的运动，也是非常有趣的娱乐。我们的龙舟划到哪里，那里的村民就放起炮仗迎接，他们用几个大盘子，把酒菜、粽子、香烟等等送到河埠头来，慰劳我们村的健儿们。

司旗的人绝非寻常。那旗很大，旗杆很长，吃着风，在船头站立都困难。可是司旗的却能把旗帜打出花样，打得猎猎作响。他左边一划，右边一兜，那面旗比一支桨还管用，拨着龙舟向前蹿去。

农民们长年从事农业劳动，肩膀、腰板、四肢都久经磨炼，强壮得很，只有臀部薄弱。可龙舟恰恰是坐着划的，屁股磨损得厉害。那时候村子里没有药品，唯我家备有红汞、碘酒和紫药水。烂了屁股的邻居们都跑到我家，我用棉签蘸些药水一一递去，让他们把屁股涂得五颜六色。

豆腐佬阿三每天清晨挑着他的豆腐担子，走村串巷地叫卖豆腐。龙舟比赛的日子，他不走大路专走河岸小路了，我们村的龙舟划向哪里，阿三就跟到哪里。太阳很毒，他总是戴着一顶破草帽。听到有人喊买豆腐，他歇下担子，一边划拉方块，一边吹嘘我们的龙舟怎么怎么雄壮。可我们的龙舟也并非百战百胜，赢了，豆腐佬把草帽推到背后，扬起一张意满志得的脸；输了，他连豆腐也没心思卖了，把那顶破草帽扣得低低的，灰溜溜地回村来了。好像他就是龙舟，龙舟就是他，输了就没脸见江东父老似的。所以，我们的龙舟这天在外胜败如何，只要看豆腐阿三的破草帽就知道了。

划龙舟时节，是村子里最和谐最团结的日子，哪怕恨得几年不说话的，哪怕刚刚打得头破血流的，只要上了龙舟便拼尽全力，同仇敌忾。男人在外头赛龙舟，女人自觉地做好后勤服务工作。大太阳烤的，热吧？一天到晚拼命划桨，累吧？争强斗狠，上火吧？还有那皮开肉绽的臀部，发炎吧？女人就在家熬绿豆汤，加了冰糖早早地熬好，放凉了，等丈夫、兄弟，或者是儿子们回家狠灌一气。

我们村许多厨房临河而建。那一天，焕嫂正在窗下搅着一大锅波浪滚滚的绿豆汤，我们村的龙舟和邻村的龙舟拼上了，她的丈夫和两位弟弟都在船上，一个个拼上命去划，可两龙相持着不相上下。焕嫂那个着急啊，她一边挥舞着勺子，一边尖叫呐喊：加油！加油！再再加油！龙舟划过去了，一大锅的绿豆汤，也全被她泼到地上去了。

我们的龙舟，早就划出国门去了，并在国际龙舟大赛和全国龙舟大赛中屡屡获奖。不信，你去我们郑家湾看看？

南沙夜宿

这是一次笔会。那时舟山的朱家尖岛还没有开发，一切都是纯自然的。没有宾馆饭店，我们住在部队遗弃的营房里。

作为地主的舟山市作协主席叶宗轼同志当的向导，他带着我们沿着一条双脚踩出来的土路，穿过一片苞米地，翻过一个小山坡，就看到了海和那个叫"南沙"的沙滩了。

南沙很是辽阔，干干净净的纤尘不染，平平展展的一直伸向远方。就我的感觉，比青岛、大连、北戴河的海滩都好得多了。

我们席地而坐，眺望着浩渺无垠的大海。波涛汹涌，声如鸣雷。前赴后继的惊涛席卷过来，扬起一层层雪白的浪花，8月的暑气顿时全消。

老叶眺望着大海，感慨地说：在这里，你会忘掉世俗的一切。

我颇有同感。

"这个海滩，仅仅是这儿海滩的五分之一。"他指着远处说，"跨过那山冈，那边也有这么个海滩，再跨过一个山冈，又是一个；东沙、西沙、里沙、团沙，共有5个。"

一个沙滩就叫人目不暇接、心旷神怡了，何况有5个！不知为什么，我把这些海滩想象成巨大的莲瓣，5个莲瓣缀在一起，莫非就是观世音菩萨的莲座了？

我们沿着沙滩下去，再下去，直到让赤足淹没在海水里。沙粒很细，沙滩却坚挺，踩上去有踏实感。正在退潮，水尽管下去，沙却顽强地留了下来。老叶说，这叫"铁板沙"。

一辆拖拉机沿着湿漉漉的沙滩驶过，留下了浅浅的、却十分清晰的印痕。

我说，这沙滩坚硬得可以开大货车。老叶说，还可以当机场跑道呢。

下午会后，有当地的农民到营房来出租帐篷。帐篷大小不等，有单人的、双人的、4人的、8人的。大家争先恐后，一会儿就把帐篷抢租光了，登记的举着本本嚷嚷道：没有了，租光了，其余的同志等明晚吧。

我和红租到了一顶双人帐篷。红刚结婚，她长得十分娇小，脸色无华且缀满了细密的雀斑，一副需要人保护却没人保护的模样，连她的先生也不知和谁打扑克去了。我的"大姐情结"来了，觉得照顾她义不容辞。再说在海滩夜宿也没什么危险，大小帐篷住得好几十人呢，还怕豺狗什么的把我们给拖了去？

晚饭后，租到帐篷的人们提着吃的喝的和玩的，浩浩荡荡地向沙滩进发。一位编辑穿着西短裤，吊袜，健壮且潇洒。他一手提着两个大西瓜，一手提着瓜子、话梅、巧克力、葡萄酒、扑克、象棋什么的，一副雄赳赳的骑士模样。

帐篷扎在海滩高处的沙坡上。沙坡是西瓜地，尚未成熟的西瓜半埋在沙里。由于没有潮水的洗刷，这儿的沙显得松软、干燥，一脚一个深深的窝儿，让我们有身临沙漠的感觉。帐篷扎得错落有致，"门"的拉练呈倒 T 字形，既方便我们进出，又能防止蛇虫侵入。

认准了自己的窝儿之后，我们又下到海边去。天渐渐暗了，晚风乍起，擦着海面飕飕的窜，身上便有了些许寒意——不是凉意而是寒意。黑黝黝的海水中，有神秘的东西在涌动，闪闪烁烁，我们伸脚去踢那些潮湿的沙子，竟踢出一束束鬼火般的磷光来。

不知是凉，还是怕，有人打退堂鼓了。他们嘀咕着还是回部队营房为好，三三两两的走了。我和红追着他们说：别走别走！好不容易捞着个宿营的机会，你们怎么轻易就放弃呢？

也许是人微言轻，也许是愈来愈黑的苍穹有种可怕的压抑感，我们没能留住他们，反倒有更多的双腿跟随他们溜走了。

我问那雄壮的骑士：你回去吗？他豪气十足地说：男子汉大丈夫！——就是你们都跑光了，我一个人也要坚守阵地！

我和红都松了口气，心里涌上几分感激，几分暖意。"骑士"还举了举手里的吃食说：让他们统统都走吧，我们还可以多吃点呢。

影影绰绰中，有一个女孩在啜泣，我们寻声过去，是我们省的一位作者小姐。不知是因为胆怯，还是因为受了委屈，肩膀一耸一耸的哭得十分伤心。"骑士"就过去安慰她，安慰来安慰去，就陪同她回营房去了，连招呼也不跟我们打一下。

广袤的黑暗中，只留下我和红两个人。一种被遗弃的感觉强烈地攥住了我，我们被朱家尖遗弃了，被整个笔会遗弃了。

我心虚地问红"你也走吗?"我想这个体重不到 80 斤的小女人肯定是要回到她老公身边去的。如果她也要走，今晚的海滩夜宿可是彻底地完蛋了。

红说：你不走我就不走！

红的回答让我感动不已，我终于有了一个同盟者，终于有一个不背弃我的人！我差点儿就拥抱她了，我反复地说：我不走，我不走！

我们俩手挽着手，开始返回沙丘。涛声喧哗，天地混沌，远处一盏羸弱的风灯，孤凄地向我们招手。我们朝着帐篷的方向，深一脚浅一脚的走去。

那个出租帐篷的农民坐在一条长凳上，凳子的四条腿差不多全陷到沙子里去了，他的头垂到了裤裆里，沮丧地说，都走了，只剩下你们两个了。原来今晚遭受不幸的不只是我和红。我问，他们付了钱吗？他叹息着说，没有。他站了起来，把那只风灯挂在我们的帐篷上。

进了帐篷，合上了 T 字形拉链，我和红分头仰卧，心里充满了悲壮。

我问红：你的老公怎么搞的？他知不知道这儿只剩下我们俩了？

红无语。

夜渐深。滩头涛声依旧，冈上松风呜咽，沙坡上，风赶细沙窸窸窣窣，多么幽静、多么美妙、又多么悲凉的夜晚啊。

涨潮了。大海渐渐地在向我们推进，涛声愈来愈近、愈来愈清晰，后来，仿佛快追到我们的帐篷下。

一阵刺啦啦的拨水声，有什么东西正在上岸。

会不会是水鬼？

也许是海盗？我们半真半假地嘀咕着，多少有点儿毛骨悚然。

接着就有熟悉的呼唤声，是本省的几位男士。我拍着怦怦乱跳的胸口，口念阿弥陀佛：到底还有人记挂着我们，关心着我们。我和红忙从帐篷里钻了出来，看见几个湿淋淋的背影，原来他们潇洒得很，刚刚夜泳来着。

沙丘上顿时热闹起来，寂寞和凄凉遁得远远的。男士们抽着烟，海阔天空地聊着。月白露重，夜色空蒙，男人们就嚷嚷饿了，问我们有没有吃的。我们就说，都叫"骑士"给带走了。大家便骂了"骑士"一顿，然后打发那个出租帐篷的农民去弄吃的。那个农民在沙里掏呀掏的，居然掏出个大西瓜。然后他离开了我们，一会儿，一大堆还挂着胡须的嫩苞米呈现在我们面前。

我们踊跃地去弄柴草，大大小小的脚窝窝把沙地弄得狼藉不堪。

籍火燃起来了，红红的，旺旺的，暖暖的。我们往火里丢苞米棒棒，一会儿，火堆里就冒出熟苞米的香气来。我们争先恐后地从灰烬里掏了出来，倒着两只手乱啃起来，老实说，我们一辈子也没吃过这么美妙的东西。

那个农民变戏法般地从裤袋子里变出一瓶白酒，男同胞们便三呼万岁。他们拧下瓶盖子当酒盅，斟上酒，递过来递过去地干杯。这时候，一条米把长的青蛇也过来凑热闹，对于这个不速之客，我们没有打它，没有叱它，而敬了它一盅酒，还别出心裁地给它许多祝福，感谢它参加了我们这个特殊的籍火晚会。

那一夜，我们是枕着波涛、听着松涛声进入梦乡的，我们睡得安宁极了。当第二天的红日挣脱了海水的纠缠奋起跳出海面的时候；当灰色的、银色的海鸥互相追逐着发出欢快的鸣叫的时候，我们起来了。我打开了帐篷的拉链，只见昨天被我们双脚踩得乱七八糟的沙丘，已被一夜的海风梳理得熨熨帖帖，并雕琢出如诗如画的图案来。那个精致，那个曼妙，简直是美轮美奂。西瓜和它们的藤秧全被覆盖了，间或冒出个翡翠般的嫩芽尖尖，更给这幅画面增添了生趣。

我们裹足在帐篷门口，踟蹰着不敢举步，因为实在不忍践踏大自然如此神奇的杰作。

石门洞走笔

我总是羡慕古人，羡慕他们那种"竹杖芒鞋"的雅兴和勇敢，"渡水复渡水，看花复看花"，有多少付出，就有多少收获。

而现代人却是装在那些带着轱辘的盒子里去游山玩水的。车轱辘像现代人一样浮躁，它飞快地滚动着，急急忙忙地扑向目的地，固然节约了时间，却舍弃了许多弥足珍贵的东西，只能是走

马观花了。

我很早就喜欢青田的溪滩，因为它坦荡、随意。几段干涸的河床，浇点水泥就权充马路了。但你得当心，如果是雨天，你轻轻松松地过去，可片刻工夫，恶作剧的山洪也许就阻挡了你的归程。我也喜欢瓯江的明净雍容，年轻时我曾经赤足伫立在江边，任那纤尘不染的细沙从脚趾缝里一咕噜一咕噜往上冒；我更欢喜坐在舴艋船或竹排上，感受那种顺流而下惊心动魄的"浪遏飞舟"。

而新世纪的头一个金秋，我们应青田县文联的邀请，由四个轱辘载着，自青田县城出发，顺瓯江上溯30余里，来到著名的石门渡。据说，石门景点的石门洞，是明朝开国国师刘基（字伯温）少年时读书的地方。这里的山水和文化养育了他，赐予了他经国济世之才。虽然刘基辅佐朱元璋建立了明王朝，但他深深懂得"伴君如伴虎"的道理，功成名就后便退隐了——这除了是一种明智，也是一种无奈。

对岸就是石门洞。隔岸遥望，那石门似旗，似鼓，衬以明山秀水，竟有桃花源的感觉。我们应该感谢当年的永嘉太守谢灵运，如果不是这位山水诗人不知疲惫地寻幽探胜，石门景区也许至今还"养在深闺人未识"呢！

群山起伏，瓯江如练。山是那样的清，水是那样的绿，空气又是那样的清新。可美中不足的是，驮着我们过江的，却是一条粗糙的轮船。没了摇橹划桨的咿哑，没了静如处子的水面，也没了"看山却似走来迎"的亲切，轰隆的机声和漂浮的油迹，似乎抹杀了一种和谐，拉开了人与山水的距离。一种淡淡的惆怅，涌上了我的心头。

登上岸，进石门，却见崖石嶙峋，形状怪异，似龙非龙，似虎非虎。出了洞，顺山势，傍鹤溪，沿干净的小道蜿蜒拾级而上。极目望去，但见林木深深，芳草如茵，心想这里的确是个好去处，刘基在此读书真是适得其所。我也想在这里小住几天，可惜时间匆促，只能留待以后了。寂静中间忽闻一两声鸟鸣，夹杂着鸟儿的振翅声，整个山林顿时鲜活了许多。风过去，一阵阵的花香和树香，沁人肺腑。峰回路转，溪流忽然不见，却闻水声跌宕，或远或近，或疾或缓，如风吹檐马叮咚，如女儿巧理丝桐，让人怦然心动；峭壁上多见摩崖题刻，字迹或清晰或模糊，书体或苍劲或飘逸，各有异趣，让我们久久地揣摩。

石门洞附近有几座小石桥，建构样式大同小异，其中有一座"催诗桥"，可能是经费缺、时间急，造得粗俗，桥名是郭沫若题的，也少有诗意。郭老晚年写了些平庸之作，在这里同样留下遗憾，我只好忽略它了。过石桥，感觉也不甚好，窃以为小溪渡水，石碇绝妙，那一步一个、光光溜溜、如门牙般齐齐整整的短石块，嬉戏着激流，让我们蹦跳着过，那动作像弹琴，似跳房（女孩子玩的游戏），几分艺术，几分刺激，即使是掉下水去也没有危险，何苦要拔除病牙般把它们全部拔去，镶上这恶俗的石桥？更有那几个小亭子，欠精致，少韵律，简直是有碍观瞻。是否请专家重新设计呢？

到鹤溪尽头，就见石门飞瀑，瀑如飞将军，骁勇自天降，更兼飞珠溅玉，轰然如雷滚过，算得壮观了。瀑下的银积潭碧波荡漾，涵泓数亩，也算得阔宽广大了，而潭深"数百丈"则不知出自何处。再说，在山水介绍中，最好留一些想象空间，说白了，说死了，反而少了空灵。

银积潭侧，全是裸崖耸立，其中一巨岩横空而出，下有一床大空隙，传说是刘基藏书处，也有说是刘基读书处。旁有一钥匙模样，却是形象逼真。沿潭转小半圈，悬崖如屋檐突架，遮住半角天空，里面宽敞明亮，恰是天然居所了。我顺着崖壁猿攀而上，在那张平坦的、仅容一人的石床上躺下，果然清凉舒坦，心想日后脱离尘嚣，带些书在这儿闲读倒是再好不过的了。

刘基祠前有一段石级，名曰"青云梯"，是借用了谢灵运诗句意境的。谢先生登山多了，便创造了一种可以装卸的鞋子，上坡时去掉前齿，下坡时去掉后齿，因此步步踏实稳妥。后人将这鞋子唤作"谢公屐"，我想，刘基也是深深领会它的道理的。青云梯虽不很高，但十分陡险，当年刘基可以说是青云直上的了，但他最后还是返回山林，和范蠡泛舟五湖一样，为自己洒脱地活

了一回。登上青云梯，就到了刘基祠。祠建于 1525 年（明嘉靖四年），不知几度废圮，如今见到的是 1933 年重建的，虽嫌破旧，却有了沧桑感和沉重感。

石门洞最有档次的要数碑廊了。从刘基祠的墙角转过去，就是一个规模很大的碑廊，29 方碑碣整齐地排列着，碑上镌刻着诗、赋、铭、诵，笔法有的潇洒俊逸，有的豪放浑厚，记载着石门乃至青田的历史和文化轨迹，抒发着古往今来墨客骚人的胸臆。笔者曾到过一些名山大川，碑碣和摩崖题刻也屡见不鲜，但青田石门却汇集了这么多，而且保管得比较完好，确实是难能可贵的。

回头经过石门洞时，忽闻空穴来风，雷霆大作，惊愕之间，见一列火车正喘着粗气从我们头顶上隆隆碾过。空山，铁桥，疾车，那音响震耳欲聋。我想，石门洞原本是安详静谧的，可它也不得不经受现代文明的野蛮冲击。

滑　沙

那次从北戴河回来，人问我：你最喜欢北戴河的什么？我便响亮地回答：南戴河滑沙！

似乎是答非所问。走了趟北戴河，才知道还有个南戴河，两处相距仅个把小时的车程。南戴河还被誉为"黄金海岸，碧海金沙"；可惜这次旅游安排的仅是滑沙一项，无缘领略其万种风情了。

导游小姐介绍说：世界上只有两处有"滑沙"这种活动，一是非洲的纳米比亚，可那是当地人自娱自乐的；第二就是南戴河的昌黎县了，这儿的沙丘张开怀抱，大规模地欢迎普天下游客。

导游小姐一再说滑沙如何惊险，如何刺激，她自己曾经如何地栽跟斗，说得人心里又痒又怕。那张门票的背面也写着：高、低血压者，心脏病患者，孕妇老人等不得参加，否则后果自负。

我踌躇着。鄙人平生喜欢体育活动，少年时代，田径、球类、体操，样样都沾点边；老了老了，还执著地学会了游泳。有一次在北京的密云水库，骑着马从又高又陡的水库大坝上跑过——是跑，不是走。今天好不容易来到了这世界罕见的大沙丘，不滑更何待？

可这几年身体也真不行，曾莫名其妙地昏厥过两次。若是这一滑直接滑到马克思那儿，岂非荒唐，岂非遗憾？

举目四顾，沙的地，沙的路，沙的海岸，总之一个沙的世界，更有那一个个庞大的沙丘，相倚着，相挽着，连绵起伏成一脉脉的沙山，且棱角圆柔，曲线优美，像一个个睡美人。遥遥相对的两个最高的沙峰上，都已装了缆车，一张张载了游客的缆椅在悠悠自得地缓缓滑行。

享受大自然的念头占了上风，滑！我决定了。大不了翻几个跟斗，反正都是沙，也伤不到哪里去；即使心脏经受不住考验，也是"本来昏厥已多多，再昏一次又如何！"况且同行颇多医生，出了事自然不乏高明的救死扶伤者。

于是，跟了导游小姐进了沙场。来不及等缆椅来接我们，就开始往沙漠里进军。深一脚，浅一脚，一脚砸出个大大的沙窝窝。外边的沙地上在抬轿子玩，唢呐在高吹《纤夫的爱》，跟着那旋律我唱道："妹妹你坐船头，哥哥在沙上走！"待跋涉到沙丘顶上，已是上气不接下气，一颗心也快从喉咙口蹦出去了。

一张张栏椅正从我们头顶越过，是滑向沙丘那边的人凯旋了，每张缆椅侧面都挂了块滑板。工作人员摘下滑板，对着我们嚷嚷：快快！一人一块！不容分说，我拖了块滑板就向沙丘的最高点走去。探头向下一望，我的妈呀，这么陡！这么深！然而箭在弦上，不得不发。我把滑板往两根楔子后一搁（若无楔子挡着，没等你上去那滑板就滑下去了），我一步跨进那刚好容纳一人坐姿的滑板，管理人员一踩机关，楔子钻下沙去，滑板带着我像脱弦的箭往下射去，我睁大了眼睛，全身心地去拥抱、去捕捉各种感觉，我觉得是乘了滑翔机在山谷里滑翔；是坐着舴艋舟顺

瀑布下滩；是仰泳时被巨大的海浪猛地拖走。那种陌生、新奇而又似曾相识的感觉让我喜悦无比，我举起手臂欢呼起来……

遗憾的是很快就到了地面。也许是余兴未消，滑板载着我在平整的沙地上继续滑行几十米，才恋恋不舍地停住。

回头可是坐缆椅的。我们按序站在块水泥板上，缆椅过来，转个弯，兜起我们就走。我们鱼贯着一串儿向原路返回，居高临下望去，人家正滑得热闹，一个个影子像流星般闪过。

其实，滑沙并不难，看一些老人和小孩也都能胜任，只要克服那开始的恐惧就行。当然，滑的过程中要把握好平衡，这里边包含着一定的哲理。我曾看见两个人栽了跟斗，人和滑板劳燕分飞，各奔东西，一个女士终于在离地面十来米的地方坐住，惊魂未定双眼直直地在发怔。

缆椅在悠悠然走。心想，如果从椅上掉下去，又将是怎么样的感觉？我甚至希望能掉一次，只是千万别掉在水泥建筑和钢筋铁架上。

感受冲浪

青岛，老人头沙滩。

这次活动是允许带家属的，所以"单身汉"的我就显得有点儿孤单。这一天的上午8点，我跟定了台州医院的王医师，应医师夫妇和他们的霞小姐之邀奔向这个沙滩。陆续来到的还有我们这个团的另外几家。抬目望去，远远近近、星星点点都是五颜六色的泳装，男女老少或说或笑很是热闹。

大夫们租了几顶遮阳伞，伞下的一切便成了我们暂时的天地。

没有人留恋安逸的伞荫，大家换上了泳衣，纷纷下海去了。

海滩坚实、平坦，踩着有安全感；海浪却威武、剽悍，一道道一层层像冲锋陷阵的战士，它们呼啸着席卷而来，齐刷刷地扬起雪白的、旗帜般的浪花，奋不顾身的一扑，然后珠溅玉碎地跌回海的怀抱，去感受大海母亲沉重的喘息。

头顶是8月的骄阳，水却有点儿凉，我们掬起一捧捧海水来预湿自己的身子，凉得咝咝抽气，可是谁都不肯退缩。

从来不曾游过泳的女同胞们都很勇敢，她们在夫君的陪同下一步步向前探索，孩子们更是像嬉闹的海狸子，上蹿下跳，欢呼雀跃。

我们在一个自己认定合适的位置站定，一任海水在身边汹涌喧哗；极目渤海，一下子懂得了什么叫博大和无垠。

我正侧脸看人嬉水呢，一个巨浪猛地偷袭而来，像一只巨大无比的手重重地扇了我一耳光。右耳和右眼立即灌满了水，我抹了把脸，刚喘了口气，第二个浪头又不期而至。我一个趔趄，便一头扎下水去了，扑腾几下挣扎了起来，吐出了半口又涩又咸的海水，另外半口却已经滑到了肚里。

不能老是这么被动，被动就要挨打。于是我试着面对海涛，练习冲浪。浪头确实厉害，它们以排山倒海之势逼过来。逼过来，不是当胸拍你一把，拍得你皮肉生疼，就是把你没头没脑地压在水下。会游泳的我尚且要挨灌，没点水性就只有呛水的份儿了。于是，我们看准了时机，等那恶狠狠的白浪扑来之际，就奋力跃起，让自己的脑袋在刹那间露出水面，免受袭击之苦。可是浪的冲力还是要让人踉跄。"作用力等于反作用力"，小时候物理学是这么教导我们的。于是，我们试着在跳起的同时，要加一点儿反冲力才能使自己的身体平衡。

这样，人和浪就形成了一种对峙的关系，我觉得那简直是一种相扑。相扑，想到这个词儿，我不禁哑然失笑。

而内行人是侧着身子冲浪的，侧面受力面积不大，阻力也就小，我们试了几下，好是好，却觉得不过瘾：又不是比赛什么的，何必要贪图轻松保持体力呢？

我又转了90度，背对着海涛。背最笨了，没有反抗的能力，只有挨打的份儿，我们心甘情愿地经受着袭击，几次被打得趴倒

在水里。

就这样，我们左冲、右冲、前冲、后冲，原来每种冲法的感受都不一样。我们一次次高高跃起把浪踩在脚下，又一次次失重般落回水中。我忽然想起了苏大胡子的"老夫聊发少年狂"，觉得恰似我当时的心境。大家也都兴奋异常，忘记了年龄，忘记了疲惫。从上午8时到下午3时，除了沙滩浴的一小时，我们和浪较量了整整4个钟头。

最后我想，能不能回避这种冲撞、搏斗？能不能和浪的关系处得友好一点？——我面对着大海，凝望着那兵临城下、大军压境的排浪，调整自己的思维方式。有了，我双手并拢举过头顶，把整个身子拉得直直，迎着那气势磅礴的巨浪，我将脑袋一埋，像海豚那样从浪的肚子里钻了过去。

那感觉好极了。

农家蓑衣

蓑衣分两类。一类是休闲的，像张志和《渔歌子》里的：西塞山前白鹭飞，桃花流水鳜鱼肥。青箬笠，绿蓑衣，斜风细雨不须归。

这首诗像一幅山水画，很美。可少小时的我却疑惑：蓑衣怎么会是绿色的呢，莫非是用什么新鲜叶子编的？又觉得这"斜风细雨"用得妙，若是风雨再大点，钓者就没那么潇洒了，他完全有可能被风雨裹挟起来，扔进桃花流水里喂他的鳜鱼去了——蓑衣的面积大，像一面兜风的帆。

还有《红楼梦》里贾宝玉的那套蓑衣。我说的"套"，是因为它上配可装卸的斗笠，下配昂贵的棠木雨鞋；而蓑衣本身呢，更是精致轻巧，连最会挑剔的林妹妹也挑不出任何毛病来。一问，原来是北静王送的。这样的极品蓑衣，只能伴着王孙公子雨夜吟诗，伴着小姐太太踏雪寻梅，自然不会飞入寻常百姓家了。

可农家的蓑衣是厚重的，是一身水一身泥的。它背负着全家的吃口，背负着生存的重任，也背负着子孙的繁衍和渺茫的希望。

大凡40岁左右的农村人，对农家蓑衣都不会太陌生；五六十岁上过山下过乡的知青们，或多或少的也和蓑衣有过纠葛。

蓑衣在农家的地位，仅次于耕牛和犁耙。20世纪50年代以来，耕牛和犁耙都变成集体的了，农民们差不多没有自己的东西，唯有这蓑衣，还忠心耿耿地跟着老主人，永不言弃。

不是每个农人都有资格穿蓑衣的，首先你得有个健壮的体魄。也不是每一个农民都置得起蓑衣的，你得有制作蓑衣的材料，就是那些从棕榈树干上剥下来的棕衣。我们家乡把它们叫"棕榈布"，棕毛细长，纵横交叉，经经纬纬的颇像一片片坚韧无比的棕色粗布。

等你积攒了足够的棕榈布，积攒了不菲的制作蓑衣的工钱，你就得侧着耳朵，捕捉那些走街穿巷的匠人那绵长悠扬的吆喝声：缝蓑衣来啊——有蓑衣要缝蓑衣要补啊——

蓑衣分上、下两部分，上面的叫"蓑衣披"，颇像古代妇女穿的坎肩儿，圆圆的领口，前开襟，有细细的棕绳可供系牢；下面的叫"蓑衣裙"，很像现代美眉穿的吊带裙，有两条棕绳供吊在肩上。但裙腰很大，随意摆动，方便主人甩开大步走路，攒足力气挑担。蓑衣的缝制比较讲究，但下面的棕毛却随意披散着，为的是让雨水迅速坠落。从前的人穿衣服讲究"新三年，旧三年，缝缝补补又三年"，而蓑衣的坚韧足够陪伴主人一辈子了。

父亲是29岁那年被打入农村的，当起了正经的农民，可是他却多年置不起蓑衣。不管是雨水淅沥的春耕，还是淫雨霏霏的秋收，父亲只戴一顶小小的箬笠，一任雨水把他的前胸后背浇得湿透。每每看到父亲落汤鸡般的模样，看到他脱光衣服拼命摩擦身子来取暖的时候，我的心总是隐隐作痛，心想，什么时候我们家也能拥有一领自己的蓑衣啊。

也许是天可怜见的，我家的园角里忽然冒出了一棵小小的棕

桐树，它才 1 岁孩子那么高，而且非常羸弱，巴掌大的叶子，薄得透明；软软的棕毛，像个发育不良的孩子头上的胎毛，在风中微微飘荡。

我和弟妹们把这棵棕榈当做宝贝，清晨醒来，第一件事就是去瞧瞧它有没有长出新叶子；隔三岔五的，我们给它培土，给它施肥。棕榈没有辜负我们，它努力地成长着，第二年，我就从它身上收获了两片薄如蝉翼的棕榈布。

年复一年，棕榈长成个大小伙子了，棕榈布又大又结实，我得架着梯子，一年更比一年高地去割棕衣。一片，两片，我的心在幸福的颤动，我真想一口气给父亲割下一件蓑衣来。可每每割下三四片时，父亲就在树下喊：行了行了，再割你可是要它的命了。

父亲挨冻受淋了五六年之后，终于穿上了自己的蓑衣。从此，父亲带着两腿泥水回家时，身上却是干燥的，这干燥温暖着我们全家的心。

我们都非常珍惜这件蓑衣，父亲一把它脱下来，母亲就立即把它挂在墙上，让它沥尽水渍，让它吹吹风；晴天，我们及时地把它弄到太阳下晒晒，免得它发霉长虫子。

那些年，我的二弟是队里的放牛娃，有一回他想尝尝穿蓑衣的滋味，就偷偷地把父亲的蓑衣穿走了。10 岁的弟弟穿着父亲的蓑衣很是滑稽，蓑衣披遮住了他的小手，蓑衣裙拖到了他的脚背，看起来就像一个巨大的、棕褐色的蛾子。这蛾子扑棱扑棱地飞着，把牤牛带到草儿青青的河岸上。才一会儿，外边就沸反盈天了，嚷嚷说我弟弟掉到河里去了。我和父亲疯了似的向河边跑去，只见那件蓑衣在波浪里旋转沉浮，幸亏父亲水性好，他跳下水去，把"蛾子"连同里面的弟弟一块儿救了上来。

看着湿漉漉的却无大碍的弟弟，我说，只听见过飞蛾扑火的，怎么变成飞蛾扑水了呢？弟弟打着喷嚏说：我也不知道，一阵风我就飞起来了。从此，我们知道小孩子家家是不能随便穿蓑衣的，更不能穿大人的蓑衣。

有一次我到一位同学家里去，发现她家墙上一字儿排开 4 领新旧不一的蓑衣。4 领！我被震撼了，发了会儿愣，才想起她家有一位 40 出头的父亲，还有 3 位 20 岁上下的哥哥，全都身强力壮。我这才明白，为什么这位同学的书包总是最新的，衣服总是最漂亮的，为什么她父亲说话可以像打雷似的。我慢慢地悟出，蓑衣是农家的地位和骄傲。

随着聚氯乙烯的诞生，轻俏的塑料薄膜取代了老实本分的蓑衣。塑料雨衣虽然轻便，虽然洋气，但不透气，还粘身，更有一种怪怪的味道，很像那些在幽暗的路灯下的卖笑女子。

所以，一些老农还是坚守着自己的蓑衣，像坚守着同甘共苦了一辈子的结发老妻一样，坚守着一种安全和踏实。

父亲平反后，蓑衣从我们的生活中隐退了，我很久很久没再见到它们的风姿了。母亲归西的那天，我在那久不住人的老屋里，发现一领衰老的蓑衣，它的棕毛已经苍白，缝纫的痕迹都被打磨光了。我默默地读着它，读出了历史，读出了沧桑。

缅怀补丁

我们现在是见不着补丁了。可自古到今，不管是"锄禾日当午"的农民，还是引车卖浆的市民，或者是埋头只读圣贤书的穷秀才，还有较为廉政的官宦家，衣服上都少不了补丁这玩意儿。北宋的贺铸身为通判（地位略次于州官，应该享受副厅级待遇），太太还是得为他补补缀缀的，他悼念亡妻的那句"空床卧听南窗雨，谁复挑灯夜补衣"打动了多少人的心。一直到 20 世纪七八十年代，中国公民身上都少不了这或圆或方，缝缀上去的布片。

穷人娶老婆，常常是和补衣连在一起的。"王老五，王老五，衣服破了没人补"就可以佐证。许多穷家的妇女，都是"破布补破裤，补补一世过"这么叹息着过来的。一件衣服，"新三年，旧三年，缝缝补补又三年"几乎成了至理名言，小小针线包已经

提高到"革命传家宝"的高度。

补衣服是主妇的基本功，哪个女子不会，将会被视作大逆不道。哪怕你总体能力很强、干别的活很勤劳，左邻右舍往往也会用一种怪怪的眼光看你。穷不怕，衣裤破旧也不怕，但把不该露出的肉露出来就可怕了，这些肉就得靠那些大大小小的补丁来遮掩。

上海滩、温州街的女子最时髦也最懂修饰，外面的那件"出客衣"肯定是式样新颖光光鲜鲜的，可里面的衬衣呢，完全有可能被岁月打磨得薄若蝉翼打上补丁的了。就是吃皇粮的干部，哪一个敢说自己的衣领、膝盖从来没缝缀过？高级干部乃至中央首长，破衣旧裤也是缝缝补补再穿的。朱总司令的俭朴补纳曾见诸报端；一幅题为《总理的衬衣》工笔国画，邓大姐戴着老花眼镜穿针引线的形象至今还留在许多人心中。

为什么大家都那么热衷于补丁呢？究其原因，主要是穷。穷得连肚皮都喂不饱了，哪有力量讲究穿戴？三年困难时期，物质出奇的匮乏，我们家乡有一年的布票只发1尺8寸，这么点儿布票买了布，也就够打两个膝盖上的补丁。第二年稍微多一点儿，发3尺1寸。当时我在一所小学里代课，我在我学生的作业本上发现这样的造句：活蹦乱跳——发3尺1寸布票，我活蹦乱跳。且不说这句式完不完整，有没有语病，就是意思我也读不明白。我请教经验丰富的老教师们，几颗斑白的脑袋凑在一起研究了半天。有的说，是高兴的吧？可马上有人反对说，一年才发3尺1寸布票，高兴什么？还有人说，小孩子家，布票不布票的懂什么呀。争了半天，没有结果。于是我把那位学生请到办公室，男孩的解释让我们大跌眼镜：3尺1寸布，只够做一条裤腿，两条腿挤在一条裤腿里，走起路来岂不是活蹦乱跳了？说着还做兔子状在我们面前蹦跶了几下。

一个小学三年级学生这么理解问题而且成竹在胸，恐怕是有背景的。警惕性极高的一位老师就怀疑这家大人有攻击社会主义制度之嫌，一查，人家是三代贫农，否则还不知会有什么麻烦呢。

除了贫困，还有因为贫困而催生的一种艰苦奋斗的精神。在那冻馁的岁月，如果没有一种精神支撑着，恐怕就有好多人活不下去了。

观察补丁，就可见这家女人的总体水平。布片颜色协不协调，轮廓剪得好不好看，针脚缝得细不细密，整个补丁服不服帖。优秀的补丁，能够以"补"乱真，珠联璧合得让你看不出这件衣服曾经的创伤。说补丁是一门艺术也不夸张，孩子的肘部和膝盖处是最易坏损的，聪明的妈妈把那破洞补好之后，再在上面绣上一对梅花鹿或两只小鸭子，一条破裤就有了新的生命，孩子们不但不嫌弃，反而抢着要穿；《红楼梦》里有一章叫"勇晴雯病补雀金裘"，这个丫鬟被主子视为红颜知己，她夭亡后宝玉还写出百转回肠、情真意切的《芙蓉诔》，恐怕和那个补丁大有关系。

我自己的前半辈子，几乎和补丁相伴而过。我家人口多，大人们在机械车间苦力地干活，孩子们在泥地里猴子般滚打，衣服破损起来速度惊人。那时候我买不起缝纫机，星期天吃过早饭，就提了大包小包的破衣烂衫到有缝纫机的朋友家去补缀，有时忙到人家都吃午饭了，我还硬着头皮在哒哒哒地踩个不停。最难对付的是鞋袜上的洞洞，缝纫机是指望不上了，全靠双手操作，指头常被扎得伤痕累累。补鞋袜又特别费时，晚上坐下就忙到午夜，脖子酸得都拧不动了。现在我去医院看颈椎的毛病，医生总以为我是伏案所致，他们哪里知道都是补丁惹的祸！

大约从90年代起，补丁就渐渐从我们的生活中退隐了。不但城里人身上没有，我特意留心过进城的农民、外地来的务工者（指粗工），甚至乞丐，他们的夹克也许皱巴，他们的西装廉价而缩水，他们的滑雪衫被尘土弄得脏且发白，可就是找不出补丁。有一回我见一个胡子拉碴的老人待在垃圾桶旁，他找到半块馒头飞快地塞进嘴里，可是他身上披的那件军用大衣却是九成新的。

我的女友常批评我衣着随便，她们热情洋溢地怂恿我去选购新衣。我说我的衣柜都挤不下了。她们说：送掉，赶快送掉。而她们介绍的经验是："买得快送得快"。我虽然没她们那么"买得快"，但送出去的也不少。那些衣服并没怎么穿，要么是样式过

时了，要么是哪一点不舒服了，要么什么也不为，就是不想穿了；我们周围有那么多的人在纷纷往外送衣服，补丁自然就稀罕起来。

补丁已成为历史。现在的年轻人只能在电脑的程序里见到"补丁"。想要见识一下真正意义的补丁，必须到电影、电视剧里去找。可不知是导演粗心，还是缺乏"生活"，他们往往弄错或忽略了该补的位置，比如挑夫的肩膀，磨工的腰腹，打铁者的前襟，穷教师的袖口和坐着织帽编篮者的臀部。更有那块选作补丁的布片，要么太新，要么色彩反差太大，岂不知犯了补衣的大忌。还有那稀稀拉拉的粗针大线，让人直为戏里的主妇叫屈！

人是很奇怪的动物，吃饱了会撑着，无病会呻吟。没了补丁的日子会觉得缺了点什么，于是就有人把好端端的新裤磨洗做旧，或者干脆在膝盖处拉几个口子。常见漂亮女孩迈着修长的美腿漫步街头，两个性感的膝头就在破洞处探头探脑。于是，我明白这叫"时尚"。昨天，我在商店看见一条高档的牛仔裤，膝上的补丁精致而美丽，让我耳目一新。

我现在如果再提衣着方面的"艰苦朴素"，会被骂作背时、骂为作秀、骂作神经病。可我不知道我国西部贫困地区还存在着和繁衍着多少补丁？

拜拜，我的补丁！拜拜，我们贫穷的日子！

一张旧船票

那张船票只有一指宽，且薄若蝉翼，票面印的是温州——白象，票价2角5分，外加保险费1分。我原本该在柳市上岸，柳市是白象的下一站（埠），票价是3角，外加保险费1分。

那时候我在温州读书，来来往往都坐这趟客轮。那些船票我用过就扔掉了，唯有这张温州——白象的船票，我把它夹在一本古诗集里，一夹 40 多年。

这段水路也就三四十公里吧，路况却非常复杂。瓯江的风浪有时挺大，为了少些颠簸，那对姐妹轮总是并头拴在一起，但我还是免不了晕船，有时还吐得一塌糊涂。瓯江轮到达琯头码头后，乘客们就弃船上岸，疾跑五六百米——晚了就抢不到位置了——冲向等在内河的一条小火轮。对于挑着行李、扛着麻袋或拖儿带女的乘客来说，赶这段路简直就是搏斗。

我们管瓯江轮叫"江轮"，管内河轮叫"河轮"。河轮小多了，一个机动的船头，挂了一串拖船，模样颇像火车头和后面一节节车厢。

那一次放寒假，我从温州回家。开船的时间是下午 1 点，我来到安澜亭码头，已经是正午 12 点了。

码头的几间小吃店正热闹着，飘散出的阵阵香味，很折磨人。我的胃肠在不安分地动荡。我没吃中饭，连早饭都没吃，因为我的口袋里只剩下 4 角 5 分钱了。如果买了船票，能让我支配的就只有 1 角 4 分钱。

面店的牌子上写着：光面每碗 1 角，肉片面每碗 1 角 5 分。看着那两片薄薄亮亮的肥肉，我馋涎欲滴。我已经半年不知肉味了，这诱惑难以抗拒。可是我如果买了肉片面，买船票就差了 1 分钱。

我面临着艰难的选择，是买船票呢？还是买肉片面？当然还有另一种选择，买一碗光面。可是我太需要那两片肥肉了。

我绞尽脑汁，想弄到 1 分钱。口袋已翻过 100 遍了，显然没有躲藏的 1 分硬币。码头上有人伸着脏兮兮的手讨要零钱，但我一个十五六岁的女生，打死也不能干这等事啊。我想，也许会遇着熟人，可以借 1 分钱，但举目四望，却满是陌生的面孔。最后，我在那 1 分保险费上打起主意。我想，轮船公司完全是多此一举，保什么险？饥饿困顿的性命有那么重要吗？

我来到售票口，递上 3 角钱，说，买一张到柳市的船票，不要保险。小窗里传出一声吼：神经病！要不要保险是由你说的吗？出了人命谁负责？

我叹了口气。心想别人都这么珍惜我的生命，我就没法子自

暴自弃了。

我徘徊在安澜亭码头，望着滔滔江水，双眼发涩。

离开船只有半个小时了，肚子的抗议也越来越厉害了。我什么都不顾了，买了碗肉片面，狼吞虎咽下去。再买温州到柳市的船票不够了，我就买了张到白象的。我想，剩下的那段路，我可以步行，甚至跑步。我的腿长着呢。

那天的瓯江水是"倒潮"，就是说，轮船是逆水行舟，走得极慢。胃里装了两片肥肉，我觉得浑身舒坦。我掏出那张票看着，温州——白象，有点儿陌生，我把它放进贴身的口袋里。在单调的马达隆隆声中，我渐渐迷糊了过去。

我被船舱里的骚动惊醒了，一位70多岁的老头在呼天抢地：我的米啊，我的米啊！原来这老头从温州的亲戚家借到30斤米，他刚打了个盹，那袋米失踪了。

人都在船上，米自然不会飞到天上去。轮船管理人员一遍一遍地查问。可事情就这么蹊跷，没人发现偷米贼。粮食倒是翻出了几袋，有番薯丝，也有大米，可都说得出处，且也没有哪一袋刚好30斤的。

老头子绝望了，他以年龄不相称的敏捷，冲出船舱，奔向船头，纵向跳进滔滔江水里去了。在一片呼救声中，水手们有拿撑篙的，有抛救生圈的，可风急浪高，投水者在漩涡里转了一个圈，就不见了。

轮船麻木地前进，人们却在议论纷纷。有人说，这贼伤天害理啊，要了一条人命！也有人说，贼虽然可恶，但也是救自己一家的性命。还有人说，这"保险费1分"，这回可派上用场了。也有人说，不可能！如果这也给保险金，那不想活的人都要到轮船上自杀了。

从温州到瑁头，江轮足足驶了两个半小时。然后我背起行囊，一路疾跑到了内河埠头。

河轮开了，我把目光投向窗外。破败的村庄，了无生机的田野，都向后退去，退去。小火轮喘息着，一站一站地停靠着，到达白象埠时，已经夜幕四合了。

　　从白象到我家还有十三四里路。我在船上打听好了，抄小路要近四分之一。我顺着人家指引的方向迈开了大步。周遭宁静，连个灯光都没有。那时的灯油是凭票供应的，没有要紧的事，谁也舍不得熬夜。

　　小北风飕飕地吹，四下里连个人影都不见。因为有两片肥肉打底，我并不觉冷，脚步也非常利索。冬天的田野空空荡荡的，就是种了蚕豆和苜蓿，也瘦小得不成气候。为了早点儿到家，我连小路田陌都不走，只从农田里横穿斜插。我低着头，吃力地辨别着田里的稻茬，以免被绊倒。走着走着，忽觉哪里不对劲了，猛一抬头，却见一个黑黝黝的坟堆挡在面前，两具白皮棺材无遮无盖的摆着。我吓坏了，扭头就跑，有个东西箭一样从我脚下蹿过，我紧张得气都喘不匀了，等我闻到黄鼠狼特殊的臭味时，已经冷汗淋漓了。接下来的路，我跑得马不停蹄，挎包拍打着我，啪啪地响，好像在给我鼓劲。我那时候的心脏真是坚强啊，无论我怎样使用，总不会出现故障。远远地，我望到我们村子模糊的轮廓了，才长长地松了口气。

　　那一趟回家，成了我永久的记忆。20 世纪末我偶尔翻书，翻到了那张旧船票，感慨良多。当时正流行《涛声依旧》，那句"这一张旧船票能否登上你的客船"，让我有一种寻梦的冲动。我曾想赴温州重坐一回那班客轮，可被告知公路拉直了，大桥也造好了，温州到柳市，只有 20 分钟的车程了。那些客轮已经完成了历史使命，寿终正寝了。

　　只有那张旧船票，还依旧夹在我那本古体诗集里。

又见炊烟

　　有一首歌叫《又见炊烟》，庄奴写的，邓丽君唱的，好像王菲也唱：

稻田的等鸟
daotian de dengniao

又见炊烟升起，
暮色笼罩大地，
想问阵阵炊烟，
你要去哪里？
夕阳有诗情，
黄昏有画意，
诗情画意虽然美丽，
我心中只有你。
……

我并不喜欢这首歌，总觉得它太浅显了，还有点儿矫情。最主要的是，它太轻俏了，轻俏得让我觉得格格不入。

不过，我还是很喜欢炊烟的。

那天，我从杭州回家。有相当长的一段时间，汽车是在山里穿行的。远远近近的山，高高矮矮的坡，像一个个卧着的女人，凹凸有致，令人陶醉。

我们南方就是好啊，都已是仲秋的天气，树木还恣意地绿着，毛竹还恣意地翠着。路旁的野菊，黄灿灿的，让人想下去采它一把；一些不知名的紫色小花，同样开得欣欣鼓舞，仿佛在迎接什么重大的节日。

时近傍晚了，夕阳把山色染得明一块暗一块的，特别有层次感。

忽然，我看到了炊烟，山中的炊烟。它白白的、浓浓的，徐徐上升，轻轻地晃动着，并不急于散开。

我已经很久很久没有看见炊烟了。城市居民房的烟囱，六七层的也好，十几二十层的也罢，都是一根管子通到顶，也许是燃气的洁净，也许是排油烟机的功效，屋顶的烟囱，总也见不着那飘然而出的炊烟，这当然是城市文明的一种体现，但也让人觉得丢失了什么。

童年时代，炊烟对于我们来说可是太重要了。那时候，我父亲被弄到外头干苦力去了，光靠母亲每月二十几元工资，一家七八口的日子可想而知。那些年，家里穷得连猪崽都抓不起，但是母亲还顽强地养着三四只母鸡。可是，我们绝对没有粮食去喂养它们，给它们果腹的除了粗糠，就靠我和弟弟的两双小手了。

那时的作业并不多，有时干脆没有，课外活动对我们来说是一种奢侈，所以每每半晌午时，我们便急急地回家，把书包一扔，带上小小的竹篓或竹篮，直奔田里。

秋收时节，鸡们是最幸福的，因为它们总能捡到一些谷粒，我们也能捡到一些稻穗。我们把稻穗撒到地上，看鸡们疯抢，我们也有了幸福的感觉。可是这样的日子实在是太短暂了，粮食入仓以后，田里就变得干干净净的了。大人们开始驾牛耕田，翻过来的泥块经过了几天的暴晒，敲碎，铺一层基肥，做成一畦畦的，再在高高的畦面上敲出均匀的窝窝，点上麦种，盖上烧过的、筛得细细的灰泥，就耐心地等它长出麦苗了。

而蚕豆和苜蓿的种植则简单得多。在收割过的稻茬旁，在柔软如绵的泥土上，用锄尖削出一个个浅坑来，就可以往那里下种了。半个月后，新苗和野草都长得寸把高，我们每天下午的作业，就是去打鸡草了。

秋后的鸡草细而小，稀稀落落的像老爷爷的眉毛，也有星星点点的荠菜，羸弱得像雪花片儿一样。半个晌午下来，才打得松松垮垮的一小篮。小篮很轻，风一吹，就给吹翻了；拿到家里一称，也就半斤八两的样子。为了我们的鸡们不挨饿，我们都干得很卖力。有一回，一个男孩趁我弟弟没留意，抓走他篮里的一把鸡草，发现"敌情"的我怒吼起来，于是两个男孩大打出手，对方流了鼻血，我弟弟则肿了一个眼睛。

每当夕阳挨着西山的时候，每当疲累袭来的时候，我们就扭头寻找自家的烟囱，如果那烟囱还冷冰冰地僵硬的，我们知道还不到回家的时候，如果你这会儿回去，一顿好骂是免不了的；如果烟囱变得生动起来了，我们的心也跟着温暖了，再等片刻，那浓浓的炊烟渐渐淡了薄了，我们带着劳动成果，就可以回家慰劳自己的肚子了。

并不是每天都有炊烟在等着我们的。有一天，弟弟不知何故

没和我一起下地，我孤零零地一个人挑着野菜，觉得时间特别漫长。傍晚，别家的炊烟都已袅袅升起，唯独我家的烟囱一点儿动静也没有。我的心忐忑着：是灶坏了？还是弟妹们病倒了？抑或是出了什么事故了？秋风萧瑟，暮色四合，我越想越害怕，就不顾母亲定的规矩，匆匆地跑回家去。

我那当小学教师的母亲照例还没有回家，她不是在家访，就是给哪个学生补课去了。弟弟妹妹们一排儿坐在门槛上，像一群嗷嗷待哺的雏燕。我赶紧去摸锅盖，锅盖冷冰冰的，一阵寒意袭上我的心头。我问管烧饭的二妹：为什么不做饭？二妹哭歪歪地说：没米了！

我的心一下子沉了下去。我很想哭。可我是老大，我一开腔，弟妹们肯定会号啕成一大片。我一筹莫展，只能挨着弟妹们在门槛上坐了下来。我搞不清我到底是等待大人，还是在等待晚饭。一会儿，竟昏昏地睡过去了。

我是被母亲气急败坏的声音惊醒的。天黑得伸手不见五指，可母亲的嚷嚷声却格外清晰：没米，没米不会去借吗？等我等我，我不回家了呢？我死在外头了呢？

沉重的压力，过度的艰辛，让母亲变得焦躁，变得粗粝。她不是不知道，小孩子家家是借不到米的，况且我们已负债累累，也不知道谁家还愿意借米给我们。我们噤若寒蝉，大气也不敢出。母亲拿起盛米的斗，匆匆忙忙地出去了，一会儿，她端着半斗米，又匆匆忙忙地回来了。

当灶洞里的柴草噼噼啪啪红火起来的时候，当锅里沸腾起香甜的粥味的时候，那一刻，我家的炊烟一定格外美丽，可是屋里的我们是看不到了。

……汽车在稳稳地前行，山前的炊烟，山后的炊烟，像喷涌而出的牛奶，给人温馨，给人满足；那晃动的姿态，像藏民舞动的哈达，那样的圣洁，那样的飘逸。

东也炊烟，西也炊烟，她们像一位位仙子，从掩映的绿树丛中婀娜而出。耕作的农人，砍柴的樵夫，怀着温柔如水的心，享受这炊烟，就是因为享受着家的温馨啊；又有多少海外的游子，也不管他离家多久，只要他遥想起故乡，首先想到的也将是这炊烟啊。

忽然想起一副妙对：上一联，此木为柴山山出；下一联，因火成烟夕夕多。是啊，只有这样纯净的山色中，只有在农家的大灶大锅里，才能创作出现这样洁白无瑕，这样美丽，这样让人踏实的炊烟啊。

放　生

日前做了个小手术，有朋友送了两只活鸽来，说鸽子性凉补，对刀口有消炎、收敛的作用，对身体大有好处。

我感谢朋友的好意，但对着活鸽面有难色，因为家里没有人杀生。不是绝对不杀生（煮煮虾蟹之类的谁都会），只是不愿意拿起刀来见红见血的。

鄙人还是女孩子的时候，家母要求甚严，什么活都得学着干，什么事都得学会干。"不会？不会将来到婆家谁瞧你得起？不会以后到社会上怎么安身立命？"母亲总是这么训导着，逼着我们干甚至是最不愿意干的活儿。八九岁时，她就让我学着杀鸡杀鸭杀兔子了。当时家里穷，所杀的禽畜还是别人的，一般都是妈学校里女教师的，乡下没什么好吃的，肚里没油了，到农民家里买只什么（以鸡居多）开开荤。妈就让我充当屠夫。

记得第一次，我为一个娇滴滴的女教师杀鸡。我一点儿经验也没有，七弄八弄把鸡嗉子弄破了，这只该死的鸡那天碰巧吃了人的大便，弄得我的手和鸡的腹腔里都是屎，恶心极了。过后我用肥皂洗手十余次，总觉得余臭袅袅；接着又用茶叶渣、橘子皮搓了又搓，直搓得手都脱皮渗血才算罢休。我的杀生技艺也就在一次次的无偿服务中得到了长进。

嫁到夫家后，满以为有了靠山，杀生大权可以拱让夫君，从

此放下屠刀，立地成佛。偶尔买了只鸡（或鸭）回家，高呼夫君动手，哪知他连连摇头，说自己"从来不干此等难受事"。我问他吃不吃肉，他说吃的。我笑他"君子远庖厨"，笑他堂堂男子汉这么胆小，怕鸡怕鸭怕见血。他又分辩又争吵，就是不开杀戒。吵急了，便说宁可不吃，发誓从此戒了鸡肉鸭肉。

每次斗争都是以我的失败而告终。

等到儿子长到八九岁的模样，我想，"养儿代力"的时候到了。于是就给他们灌输为娘童年的杀生史，并买了只鸡作现场实践教育。哪知夫君不但不配合，反而说，叫他们干这么难受的事做什么？不吃算了。于是儿们高呼着"难受死了不吃算了"作鸟兽散，剩下我孤零零地和那只待宰的鸡大眼瞪小眼。

儿子们一个个长得人高马大了，仍旧没人愿意为畜生操刀。我叹息道：你们四条汉子都心慈手软，我一个女流之辈还作恶什么？罢，罢，罢！从此金盆洗手，再也不买活鸡活鸭了（可不等于不吃），真正地做到了"君子远庖"。

这次面对两只活鸽，我们召开了家庭会议，商量来商量去，最后一致通过慈悲为怀，放生了吧。我说，这是肉鸽，恐怕飞不了。我家老头子说，求生是动物的本能，给它生路它还不跑？于是我们来到阳台，打开了网袋，放了两个囚徒出来。

阳台外蓝天丽日，花香草长，正是奋飞的好时光。我们对着鸽子祝福：飞吧飞吧！去追求天空，追求生命，追求自由吧！

两只鸽子抖抖羽毛，啄啄翅膀，然后把目光转向我们。我们想，定是渴了饿了，缺乏起码的水分和卡路里哪能翱翔？于是拿米的拿米，舀水的舀水，鸽们贪婪地吃喝着，吃饱喝足之后，就静静地在阳台上待着。我想它们是累了，待到精神气儿恢复过来再飞吧。

晚饭之后，天渐渐暗下来。我们又来到阳台上，发现两只鸽子可怜巴巴地缩在角落里，像两只摸错门的鸡。晚上睡哪里？这成了当务之急。老头子拖出那个装着食品的大纸箱，腾了一地的粉丝，然后把这个纸箱拿到阳台上，选了个我们认为最合理的角落放好，然后抓了那两个不走运的家伙进去。我觉得天气还挺凉，鸽子住在空落落的纸箱里恐怕会着凉，想起从前在农村填鸡窝用稻草，可如今到哪儿找稻草去？

我翻出些旧稿纸来，耐心地撕成条条片片，给它们做"铺盖"（瞧这是什么待遇？）它们窸窸窣窣了一阵，也就安然入睡了。

也许是太舒适了，第二天早上，它们迟迟没有出窝。我在纸箱旁撒了把米，轻轻地呼唤着，它们才懒洋洋地出来，然后又是一番吃喝。太阳明媚，气温适中，我对鸽子说，你们已经恢复过来了，应该远走高飞了。

鸽们在我的阳台上悠闲地踱着步子，咕咕地唱着咏叹调，就是没有走的意思。我们挥手做轰赶状，它们仅拍拍翅膀疾走几步，就停住了。

第三天还是依旧。我们反省着：是我们有病，还是它们太颓废？它们一直养尊处优着，不必为生存而操心，它们的翅膀早已退化了，所以也就失去了飞翔的资格。

我们已经不耐烦侍候这两个窝囊废，更厌恶每天的扫屎擦粪。

既然给它们生的机遇都不要，那么就只能等着做砧上之肉了。我叫了儿子来，让他把它们送到专职的屠夫那儿去。

鸽　遁

某先生待人极好，不管是长辈晚辈、同僚下属、亲戚邻居，该关心的他都能关心到，该帮助的他尽一切力量帮助。他和谢家是世交，这次来看谢老先生，恰逢谢老先生的女公子剖腹产，正在娘家坐月子。

某先生就想给谢女士弄两只活鸽。又听说笼养的肉鸽药效平平，最好是那些真正的在蓝天翱翔的飞鸽。

　　为找鸽子某先生全力以赴，然而本地只有肉鸽而没有正经的飞鸽。忽然想起，新昌一老友养着飞鸽数羽，于是就驱车200里，前往求鸽。

　　该老头儿其实爱鸽如命，可多年前欠着某先生一重大人情债，一直没能偿还，这次某先生开口买鸽，绝对不好驳他面子的。

　　于是忍痛割爱，挑来挑去，挑了两羽他认为较差的，交某先生聊以塞责。

　　鸽子被送到谢家，立即招来全家的喜欢。某先生说，赶紧杀吃了，养着可就要瘦了。

　　台州风俗，产妇忌风，所以产妇卧室的门窗总是关得严严的。谢家女公子遂把鸽子放到地上，任它们在床前溜达跳跃，也不怕它们逃了去。

　　那是两羽真正的飞鸽，黑溜溜的眼睛，红喙黄爪，洁白如雪的羽毛齐整闪亮，浑身上下无不透着矫健和精神。大家交口称赞太漂亮、太可爱了。

　　产妇说，我宁可刀口好得慢些，也不忍心杀了它们。

　　日复一日，谢家并没有杀鸽吃肉，只是精心饲养着。可鸽子显得烦躁不安，它们在屋里扑腾，朝玻璃窗猛撞。产妇犹豫了一阵子，说：要不，我们将它们放生了吧？

　　谢父说：不行，人家一番好意、一番苦心弄了来，我们放了生，怎么向他交代？

　　也确实无法交代。于是就这么养着。

　　这一天，产妇嚷着气闷，就把窗户开了一条缝。第二天，她把这条缝扩大了一点儿。第三天，那条缝隙似乎更宽了。鸽子先是侧着脑袋思索着，继而怀疑地咕咕着，又互相交流了些什么，突然，它们奋飞而起，朝着那条缝隙冲了出去，很快就消失在天空里。

　　产妇长长地吁了口气。

　　几天之后，某先生又来到谢家，闲话间提起鸽子。谢老先生不会说谎，只是十分歉疚地说：它们跑了。

某先生说：那我重新给你们弄两只。谢家要阻拦，可是某先生已经拔腿走了。谢家女公子冲着他的背影喊：不要！你弄来了我也不吃！

也不知道某先生听清楚了没有，他又不辞辛苦跋涉 200 里来到新昌，给养鸽老头子说起鸽子逃遁的事。老头子笑指屋檐上起起落落的鸽群说：它们不是回来了吗？

某先生认出了那两羽鸽子，它们正在闲庭信步，那神态十分高贵，十分优雅。

某先生会心地笑了笑，没有再向老头子提起买鸽之事。

恶　鱼

前阵子侄儿住在我家。有一天，他去小菜场买了两条 10 多厘米长的小鱼，长圆身，黑花皮，很是灵活矫健。

我看了看，说，这是黑鱼，学名"鳢"（音同鲤），温州人叫"乌鳢"，台州人称"乌皮鳢"，外号"水中老虎"；养鱼池里若有了它，那一池的鱼就全要遭殃了。侄儿说，它才泥鳅大小，就吃别的鱼吗？我说，它天生就是吃鱼的主儿。

天太热，我怕鱼搁在薄膜袋里死了，就将它们养在头号搪瓷碗里。一连三天，我都在食堂吃饭，回到家就问我家先生：那乌皮鳢死了么？先生高声回答：健康得很呢！继而朗诵道："身体健康，永远健康！"仿佛因为鱼的健康，我先生的身体都变得更加硬朗起来。

我终于对那口搪瓷碗不耐烦起来，我对侄儿道：鱼是你买来的，又不吃，什么意思？

第二天下班回家，就发现搪瓷碗里只剩下一条鱼了，我问：那一条死了么？侄儿说，中饭时杀了烧吃了。

待到我打开冰箱时，却发现那条烧熟的黑鱼没动几筷子。我问怎么回事，侄儿说，这家伙太厉害了，破开膛，挖了五脏六

腑，还一个劲地活蹦乱跳；正反面都片了许多刀，滑到水里还游得挺欢；下油锅炸了好一会，还一下子蹦出锅去！叫人不敢相信它是鱼，倒像什么妖怪了。

那烧熟的黑鱼在冰箱里待了几天，还是让我给倒掉了。活着的那条，仍然悠闲地生活在搪瓷碗里。我嫌占着碗，又腥。就问，谁愿意吃它？我把它杀了！一家人异口同声地说，不要吃！我先生说：既然它的生命力这么顽强，就放生了吧。我说，行行，把它倒在前边的那条河里去。侄儿说：你不是说它是水中老虎，放生了它，不是害了一河的鱼吗？

是啊是啊，我怎么倒忘了这个了。

"扔了算了。"儿子说。

"大太阳的，一扔准发臭，污染环境。"我反对说。

"活埋了它吧？"我先生说。我说："你去埋吧，我没有意见。"可是先生又说，"我一个大男人，林妹妹葬花般去埋这么条小鱼，算什么事呢？"

一条小小的恶鱼叫我们束手无策。

既然杀也不是，弃也不是，那么就只好养着了。

这条乌鳢至今还让我们给供养着。先生给它改善了生活条件：把它从搪瓷碗里乔迁到了宽敞的塑料桶里，而且过几天就给它一撮米，也算是姑息养奸吧。

踏歌的麻雀

麻雀是鸟中平民。它们数量之多，胆子之大，生存能力之强，让全世界的鸟儿甚至兽类都相形见绌。

儿时唱过一首歌：小鸟在前面带路，风啊吹向我们，我们像小鸟一样，来到花园里，来到草地上……

我认为这"小鸟"就是麻雀，因为只有麻雀有这份胆量。别的鸟儿都胆小，它们见人就逃得无影无踪了，哪里敢蹦蹦跳跳地给我们带路？

麻雀的分布极广，北至俄罗斯的西伯利亚，南至印度尼西亚诸岛，东至日本，西至欧洲；在中国，它们的身影几乎遍布所有的丘陵和平原。

麻雀又名家雀。因为生性随和，善于因陋就简，所以和人类走得最近。茅屋的檐下，瓦房的楞隙，别的鸟儿遗弃的旧巢，都可以住得心安理得；它们甚至敢冒天下之大不韪，入侵我们祖宗的牌位灵阁和供奉神佛的壁龛里，和他们同居共眠。

麻雀个儿小，胃口也不大，老家的宽容人有句宽容话：年成好了，麻雀要吃就让它们吃点。可是麻雀却不管你的年成好坏，也不管主人是大度还是小气，它们成群结队地扑向地里，专拣成熟的粮食吃。惜粮的农民就扎了稻草人，立在地里充当保安。麻雀何等聪明，没多会儿就明白这人模狗样的东西原来是个草包，它们不但照吃不误，而且还飞到稻草人头上拉屎撒尿。

收割的日子，我们这些七八岁的女孩总是被打发去看晒场。我们的任务不是看贼，贼一般不偷谷；也不是看鸡鸭，鸡鸭们可怜见的，稻粱熟时都不让它们吃点，还指望它们生蛋？

我们看的就是麻雀。麻雀太猖狂了，它们根本不把我们这些黄毛丫头放在眼里。一帮帮、一拨拨，争先恐后地落到谷子上。我们跑到东，它们就跳到西；我们追到南，它们就在北边抢吃起来；我们气坏了，把手中的谷耙扔了过去，它们腾空而起；还没等我们喘过气来，又纷纷落了下来，大啖起谷物来了。

因此就有人恨麻雀，打死麻雀也不像打死别的鸟儿那样感到罪过。那时候农村的男孩大都武装了弹弓，且随身带着，见了麻雀就给它一石子，年长日久，一个个练得弹无虚发。机关干部和厂矿的工人们星期天弄一杆气枪，到郊外去访问此君，回来时，枪杆上总是挑着一长串的胜利果实。少油缺酱的日子，一串烧麻雀不但能够解馋，还能治哮喘、浮肿等病症呢。晚上，半大小子甚至大老爷们，手拿电筒，脚蹬梯子，上房掏麻雀窝。夜间的麻

雀有点儿傻，手电光照着，它们就晕晕乎乎、不知就里地乖乖就擒了。

柳宗元在《江雪》里说，"千山鸟飞绝，万径人踪灭"，这话其实有误。下雪天，别的鸟儿确是绝迹了，可麻雀活跃依旧。雪后的晴天，我们把院子积雪扫开一块，支起簟圆，撒些谷米，正是诱捕麻雀的好时光。

可是麻雀做梦也没有想到，人类会把它们和老鼠、蚊子、苍蝇一起打入"黑四类"，必得"全党共讨之，全民共诛之。"1957年那些特殊的日子里，工厂停工，农民停耕，学校停课，连部队的兵哥哥、地方上的警察叔叔们也都出动了，机关工作人员则担当起组织协调和鼓动工作。磬、锣、鼓、钵，饭锅、油箱、爆竹、响鞭，大凡能弄出声音的东西全搬出来了；红旗、彩旗、披红挂绿的迎亲旗、黑得瘆人的招魂幡，也都找出起来了；步履蹒跚的耄耋老人，乳臭未干的黄毛小儿也干起来了。什么叫倾城而出？什么叫万人空巷？这就是。农村田野，山头水边，到处都站满了摇旗呐喊、敲锣打鼓的人。我们学生娃们被集中到西山的密林里，锣鼓喧天，炮声震地，人山人海，那真是不折不扣的人民战争哪！我不知道世界上哪一项活动，会规模宏大到这等程度；又有哪一个节日，会疯狂热烈到如此田地！

被惊起的鸟雀们蹿上了天空，趋利避祸是动物的本能，它们心惊胆战，恐慌之极地盘旋寻找，想找一个可以暂时歇脚的地方。可是哪里有安全？何处有方舟？茫茫大地，都是非置它们于死地的人们。于是它们累垮了，或者说是吓坏了，一只只像湿面团那样坠了下来。麻雀可能到死也不明白，就算它们是"四害"中的一员，人类对老鼠、苍蝇和蚊子，也没有这样不共戴天、赶尽杀绝啊。

傍晚是清点战利品的时刻。我们翻动着树叶和草丛，去寻捡那些可怜的尸体，我们必须剪下它们的双脚，那是上报的光辉战绩啊。

在那一箩箩一筐筐色彩斑斓的尸骸中，我们发现了更多的却是画眉、黄鹂、翠鸟和金丝雀，因为它们比麻雀娇贵多了，它们脆弱的生命，哪里经得起这样的狂轰滥炸？呜呼！麻雀死就死了，怎么株连了这么多美丽的生灵，拉了这么多的垫背啊！

然而麻雀并没有被完全剿灭。野火烧不尽，春风吹又生。来年春天，它们又不知从哪儿冒出来了。麻雀们太健忘了，或者说它们根本就不记仇，它们照样凑到人类的屋檐下，照样绕着我们的脚跟扑腾。它们继续生生息息，队伍迅速壮大。

沧海桑田，风水轮回。几十年后，我们听到给麻雀平反的消息：有关部门解剖了五脏俱全的麻雀，发现它的肠胃里害虫、草籽的数量，大大的超过了粮食！

我不由得长长地舒了一口气。仔细一算账，一年里，稻麦成熟、收获的日子，充其量不过短短的几十天；在没有谷物的日子里，麻雀们吃什么？现代城市的小区里，除了水泥建筑，就是花花草草，它们又能吃什么？

我们的小区夹道而栽的是香樟树，有几年毛毛虫肆虐，眼见得亭亭华盖被吞噬得光光，留下的则是一地厚厚的虫屎。虫们的大迁徙可真是壮观啊，它们扭动着肥硕的身体，从吃光了树叶的树干上慢慢地下来，越过一片不大的空地，然后再向另一棵绿叶茂密的树上爬去。步行的人无处下脚，汽车过处，碾出一地恶心的汁液。正当人们焦急愤怒的时候，来了一群麻雀，它们起早贪黑地工作着，终于把那些老饕消灭干净。

那些麻雀从此就在我们小区住了下来。它们可真能随遇而安啊，小区的房子封得严实，没有可供它们入住的瓦楞和房檐。于是，阳台上空着的花盆，空调贯通的墙洞，排风扇的通风管道，都成了它们安乐窝了。现在，小区简直成了它们的天下，满眼都是它们穿梭般矫健的身影，满耳都是它们清脆的啁啾。

它们活得多开心啊！清晨，一路踏歌的是它们；傍晚，集中开庆祝会的也是它们，真不知道它们为什么会有那么多的话要说，也不知道它们为什么天天像过节一样欢天喜地。是因为人们给它们恢复了名誉？还是因为没了虎视眈眈的猎枪和弹弓？

还是我们家乡的那句话：年成好，麻雀爱吃就让它们吃点。但愿农民们年年都有好收成，但愿麻雀们天天快乐天天踏歌。

杜鹃声声

春节刚过，我就听到杜鹃的叫声了。唐诗里说：春眠不觉晓，处处闻啼鸟。可桃红柳绿离我们还有些日子，杜鹃们却不耐寂寞地骚动了起来。或者说，它们一年都没怎么消停过，就在北风萧瑟的冬日里，我也听到过二三声杜鹃的啼声。是地球变暖了，还是现在的生存条件优越了？杜鹃们不必为生计而奔波，为逃命而惊魂，一个个养得膘肥体壮的，憋胀得早早地往外冒劲儿了。

杜鹃的种类很多，常指的是杜鹃亚科和地鹃亚科，有60余个品种。它们生活在全球的温带地区和热带地区，东半球的热带地区分布尤为广泛。我们中国就有鹰鹃、四声杜鹃、大杜鹃和小杜鹃等。

关于杜鹃的传说很多，关于杜鹃的歌儿也不少。20世纪60年代，有首脍炙人口的波兰民歌是这样唱的：小杜鹃叫咕咕，少年把新娘挑，看他鼻子朝天，永远也挑不着。咕咕！咕咕！啊恰！乌恰！奥的里的……乌恰！把一个轻薄无知的少年描绘得惟妙惟肖。

而我们上小学时，每一首歌都是有宣传效应的，如布谷鸟：布谷鸟，早也叫来晚也叫，叫醒公公下田垅，叫醒爸爸把田耖。咕咕，咕咕！今年春耕要提早，咕咕，咕咕！爱国公粮要做到。布谷鸟，叫声高，叫得人人都欢笑，支援国家多打粮，男男女女都荣耀！

布谷鸟是杜鹃的一种，咕咕咕——咕！咕咕咕——咕！凭这叫声，我们明白它就是"四声杜鹃"。我们这儿的山坡上，田野里，到处可听到四声杜鹃亲切友好的声音。因为这叫声像"布谷布谷"，所以一直为人们所喜欢。历代的诗人、艺术家们也热忱地赞美它们，仿佛它们真的是担任着催人播种、促使五谷丰登的神圣职责一样。

杜鹃其实是胆怯的鸟儿，很怕人类和兽类的叵测居心。它们通常躲在茂密的灌木丛中，让我们只闻其声，不见其形。杜鹃们喜食昆虫，尤其酷爱松毛虫，应该说是树木的保护神。可从前人们嘴馋，上山打了来，吃它们肥嫩鲜美的肉。如今的人懂事了，晓得鸟儿是我们的朋友，于是它们的生存环境宽松了，杜鹃的胆子就大了，竟常常入住到人口稠密的地方来。我们小区里就住着几只。小区的屋顶十分辽阔，它们可以优哉游哉地在上面踱着方步，居高临下地鸟瞰着我们芸芸众生。

家乡流传着这样一个故事，说一俊俏的女孩父母早亡，嫂嫂妒忌她的美貌，趁她打水时把她推进井里去了。一旁的侄儿吓坏了，他跳进水井里想救起姑姑，结果把自己也给淹死了。他变成一只杜鹃，整天凄惨地叫着：姑姑苦！姑姑苦！

然而，文人却是这样杜撰杜鹃的：周末蜀王杜宇，号望帝，失国而死，其魄化为杜鹃，日夜悲啼，泪尽继以血，哀鸣而终。后人以"杜鹃啼血"比喻哀伤……

两个故事都凄美感人，然杜鹃的叫唤和这些故事毫不相干。它们的啼叫主要是生理需要，是对配偶的企求和召唤。春天到了，春心萌动了，生物们都该找个合适的伴侣生儿育女，传宗接代，杜鹃们也不例外而已。

然而，杜鹃对爱情的认真和执着，倒也让我感动。它们相互考察过程格外的长，几乎从正月开始，一直到阳春三月四月。我曾经被它们如泣如诉的啼声干扰得什么事都做不成，于是就寻声去觅它们的踪迹。我站在南窗旁，发现前屋的屋顶上孤零零地站着一只杜鹃，我转到北窗下，发现后屋的屋顶也站着一只形孤影单的杜鹃。它们遥遥相对，彼此不住地召唤着，那声音抑扬顿挫，一咏三叹；好像在讲述一个遥远的故事，又好像在互诉思慕的衷肠。有时候杜鹃先生会拍拍翅膀，飞到杜鹃小姐所在的屋顶去，然而杜鹃小姐不知是作秀还是害臊，振翅飞到另一个屋顶，然后又开始一和一鸣，喋喋不休。

随着天气的暖和，它们的啼声也愈来愈急，愈来愈频。日复

一日，从东方刚亮到夕阳西沉，它们就这么孜孜不倦、不屈不挠地啼鸣着，我这才明白为什么会有"杜鹃啼血"一说。那一天，我看到了让我非常震惊的一幕：两只杜鹃相隔数步，西边一只（我想是女杜鹃吧？）作无动于衷状，东边一只（肯定是男杜鹃）对着它，一啼一步一叩首，而且啼声悲苦，每躬到地，逐步向女杜鹃移去……直到有情鸟终成眷属。

但是，杜鹃也有着为人不齿的恶名声：懒惰，阴险狡诈。它们自己不营窝，只把蛋生到各种和它们差不多大小的鸟巢中，把孵儿育女的重担悄没声息地转嫁给别人。光是这样还不够，狡猾的母杜鹃会把巢主的蛋偷偷转移掉，以保持总数不变，让巢主看不出破绽。傻乎乎的巢主却一心一意去孵蛋，一点儿也没发现家里混进来一个杂种。等到雏鸟们出壳后，巢主夫妇又辛勤地四处觅食，以养育这群嗷嗷待哺的黄口小儿。令人难以想象的是，出生没几天的雏鹃竟遗传了母亲的险恶，只要它的养父母不在家，它就会埋下身子，用还没有长出羽毛的、肉肉的小翅膀铲起养母的亲生儿女，把它们一个个推出窝外摔死，为的是把养父母猎获的食物独占独吞。

世界上竟有这样无耻的谋杀者！简直让人毛骨悚然！

然而我们不能以偏概全。龙生九种，各个不同。杜鹃们也是如此。许多负责任的杜鹃都是非寄生性的。在北美洲，有广泛分布的黄嘴美洲鹃和黑嘴美洲鹃；在美国佛罗里达的南部海滨、西印度群岛、墨西哥至南美北部，一种小美洲鹃也是自己筑巢的。中、南美洲诸如蜥鹃属和松鹃属等12种地鹃，东半球的13种地鹃，也都是在低矮的植被中，用树枝筑起自己漂亮结实的爱巢；而杜鹃先生和杜鹃太太，恩恩爱爱地一块儿孵蛋，一块儿养育自己亲爱的宝宝。

所以，我们不能把所有的杜鹃都当成恶魔。正像希特勒发动了惨绝人寰的法西斯战争，使得多少美好的东西被摧毁，多少个家破人亡、生灵涂炭。但我们并不会因此而咒骂整个日耳曼民族是流氓和嗜血者。

天下乌鸦

乌鸦又叫老鸦、老鸹。

乌鸦的体形较大，羽色纯黑，喙及足都十分强壮。天下鸦类有百余种，它们广布于全球的每一个角落。中国就有大嘴乌鸦、秃鼻乌鸦、白颈鸦、寒鸦和渡鸦等等。

中国人不喜欢乌鸦。究其原因，不外乎以下三点：

首先是叫声难听。一开口，哇！那么刺耳，那么粗暴。乌鸦若有自知之明，应该把嗓门收敛点儿，可是它毫无顾忌地大喊大嚷，谁受得了？

其次是长相丑陋。漂亮如孔雀、雉鸡、金丝鸟和红嘴绿鹦哥等，它们的毛羽斑斓绚丽、花枝招展；朴素如画眉、燕子、白鹭、丹顶鹤们，多少也给自己弄出点花样或亮色来；哪像乌鸦，浑身上下密不透风地黑着，像刚从污水沟里捞出来一样，叫人不忍卒看。

其三就是声名狼藉了。乌鸦有强盗作风，自恃身大力壮，抢别鸟的蛋，吃别鸟的雏，强占人家鸟巢，蛮横霸道，无恶不作。

中国人还有一说：乌鸦是报丧鸟、晦气鬼。谁哪天遇见它了，或一大早听到它粗鄙的叫声了，就忐忑不安，甚至心惊肉跳。本来要出门的不走了，本来要办事的打住了。嘴里吭吭着，"百邪尽消、百邪尽消"地念咒避邪，仿佛乌鸦是巫是鬼，真会带来灾祸一样。

跟乌鸦有关的词语，也没有一个是好听的，如"乌鸦嘴"，"乌鸦贼"，"乌鸦聒噪"，最常见的恐怕就是"天下乌鸦一般黑"了。

童年的我也忌讳乌鸦，我把它们的叫声翻译成"倒霉啊！出事啦！"因而毛骨悚然。我也曾跟邻居一样，看见乌鸦就扔石子，

捅竿子，必得把它们打跑而后快。

每每这时，母亲就跑出来教训说：乌鸦是在提醒你：小心啊！仔细啦！——你别把它的好心当作驴肝肺。虽然有了这种诠释，但我还是讨厌乌鸦。

台州有句俗语叫"赚吃的是嘴，赚打的也是嘴。"乌鸦因为嘴巴不好已经挨打了，和这形成鲜明对比的，是喜鹊的巧嘴。喜鹊一开口就是"吉祥吉祥"，好像是奴才向主子请安呢。就凭这"吉祥吉祥"，谁听了不喜欢？所以作画的，剪纸的，雕刻的，织锦的，总要请喜鹊荣登大雅之堂；连牛郎织女七夕相会这样光荣而神圣的礼仪，也必得恭请喜鹊执行；我们家乡这一天还要专门做一种点心，扔到屋顶犒劳喜鹊呢。

不过，甜言蜜语往往是靠不住的。有一回我上学去，喜鹊站在对面的树梢上，长尾巴一翘一翘地对我喊："吉祥吉祥，小姐吉祥！"我一高兴，活蹦乱跳、手舞足蹈，结果摔了个嘴啃泥，半天都起不来。后来我学会了越剧《梁祝》中的唱段，"喜鹊满树喳喳叫，向你梁兄报喜来……"可是等着梁山伯的却是姻缘破碎，病愤而死。所以，喜鹊报喜完全是无稽之谈。然而每闻乌鸦啼叫，虽然心里不悦，但那一天我必定格外小心谨慎，所以那一天肯定不会闯祸而平安无事的。

"良药苦口利于病，忠言逆耳利于行。"活了一大把年纪，我终于明白这个道理。

我为我对乌鸦曾经的不公正而愧疚。不错，乌鸦的声音和羽色固然丑陋，但那是造物主不公，"爱美之心，鸟皆有之"，乌鸦无力改变自己的形象。再说这"丑陋"是我们人类的审美，对鸟儿未必适用。况且，全世界都不歧视黑人了，我们为什么要对乌鸦耿耿于怀呢？

乌鸦的智商，更是让我惊诧不已。它们的组织性纪律性很强，工作效率极高。它们热爱集体生活，成群结队地营造它们的部落。在北京的郊区，在列夫·托尔斯泰的白桦林里，我都见过这样的鸦群部落。我老家的东郊有一个颇大的荒墩，上面杂树成林，许多乌鸦选择在这里安居乐业。春夏树木葳蕤，鸦巢隐蔽其中不甚了了；秋冬黄叶凋零了，每棵光秃秃的树干，都高举着一个黑乎乎的鸦巢。它们错落有致，洋洋洒洒，蔚为大观。群居的乌鸦们互相照应，防守有当，很少受到侵犯，它们的部落因此更加兴旺发达。

乌鸦的生存能力非常强，不管是风雪交加的西伯利亚，还是热浪蒸腾的赤道地区，抑或是狂风恶浪中的孤岛怪石，都有它们活跃的踪迹。乌鸦骁勇异常，那坚硬的大喙，有力的爪子，固然伤害过其他鸟类，但我们有什么理由去指责物种竞争的胜利者？乌鸦从不挑食，草籽，果实，昆虫，鱼虾，小蛇、小鳄，甚至是动物腐尸，它们都可以如食甘饴。就是狮狼虎豹们猎了食，乌鸦也敢去分一杯羹。愤怒于乌鸦的"太岁头上动土"，猛兽们会恶狠狠地向它们扑去，说时迟，那时快，乌鸦立即腾空而起让你永远也逮不着；当猛兽们低头享用时，乌鸦们又涎着脸落下去，毫不客气地分啖起鲜美的肉食。

乌鸦连人类也不放在眼里。它们会大摇大摆地闯进农家鸡舍。窝囊的鸡们吓得惊恐万状、魂飞魄散，乌鸦们张开大嘴，叼起鸡蛋扬长而去。乌鸦用它的头脑和有力的喙，还能打开旅游者的背包，把里面的面包、奶酪、香肠和巧克力洗劫一空。

"深挖洞，广积粮"，乌鸦把这个政策执行得淋漓尽致。乌鸦到底有多少"粮仓"？恐怕谁也弄不明白。悬崖上的小坑，绝壁上的裂缝，鸟类废弃的旧巢，还有田鼠们的洞穴，都可以变作乌鸦的仓库，装上各类植物的果实和龟、蛇的卵和风干的鱼虾。为了不让猎物被别人偷走，乌鸦会找来草叶、石片，把仓库捂得严严实实。它们实在是太能干了，钵盈盆满的根本就享受不完。来年春暖花开、雨水丰沛时，旧巢坍塌，遗落的橡果、松子就能长成一片片新的树林来。

人们常把鸳鸯说成爱情鸟，其实不然，真正忠于爱情的，却是其貌不扬的乌鸦。虽然没有山盟海誓，也没有一纸婚书制约，但它们一旦"结婚"，就能终生厮守。乌鸦夫妇俩一起打猎，一起营巢，双宿双飞，形影不离。"夫妻本是同林鸟，患难到来各自飞"一点儿也不适用它们。雌鸟孵卵时足不出户，雄鸟就衔来

食物精心饲喂，不知道人类的雄性们能否这样眷顾自己月子里的太太呢。

俄罗斯人并不讨厌乌鸦，他们认为乌鸦勇敢，正直，有灵性。我读过苏联一本叫《勇敢》的长篇小说，作者把一个美丽温柔、识大体明大义的姑娘叫作"小乌鸦"，热情地赞美她阔大的嘴巴，夸奖她浓黑的眉毛"像乌鸦的翅膀一样伸入鬓角"。

有一年冬天，我随作家代表团在俄罗斯访问。一天，我们发现克里姆林宫墙外的雪地里，有一群蓝灰色的鸟儿在安详地觅食。有人说：广场鸽！导游小姐纠正道：这是乌鸦！我们都以为导游小姐翻译错了，乌鸦怎么是灰蓝色的呢？正想找一个懂汉语的人重申一下，其中一只"鸽子"毫无顾忌地"哇"的一声！天下乌鸦一个调，就凭这放肆的、不堪听也不美听的声音，乌鸦的身份就铁定无疑了。

从此我明白，天下乌鸦并不一般黑。听说在南美洲和东南亚，还有色泽较艳的长尾鸦、长冠鸦呢。

写完了这篇短文，我打开了电视，刚好看见一个让人忍俊不禁的镜头：静静的湖边，垂钓的人往钓钩上装鱼饵，再将钓线甩下湖去，然后就躲到树林里休息去了。这时候来了一只乌鸦，它发现鱼儿上钩了，就用嘴叼住钓线，往上拖一截，用脚踩牢，再往上拖一截，再用脚踩牢，三下五除二，就把活蹦乱跳的鱼给"钓"上来了，然后美美地大啖起来。待到垂钓者喊着捉贼从林子里奔出来时，地上只剩下一根鱼刺和一摊鱼血了。

多是高飞得意时

蜘蛛是个丑东西。没有色彩，没有翅膀，没有声响，阴沉沉的像个小小的符咒。小时候我们捉蜻蜓玩，捉蝴蝶玩，捉金龟子、叩头虫玩，就是没人捉蜘蛛玩。蛛丝也很讨厌，一不小心粘上了，很难弄掉。有一回，一截蛛丝不知怎的混进了我 85 岁太公的喉咙里，我的太公是个健康英俊的老头，可被这截蛛丝弄得恶心呕吐、眼泪鼻涕的，体面失尽。大人们手忙脚乱，听从各种教导和偏方，分头去找白酒、米醋、姜汁、红糖，试了许多方法，费了九牛二虎之力，才把它弄出来。

所以，母亲一旦发现蜘蛛和蛛网，决不心慈手软。她高举着扫帚把它们卷下来，那蜘蛛一旦落地，立即被母亲一脚踩住，啪的一声，一命呜呼了。

童年的我非常盼望能有一个捉昆虫的网兜。可是那时候家里穷，没有闲钱让我买这不抵吃也不抵穿的玩意儿；父母的心情也不好，他们没有闲情逸致为我制作一个捕虫网。于是，我自己动手，抽一根细竹竿儿，拿铁丝绕上两个同心圆圈。我拿着这个网架子，到处寻找蜘蛛的八卦网，见一个，下载一个，再三再四地下载，我的捕虫网就牢不可破了，举着它去粘知了，粘纺织娘或大蚱蜢，一粘一个准。

我们毁了多少个蜘蛛家园啊！可是蜘蛛们不会抗议，它们连哼哼一声也不会，但是它们不屈不挠，前赴后继，过不了多久，同一个屋角，同一方檐下，又重新出现它们的天罗地网。

有一种叫"黑寡妇"的蜘蛛特别厉害，它稳稳地坐在它的八卦阵中间，眼观六路，耳听八方，只等蚊子、苍蝇、牛牤和蜻蜓们送上门来。倒霉的虫子们只要撞上了，绝无生还的希望。有一回，我看见一个色彩斑斓的琵琶龟，风度翩翩地落在蛛网旁边，它大概把这张网当作一架琴了，伸出一条腿，潇洒地弹了一下，可是它这个玩笑开大了，黑寡妇像离弦的箭一样射了过来，一把抓住这比它大得多的花花公子，狠狠地吮吸起来，不一会儿，一个完整而美丽的琵琶龟的空壳，随风在蛛网的边缘轻轻颤动。

蜘蛛是女权主义者，雌蜘蛛稳坐钓鱼台，单等异性上门求爱。蜘蛛先生知道蜘蛛小姐性情暴戾，它的求爱显得小心翼翼。它先在网络边缘试探一下，如果蜘蛛小姐怒气冲冲地赶过来，蜘蛛先生就选择逃避，如果蜘蛛小姐默许了，它才慢慢地向中心移动，但还是战战兢兢，如履薄冰。终于来到了蜘蛛小姐的身边，

它又是抚摸又是拥抱，千方百计地获取姑娘的芳心。它们的婚礼热烈而疯狂，但是，就在性事刚刚完毕之际，雌蜘蛛就会毫不留情地把丈夫给吃掉，心安理得地做个"黑寡妇"。

凡此种种，让我们对蜘蛛没有好感。

可是有一回，母亲在搬动屋角的一口水缸时，被藏在缸底的蜈蚣咬了一口，食指顿时就肿得像棵透明的胡萝卜。她又怕又疼，继而又感到心慌，喉干，头晕目眩。正当我们惊慌失措时，母亲指见屋角的一只蜘蛛，哼哼说，让蜘蛛把毒汁吸出来吧。

于是我们抓了那只黑寡妇，把它放在母亲的手指上。也许是记恨母亲过去的绝情，也许是害怕招来杀身之祸，黑寡妇看也不看我母亲的伤口一眼，扭头就跑。我们把它捉回来，放回母亲的伤处，可是黑寡妇坚决不肯就范，屡捉屡逃。

我拿了一只小酒盅，把这只黑蜘蛛扣在母亲的食指上。也许是无路可走了，也许是天性使然，它竟然抱住母亲的手指，吮吸起来了，母亲觉得手指不断地减压，不断地放松，疼痛感也随之越来越轻，浑身的症状也慢慢地消失了。

揭开酒盅，发现蜘蛛的肚子鼓得很大，里面全是从我母亲手指上吸出来的毒汁。怀着感恩之情，母亲说，我们可要还它一命！她让我打了一盆水，把蜘蛛放在水里，让它排毒。于是我们看到了一个很有趣的现象：蜘蛛在水里一边快速地游着，一边不断地扯出丝来。它绕着脸盆马不停蹄地转着圈，哈，它是想在水里织网呢。可是脸盆里的水并不配合，那些蛛丝随着水波飘飘悠悠，总也结不成网。

有一次，父亲不知从哪儿弄来一笔记本送给我，这是我生平最奢侈的一个本子了：纸质优良，印刷精美，每隔几页就有一幅齐白石先生的花鸟插图，且每个画面都有配诗。其中一幅图画是蜘蛛和它的网，下面缀以几茎野花。在这以前和以后，我从没见过哪个画家去画蜘蛛和蛛网的。笔记本里那么多的诗，我都记不得了，只记得关于蜘蛛这四句：

> 屋角新添雨后丝，
> 张罗不肯避晴曦。
> 可怜蜂蝶频入网，
> 多是高飞得意时。

之后我看蜘蛛，总觉得它像一位哲人。

有个怪物叫鲎

我从小生活在海边，活到现在这个年纪，五花八门的鱼、虾、蟹、贝见得多了，没什么让我太觉稀罕的。倒是内地的朋友来了，我得带他们到码头去转转，因为那里排档的海鲜层出不穷，既可供他们观赏，又能让客人大快朵颐。

饭桌上，我负责讲解奇螺怪蛤的名称和习性，一边示范如何把它们的嫩肉弄出来。外地朋友往往在这个时候显得异常笨拙，他们既打不开闭口的花蛤，又吸不出深藏的螺肉，只能望着满桌的美味叹息。提及海鲜的名字也错误百出，不是张冠李戴就是指鹿为马，我就笑他们傻，对方就说，这么多千奇百怪的东西，没个十年寒窗哪里掌握得了啊！

海洋太博大能容了，能识得她百之二三就算不错了。20多年前的一天我在菜场转悠，发现一个青灰色的节肢动物，它比脸盆略小，分两截，前半截圆凸，形如钢盔；后半截稍扁，周围长满棘刺，身后有条尺多长的三棱硬尾，正在不断地挥动。我的脑子里忽然跳出句经典台词：我手执钢鞭将你打！

我问，这是什么？鱼贩答，鲎。我又问，能吃吗？小贩答，它是青蟹的妈，当然能吃。我打量这"青蟹妈"，觉得它违反了"有其母必有其子"的原则。青蟹的一对螯和八只足长在甲壳外

围，既能张牙舞爪地对付敌人，又能伸开腿脚横行竖跑。这鲎却光秃秃的，它的足长在哪里呢？

我问了价钱，不贵，就买了下来，心想这家伙可给我的孩子当个玩具，玩腻了再杀它吃它，一举两得的事。喜滋滋地回到家里，我把它往院子里一放，大喊：孩子们快来看呀！

来的不光是我家的孩子，连东邻右舍的小孩大人、爷爷阿婆也都来了。一位老伯是退休的老渔民，他一眼就认出了我买的是鲎。我问，为什么有人管鲎叫"青蟹妈"？老人反问我，你见过怀籽的蟹吗？我说，当然见过，梭子蟹，大闸蟹，岩头蟳，棺材头，红脚王……那结结实实的一坨籽，把蟹肚脐都顶得高高的。老人又问，你见过怀籽的青蟹吗？我想了想，还真没有。老人说：雌青蟹没有生育能力，雄青蟹就是和雌鲎交配，传宗接代！

我不知这老人说的是对是错，若果真如此，那我们热爱的青蟹岂不是和骡子一样，出身可疑吗？

鲎似乎也犯人来疯，有了这么多的观众，就在院子里表演开"杂技"，于是我们看到了有趣的一幕：

它先是用剑尾把身体支了起来，这样它的头胸和腹甲就成了一个夹角，然后猛一使劲，啪的一声，翻了个跟斗，肚皮朝上了。再啪的一声，它又翻了个身背壳朝青天了。

啪！啪！啪！它不知疲惫地翻着跟斗，像一架开足马力的翻斗机。我们尾随其后，一会儿奔东一会儿赴西，我忽然明白，它就是靠翻跟斗走路的！这时候一位拉板车的小青年下班了，他抓住鲎的剑尾，一把将它倒提起来，说，好大的鲎鱼！我大不以为然，明明是甲壳动物，又是青蟹它妈，怎么叫"鲎鱼"？叫"鲎蟹"还差不多。

每每吃蟹，我总想起林妹妹螃蟹咏的句子："螯封嫩玉双双满，膏凸红脂块块香。多肉更怜卿八足，助情谁劝我千觞？"民间皆说蟹是八只足二只螯，荀子《劝学》里说：蟹六跪而二螯。这里的"跪"就是足，还有一对桨状腿，被老夫子忽略了，如果缺了它，蟹还能在水里游泳吗？

可是鲎太奇怪了，它的胸前，竟一圈儿排开六对"螯"，准确地说，那第一对小小的才是螯，负责把食物夹进嘴里，周围五对虽然也带着钳子，却名叫"步足"；它们一圈儿齐齐地伸向四周，颇像千手观展开的神奇玉臂。比起鲎体的庞大，这些步足实在太小，尤其那螯，小得有点儿可怜，它们一窝儿躲在胸下，一点儿也没有蟹们横行霸道的气概！

玩了几天，我就把它杀了，掰开鲎壳，里面全是豆大的"蟹黄"，挖挖一大碗；再把鲎体剁了，炒炒一大锅，我打了些酒，叫了邻居们一起尝鲜，那味道，的确跟青蟹特别相像。

吃完了鲎，老渔民说，鲎壳和鲎尾是很好的中药，可以治大头颈（甲亢）和哮喘。于是我把鲎壳洗干净晾了起来，后来这鲎壳让人讨要走了，也算物尽其才，而那条剑尾却一直插在我的笔筒里，我一看见它，就学着阿Q唱道：我手执钢鞭将你打！

20世纪80年代末，我参加大陈岛的一次笔会，大家在一个沙滩上捡贝、挖蛤、冲浪，欢呼雀跃、欢天喜地的。一名走在浅水里的男孩突然脸色大变，双眼发直，他的脚像被钉在水里不得动弹，我们问他怎么啦？他哭着说：我踩上地雷了！

我们都吓得目瞪口呆。

国民党从大陈岛撤退时，埋下了很多地雷。这些地雷后来被我们驻军和民兵陆续排除了，但还是有遗雷伤害人畜的事故发生。一时大家都惊慌失措。那男孩止住了泪水，大义凛然地喊道：你们撤，别管我——跟我爸妈说一声，我不能给他们养老送终了……

忽然，那男孩回过神来，嘀咕道，这地雷怎么会动啊？

他弯下了腰，把双手插进了脚下的沙子，一会儿，就举起一只大鲎来！

我们就像劫后余生似的。那顿晚餐因为有了鲎，显得特别快乐。

据载，鲎起源于古生代的泥盆纪，早于恐龙和原始鱼类，有活化石之称。我国在千多年前就有关于它的记载。唐刘恂在其《岭表录异》中写道：鲎鱼，其壳莹净滑如青瓷碗，螯背，眼在背上，口在腹下，青黑色。有尾长尺余，三棱如棕茎。雌常负雄

而行，捕者必双得之……

就因为这"雌常负雄而行"，现今的男生就特羡慕男鲎，说当男鲎幸福指数很高，老婆是豪华游艇，全自动不须驾驶。女鲎是天生的贤妻，不怕苦不怕累……这当然是搞笑。殊不知春夏之交，万物都处于欣欣向荣、繁衍生息的阶段。"清浅池塘鸳鸯戏水，双双对对恩恩爱爱"，鲎就是海中鸳鸯。蝶类、鸟儿、乌贼们在这个时候也都成双作对的，热恋冲昏了它们的头脑，被双双擒获的何止是男鲎女鲎？

4年前，我在丁琦娅女士的陪同下欣赏了温岭箬山的民间艺术家陈祥来先生的鲎壳画，这是独树一帜的艺术，一个鲎壳就是一个人物，似京剧脸谱，但又不完全是。每一个人物的眉目之间，都活跃着或鱼或虾，或海马或海象等生灵。一个鲎壳画就是一个海洋世界，我似乎听到了浪涛的呼啸，闻到了大海的鲜味！

江南的鲎像江南的人一样清秀漂亮。我在网上见过别处的鲎，是四节的，面目狰狞，丑陋得很。如果鲎也选美，台州的鲎先生鲎小姐当大有夺冠的希望。

现在的中华鲎可是国家二级保护动物，可不能为一己私利滥捕滥杀了。

趣说虾蛄

虾蛄的别名很多，因为有两把和螳螂样的大刀，人们就叫它"螳螂虾"；它趴着的样子颇像一架古琴，所以又有人喊它为"琴虾"；有一种尾部较圆的虾蛄像琵琶，因此有人称它为"琵琶虾"，而北戴河排档上写的却是"皮皮虾"和"屁屁虾"。

它老爱佝偻着个身子，佝偻得头尾相接，那是它弹跳的前奏动作。啪的一声，它腾空而起，水花四溅，生猛吓人，它能轻而易举地从装它的深桶里突围而出，也可以从养它的网箱直蹦到岸上，然后二级跳三级跳，让人觉得它既是跳高健将，又是跳远冠军，还是个玩蹦极的高手，所以我娘家人称它"虾偻弹"，台州人则称它"虾佝弹"，这"佝"字不如"狗"字通俗，菜贩子和家庭主妇们就称它为"虾狗弹"。

虾蛄是海洋生物，离开海水存活的时间有限，所以它不能太尽兴。它的美味，它的营养价值和适中的价格，注定是餐桌上最常见的菜肴。

它和虾应该是近亲，它们从头到尾都披着盔甲，只是虾的盔甲软，而虾蛄的盔甲却坚硬，它头上戴一个奇特的"钢盔"，尾裹一个怪异的"铁甲"。它浑身长棘，张牙舞爪、咄咄逼人，我们在小贩的塑料盆里挑它，一不小心手指就挂彩了。就是煮熟了，它还是"虎死威不倒"，让品尝它的人有"狗咬刺猬"，不敢也不知该如何下口。勇敢的饕餮者也常常被弄得唇舌流血。于是它又有个名字，叫"满口红"。

秋风起，菊花黄，虾蛄们长大了，下雪霰籽的日子，就是虾狗弹最肥美的时刻，它们一般能长到四五寸，偶尔可见近尺的。肥硕的虾蛄是有钱人吃的，渔民把挑剩的小虾蛄放在石臼里捣几下，拿大盐腌了，腌虾蛄咸咸的，香香的，是最理想的下饭菜。就这些腌虾蛄，从前的农村人还是吃不起，母亲在我们的央求下，偶尔也买一些，她千叮咛万嘱咐我们不许当零食吃掉。可我们馋虫痒痒的，哪里等得到饭熟？趁母亲不备，抓起一根扯作两截，揪出一条盐水渍渍的肉塞进口中，那味道真是好极了。

三年困难时期，我正在求学。一个冬日，我等在瑟瑟寒风的一个路口上。那里是交通要道，来往车辆接二连三地飞驰而过。有几辆胆大的手拉车，正在瞅空横穿马路，车上装的是大桶大桶腌制的虾狗弹。几个孩子疯了般追着手拉车跑，突然一声惨叫，一个七八岁模样的女孩被卡车撞飞到半空。等她落地，已经气息全无，血泊中，散落着几只盐水淋淋的咸虾蛄！

20世纪80年代，我们在大陈岛搞活动，正值春汛晒"芒种皮"时节，炊熟的虾皮里有许多虾蛄。我问晾晒的渔妇这虾狗弹卖吗？她答，卖。我到附近的小店里要了纸箱，蹲在竹簟里捡了

满满一箱。

晚上，我把自己关在屋里，剥吃着虾蛄自得其乐。终于熬不住了，我抓了一大把虾狗弹，给隔壁的两位文友送去，两位大男人见了，惊呼：什么怪物这么面目狰狞啊？拿回去，拿回去！我说，别看它其貌不扬，好吃着呢！他们不信，坚决将我的好意和虾蛄拒之门外。回屋后我越想越不服气：两个笨蛋，竟然不识虾狗弹！就静下心来，准备将虾蛄净身。

对付它们的盔甲，我可是熟练工。我先将虾狗弹的头尾拧去，然后让它腹部朝上，两个拇指分别使劲，将它的甲壳往后按压。这时要掌握好角度，避免棘刺扎入手指。经过我一番努力，我的桌子上就有了一堆虾蛄肉身，我用碟子装了，顽固地送到隔壁去。看到解除武装的虾狗弹，两位大男人算是接受了。

拧下来的脑袋和尾甲里，还残留下些许虾狗弹的红膏，还有那对大螯，也裹着白白的嫩肉，我不舍弃，独自在屋里剥吃。

一会儿，有人来敲我的门。我问，谁？竟是隔壁的两位老兄，他们喊，还有那、那什么虾狗弹吗？

我在屋里回答说，你们不怕面目狰狞了？他们就在外面说好话。我摆了会架子，还是开了门，给他们装了一薄膜袋，往外一递说，自己剥去，我可不再为你们服务了。

记得胡明刚第一次上我家看见餐桌上的虾狗弹，惊讶地问，这是什么虫啊？我说，这不是虫，是海鲜。他又问，是什么鱼啊？我说也不是鱼。我把虾狗弹的各个芳名报了一遍，然后示范怎么对付它。胡明刚很谦虚，他急用先学掌握了方法，安然无恙地品尝了美味。

虾狗弹另一种威风，来自一个民间故事。相传宋朝末年，元兵大举南侵，宋端宗逃至海边，元兵人马穷追不舍。眼前是汹涌澎湃的东海，又无渡海的船只。宋端宗仰天长叹："天绝我也！"又说："何人能救得我驾，我必封它为王。"话音刚落，只见海面冒出一只虾蛄王，带领数百小虾蛄，浩浩荡荡而来。皇帝佬儿惊魂未定，却见大小虾蛄变成大小船只，君臣如梦初醒，争先恐后地登船而去。皇帝和君臣登上彼岸，虾蛄王开口了："请万岁赐封!"宋端宗随手摘下头上帽子抛入海中。从此，虾蛄的头就像戴了皇冠一样，威风凛凛。

我娘家流传的是另一版本。说一女虾狗弹做新娘，不知该把凤冠戴在哪里，外面，接亲的鼓乐频催，情急之中，女虾蛄就将凤冠当做小裙子，穿在屁股上。亲人们一见都夸漂亮，送它一个"龙头凤尾虾"的芳名。水潺鱼见它这副尊容，笑得前仰后合的，笑得下巴脱臼，再也收不回去了。

水潺何许鱼也？它软滑如水，白嫩如豆腐，半透明的皮肉吹弹得破，仿佛谁都可以啃它一口。但事实恰恰相反，武装到牙齿的虾蛄遇见水潺，就只有束手就擒的份儿。水潺的厉害就是一张嘴，这张嘴挺大，长满了细细密密的牙齿，虾蛄见了它就缩作一团，水潺就将它囫囵吞了。水潺的身体软糯，食道和胃却异常坚韧，它们分泌的消化液，能将虾蛄的铠甲变软，然后溶化吸收。我们剖水潺肚子时，常常发现倒霉的、佝成球状的虾狗弹，已经被胃酸弄得血肉模糊了。

水潺的学名叫龙头鱼。它的脑袋高高昂起时，颇像龙头，晒干的水潺身子弯弯曲曲的，极像一条凌空飞腾的龙。

可见造物主很公平，这世间本就是一物降一物的，柔能克刚也算是真理吧。

幸福锅巴

稍稍认得几个字的中国人，都应该知道李绅那首悯农诗。20个字，反映了作者对农民的体恤、对粮食的尊重。我以为，这里面还有道德意识的呼唤：不管你有多富，不管你家里的粮囤有多高，你也不该浪费、糟践粮食。

世世代代，浪费粮食都被认为是可耻的、罪孽的。我们那边农村里，大人给小儿喂饭时，若有饭粒落在桌上，必捡起来塞入

自己或小儿口中。待到孩子们自己能拿碗筷了，吃完饭的碗底一定要检查的，若有遗粒，必须一粒粒扒光，否则不让下桌。我家邻居一位老人更为严厉，哪个孩子糟蹋了粮食，他就恶狠狠地骂：叫雷公劈死你！叫你下辈子变做畜生，光吃草吃不上粮食！

待到我能看懂《聊斋》，在书里读到个有钱的大胖子，他年轻时"每食包子，辄弃其角，狼藉满地"。人家送了他个外号，叫"丢角太尉"。这家伙到了暮年，却穷得连饭也没得吃了，胖人一瘦，就瘦出奇观：两肱松垮的皮肉如布袋一样垂下来，别人又送了他一个外号，叫"募庄僧"。我想，这就是暴殄天物的报应了。

乡下人用大铁镬做饭，烧的是柴火，那饭烧得比城里的好吃，且要结出一层厚厚的锅巴。乡下的孩子没有零食，吃锅巴就成了高兴的事。那东西喷香，有嚼头，吃了又经得起饿，所以极受欢迎。如果再奢侈一点儿，可以在锅巴上涂一点儿猪油，撒一些白糖，再用文火稍稍加热，待到白烟腾起，那锅巴会小声地噼啪作响。热乎乎地铲下来，就是天下最好的美食。孩子们争啊，大人们也抢，争出一屋子的热气腾腾和喜气洋洋。

可是，这样的日子极少。遇到年成不好时，农民们就"撮米煮成粥一瓯，微风吹得浪咻咻"了。大凡像我这般年纪的人，都经过20世纪那可怕的三年。那时候的物质匮乏就不说了，单说粮食，城镇居民每月还有二十几斤的粮票，而"锄禾日当午，汗滴禾下土"的农民们，却常常得用瓜秧、薯藤、苎蔴叶、甘蔗渣、浮生植物、老鼠和观音土充饥。有句老话叫"苦得啃树皮吃草根"。我想，这是文人的夸张罢了，因为真正的灾荒岁月，又有多少树皮可剥、多少草根可挖的呢？不经事的年轻人以为农民们懒惰，其实恰恰相反，当年他们都在夜以继日地大干快上呢，正是应了另外两句诗：四海无闲田，农夫犹饿死。我们家因为有母亲每月的30斤粮票，比纯粹的农家要好些，但弟妹们还都饿得两眼青几几，瘦得皮包骨。母亲得了浮肿病，脚背一按一个坑，这些坑坑半天都起不来。有一天母亲在课堂上讲课，两眼一黑就昏死过去了。她的同事们急忙请来赤脚医生，那时的医生真好当，一勺葡萄糖粉冲水喂下去，母亲就悠悠地醒过来了。

村子里有些十来岁的女孩被送到深山冷坳里，给那些娶不上老婆的光棍做童养媳，她们被叫作"换番薯囡"。因为大山里天高皇帝远，山民们可以多种几兜薯类几茎玉米，不怕被当做资本主义尾巴而割掉，更没有那些"运动员们"动不动把他们拉去批斗。

所以，当年的人对粮食都是诚惶诚恐的。村干部的权力至高无上，谁和他亲近了，就可以去大田里偷一把豆子挖几个芋艿；谁得罪他们了，马上被吊销那可怜的几斤粮食。我们村子里，就有因吊销粮食而举家投河自杀的；而一些女人迫于自己和孩子的辘辘饥肠，不得不向掌握生杀大权的村干部投怀送抱。

那一回我乘小火轮去上学，在瓯江滔滔的江面上，一位坐船的老农民忽然号啕大哭起来。原来，他从亲戚家借来的30斤大米被人偷了，遍找不着。绝望的老汉顿足捶胸，呼天抢地，最后跃入了江中，我们眼睁睁地看着他被汹涌的激流吞噬掉了。

待到我做母亲了，国家的形势已经转好，但"粒粒皆辛苦"的格言却不敢忘怀，并言传身教给孩子们。他们也心领神会，用当时的话说是"刻在心坎上、溶化到血液中"。那时候椒江人煮饭烧原煤，家家户户都有一个小型鼓风机在轰隆轰隆。有一回，9岁的儿子把饭烧煳了，我下班回家一看就急了，我把那焦黑的锅巴铲出来，责备儿子说：你看你怎么这样不小心，浪费了多少粮食！哪知儿子胸有成竹的，他干脆不吃饭了，捡了一块锅巴填进嘴里，嚼得卡嘣卡嘣响，一边振振有词地说：旧社会你想有得吃吗？——读语录成长的孩子不知"三年困难时期"，却晓得"旧社会"这词，他说一句，吃一块，吃一块，说一句，在围观邻居的笑声中，他把那碗黑炭锅巴全喂到了肚子里。

随着日子的步步高升，中国人取消了粮卡和粮票。现如今，只要有钞票，随处都可以吃饭。物以稀为贵，粮食多了就不那么珍惜了，丢角太尉、丢角小姐也相继出现了。我在外面吃早点时，经常目睹那些追求苗条的女生们买了包子，掰开，或吃了肉馅，把皮儿丢掉，或反过来，吃了外皮，把肉馅丢掉。一个早餐

下来，泔水桶里就落下半桶的剩面条和包子角，看着就叫人心痛。我回家后就对我的儿孙说：你们能吃多少东西就买多少，千万不能吃一半丢一半，粒粒皆辛苦啊！

去年的一天，我带着孙子参加一个宴会，最后服务员给我们上来一小碗米饭。现如今为了健康长寿，都讲究吃饭七分饱，所以我扒了两口就打住了。起身离席时，孙子看看我，看看我碗里的剩饭，颇为认真地问：奶奶，是不是大人就不要"粒粒皆辛苦"了呢？

我怔了一下，答不上来了。但是这事对我触动很大。是啊，什么叫环境熏陶？什么叫上梁不正下梁歪？从那以后，我特别注意这个问题。在外吃饭，尽量少拿，决不剩下；家里做饭，量米入锅，算得准准的。若来了客人，不免有了剩饭，下一顿必要泡饭吃掉。但有一难题，就是电饭煲底部粘的那层薄薄的锅巴，很难对付。用水泡泡，下顿合米再烧，那饭便不好吃。再说我也保不住自己是否能老老实实地待在家里。涮涮锅把饭渣倒掉，又违背"粒粒皆辛苦"的原则。渐渐地，让我摸索出经验来了：每次盛完饭后，我把电饭煲的加热键再按下，待到重新跳键，那锅巴就基本脱离锅底，我就拿着这和锅底一样大小一样形状的锅巴，咔嚓咔嚓地嚼着，越嚼越有味，越吃越香。吃锅巴还有个好处，既锻炼了咀嚼肌，又坚固了牙齿和牙床。一举数得，何乐而不为？

"常将有时思无时"，我要将吃锅巴进行到底。

拜　年

孩提时，母亲不许我们到亲戚家拜年，连外婆和舅舅家也不例外，虽然他们都住得很近。母亲的一句口头禅是：出门不搅扰，在家不烦恼。

　　给自家父母的拜年就更被省略掉了。除夕夜，母亲会在我们枕下塞几毛钱的红包，我们打开看看，一点儿喜悦的感觉也没有，因为过了年，母亲会把钱全部收回去。

　　记忆中唯一可以去拜年的，就是阿婆家。她是我叔叔的妈，我们对门而居，两家的关系不即不离，像少有走动的亲戚。

　　阿婆从没给过我们压岁钱。我们这么惦记着给她拜年，图的是她家的一点儿零食，叔叔和婶婶是双职工，阿婆家的条件比我们家好多了。

　　一大早，我和弟弟穿戴整齐了，就去敲阿婆家的门。阿婆通常让我们在寒风里稍等片刻，然后才开门。阿婆并不欢迎我们进屋，而是用一个木制盘子把我和弟弟堵在门外。于是我和弟弟双手合十，口里念念有词：阿婆，祝你老脚轻手健，长命百岁……

　　盘子里面放着七八根阿婆自晒的番薯条，十来只带着干泥巴的荸荠，一把爆米花。我们谢过了，抓起它们往口袋里装，然后把盘子还给阿婆，欢天喜地地回家了。

　　那些荸荠和番薯条，就这么温馨地留在我的记忆里。

　　上了小学，我懂得难为情了，再也不好意思为了零嘴儿巴巴地去敲阿婆家的门。但是拜年却换了一种形式进行着，对象也换成军属和烈属。在村干部或小学老师率领下，我们敲锣打鼓，去登这些"光荣人家"的门。每到一处，先放一串热情洋溢的百子鞭炮。烟硝还未散尽，老师们就拉起了二胡，吹响了笛子，我们这帮小丫头们就载歌载舞，唱起了拜年歌：

　　　　新年到（哪个）好热闹，
　　　　男女老少（那个）齐欢笑。
　　　　鼓儿咚咚地响（咚镪咚镪咚咚镪），
　　　　锣儿当当地敲（哐嘡哐嘡哐哐嘡）。
　　　　快乐的新年年年有，
　　　　（呀么）今年新年更热闹！

　　这样的拜年虽然赚不来零食，但让我们感到快乐。干部和老

师们还因此受到上级部门的表扬，于是越发地热衷起拜年来。每每放了寒假，他们就组织节目，叫上我们认真排练，从单纯的一首《拜年歌》，扩大到演唱《四季调》，《杨柳青》，还有相声、三句半和小戏，阵容也逐年庞大起来。在外就读的高中生、大学生回来了，也参加到我们的队伍中来。后来居然连大型黄梅戏和瓯剧都搬上台了。朔风中，年味儿伴着悠扬的旋律，把节日的氛围营造得浓浓的。我们村的人真是太有才了，他们会审时度势，自己编剧，自己谱曲歌颂合作化，宣传政策法令，把拜年活动搞得如火如荼。

"拜年团"出名了，到处有人请。白天忙不过来了，晚上接着干。为了让我们发挥得更好，乡亲们卸下自家大门，搭了结实的戏台，挂起了白炽的汽灯，还让我们涂脂抹粉，风风光光地登台演出。

风光是风光了，可从来没人往我们口袋里装点番薯条和爆米花。三九天气，北风呼啸，我们身上的那点卡路里早被刮跑了，衣袂飘飘地站在四面透风的台上，冷得上下牙齿一个劲儿打架。我想糟了，这个样子开口演唱，还不把自己的舌尖都磕掉了？可奇怪的是，只要音乐响起，我们一个个都不哆嗦了，伶牙俐齿地该说快板说快板，该唱道情唱道情，一个绊子都不打。

年纪渐长，我退出了那种张扬的团拜。再后来自己做了母亲，各种压力让拜年的冲动越来越远。春节不回娘家，就例行公事地给二老寄张贺卡；回一次娘家，拜年的话还没出口，母亲就把压岁钱往我儿子怀里塞。那时候他们还很穷，这让我非常不安。再后来，父母亲的日子渐渐好过起来，他们的孙辈曾孙辈已经递增到数十个之多，母亲怀里就揣上数十个红包，见一个塞一个，好像在弥补当年对我们的亏欠。

如今的拜年，倒是越来越现代化了。节前节后，只要你愿意，拜年电话打爆了也没人管。坐在电脑面前轻轻地敲击键盘，"伊妹儿"像报春的喜鹊一样，快活地飞过来飞过去：手机短信最有创意了，读着那些温馨的文字，我总是幸福得一声叹息。

年糕年糕

进入腊月，家家户户都张罗着过年了。富家大张旗鼓些，杀猪宰羊写春联贴门神的，小孩子们则忙着催促大人炒花生打饴糖买甘蔗，当然还要做新衣买新帽，那最刺激最热闹的炮仗更是必不可少的。穷家捉襟见肘些，杀不起猪的买半个猪头或一副猪肠，置不起新衣，做母亲的就洗洗刷刷缝缝补补的，怎么也要把孩子弄得干净体面点。

因栽种的粮食不同，南北方过年的吃食也就不同，一般说来，北方兴面食，蒸馍、炸果子、包饺子；就是那最苦最难的杨白劳，还"卖豆腐赚下几个钱，集上买来二斤面，拿回家去包饺子，欢欢喜喜过个年"。我们南方多大米，所以过年就捣年糕、炊松糕、蒸发糕。"糕""高"同音，年糕年糕，象征着生活水平年年提高，生活质量年年升高，农民们巴望棉粮收成高，工人们盼望着工资高，当官的期望职务升高，读书的孩子，当然是希望好好学习天天向上、分数步步高啰。

糕的种类颇多，我这里只说普通的粳米年糕。丰衣足食的年代，农户们都要做上几百斤甚至上千斤年糕，从腊月吃到来年的夏收。做糕的前夕，人们就把粳米泡下了，这叫作"醒糕米"，好像那米原来是睡着的，用水泡上整整一夜，就把它们给泡醒了。然后沥干，这沥的时间要掌握得当，干了，不容易磨粉，湿了，不是磨粉却是搓条条了。

几乎每个院子里都有一台石磨，一架石臼。届时，先把石臼洗刷干净。磨糕粉的时候，全家老少齐上阵。两人把着丁字形的磨担，一圈一圈地推磨；女人则坐在另一头，往磨孔里均匀地添米。那么多的糕米，从早到晚也磨不完，所以得不断地换人。好在吃糕在即，人人干劲都高，连孩子们都争着搭一把手。在咿咿

呀呀的推磨声中，糕粉像瑞雪一样喜气洋洋地洒落在下面的团箕里。

"十二忙月"，哪家也不闲着。做年糕一般都在晚上，因为需要左邻右舍的帮忙。做年糕要紧的是个"捣"字，只有年轻力壮的男人才能把那沉甸甸的石杵举过肩头，然后瞄准那热气腾腾的粉团落下。捣一下，对面的人就把滚烫的粉团拎起翻个身。举杵的人要稳、准、狠，翻糕坯的人出手要利索、迅速，双方配合默契，才能把糕坯捣匀、捣透、捣出韧劲儿来。力气不够或手脚笨点的，石杵落下就偏了，砸在臼体上，磕下一堆碎石片片来，那一臼糕坯算是报废了。

大而结实的揉糕板早已铺好，七八位帮忙者各就各位净手以待。糕坯冷了就揉不成糕了，所以必需趁热打铁。每人面前都放了一个印糕模子，木制，长方形，刻有各种各样的花样。做糕者摘下一团糕坯，揉搓成圆筒状，往模子里压去，压得满满匀匀的，四角都不许留有空隙。然后打开框架把年糕拍打出来。那些年糕都棱角饱满，有着浮雕式的人物和花鸟，更兼福禄寿喜等字样，精致而吉庆。

更有人忙着做三牲祭品。我们家乡的三牲是指猪、鸡和鱼。不是每户人家都能备齐这三牲的，所以就用糕制品代替。捏一个笨笨的猪头，嘴里横衔着条猪尾巴，算是全猪；公鸡的样子挺风流，赤条条的身子，长长的脖子弯过来，媚媚的眼睛贴着右边的翅膀；鲤鱼做得最为讲究，除头、眼、鳍、尾栩栩如生之外，还需用剪刀细细地剪出鳞片来，一点儿也苟且不得。这时候的小孩子们最活跃了，除了抢吃糕头外，就是死皮赖脸地求着大人，让他们也给做条鱼儿，然后一个个举着大大小小的鱼儿跑来跑去，满屋子都是喜庆的"年年有鱼"了。

从模子里出来的年糕，刚好是半斤重，一对就是一斤。有的糕坯里掺进了红糖，就叫"糖糕"。印花的糖糕一般是送人的，这时年糕的单位说"双"。男孩订婚、大小伙娶亲，拿这糖糕做聘礼，300双500双1000双的。女孩越是优秀，男方送的年糕越多。如果光是自家吃，只需把糕坯揉成小臂粗的一支支，中间稍压一下就成了。

自做的年糕是不泼水的（市上卖的在捣制过程中泼进大量的水），很结实，农民们说"很坚决"，这么"坚决"的年糕，吃了能够挂腿脚、撑腰板，干活不累，挑起担子健步如飞。

做出来的年糕晾上几天，就可以浸到水里去了。屋前屋后满是一缸缸的"水浸糕"，看着喜庆，想着踏实，肚子饿的时候就捞它几支出来，或蒸或炒或煮，方便得很。

曾经有那么几年，农民们穷得连肚皮都填不饱了。但年终归是要过的，糕终归是要做的。母亲不知从哪儿弄来些干番薯渣，掺上十来斤糕米，合在人家的灶头，也做起年糕来。那种糕没黏性，一捣，分崩离析般一块块地蹦到臼外去，我们就忙着去捡回来；这种糕坯也不好揉，一揉就裂开一张张大嘴巴。看虽然难看，我们吃它时，却仍然能吃出浓浓的糕香来。

我 17 岁那年，家里连番薯渣的年糕也做不起了，弟弟妹妹们一个个都饿得像篾条一样。没有年糕，哪有过年的味道？就在大年廿九的那天上午，我们家唯一一位有购粮卡的母亲对我说，她的卡上有 10 斤"年糕供应票"。母亲把购买年糕的光荣使命交给了我。我拿了一条布袋，向 10 里外的大公社跑去。那是每支一斤的条形年糕，软软的，一点儿也不"坚决"。但我拿到这些还热乎的宝贝，心里还是乐滋滋的。在回家的路上，布袋在我的背上亲热地撞击着，年糕们仿佛呼之欲出。我受不了诱惑，就打开了袋子，摘下四分之一支糕，三两口就吞下了肚去。过了一会儿，我还是饿得要命，又一次打开了袋子，拧下一块吃了。

走着走着，我的心思总也离不开背上的尤物，就又一次蹲到地上，摘下一块。留下短短的一截，心想这就可以向母亲交代了。可在快到家的那段路上，我还是抗拒不了胃口的热情，把最后那块糕头给填进肚去。我还给自己找理由说：我家 9 口人，反正我吃的是自己的份儿，早吃迟吃没什么两样。

回到家，母亲数了数年糕，问，怎么只有 9 支啊？我老老实实地做了回答。也许是不愿败坏过年的气氛，母亲没有骂我。至今想来，那是我这辈子吃过最香的年糕。

看 戏

　　乡下人成年累月地忙，唯独正月里有十天半个月的闲暇。于是就忙着走亲戚、看朋友，到祠堂里祭拜先人。最热闹、最享受的就算是看年戏了。

　　那种戏应该是鲁迅先生笔下的社戏。社，意为土地神，在这里是指祭祀土地神的场所。社戏的"社"除了土地庙，也泛指一般的庙宇，这些贫民化的庙宇，常常就成了草台班演出的场所。

　　请戏班得有人出钱，出钱的往往是有钱又有喜事的。比如刚结连理啊，喜得贵子啊，老人大寿啊，后来又发展到儿女考上大学、自己得个大奖什么的。出钱请戏班是很体面的事，既讨了附近几村百姓的喜欢，又炫耀了自己的幸福和成就。

　　也有在大院子里现搭戏台的。看看谁家有现成的木头，扛它个十来根，立起来就是台柱子。戏台板是大宅院的大门，大宅院的主人往往成分偏高。这些大门被相中了，不管你愿不愿意，拆了就走。

　　我就读的小学校就常常成了戏场子。小学校本来是地主屋，场院大得要命，四乡八村的看客只管来，没有挤不下的时候。演戏的那一天，家家户户把四亲六眷都召了来。吃罢晚饭，大家争先恐后地往学校里赶。戏台上，两只煤油汽灯已经挂起，有人卖力地往灯里打气，汽灯发出耀眼的光，把戏台照得如同白昼。

　　我们那一带爱请绍兴戏班，因为绍兴戏班里没有男角。历史的经验值得注意，从前也曾请过有男角的剧种，演完戏后，就有小媳妇大姑娘跟着男角跑了，远不如清一色女子的绍兴戏班安稳妥当。

　　演出的晚上，许多小贩应运而来：背着马口铁箱子卖饴糖的，挑着馄饨担煮馄饨的，把油锅烧得滚滚的炸"灯盏糕"的，举着半月形小刀卖甘蔗的……更有精打细算的农民，在戏场角落里放上几只粪桶，第二天一早就能收获满满的几担肥料。

讲究身份的女人是不屑于在戏台下乱挤的，怕的是让人揩了便宜去。她们会请人搭一个看台，再在看台上放些凳椅，女眷和孩子们就安安稳稳地高高在上，不必担心被挡着、挤着和踩着了。

开演前，锣锣鼓钹打了一通又一通，为的是把看客们招得更多。戏台下已经人头攒动，演员们却还迟迟不肯登场。

幕布终于拉开了，首先上来的是一番祭祀仪式，演员们扮成各路神仙，他们呼风唤雨，斩妖驱魔，据说这样能保佑一方五谷丰登、岁岁平安。随后才是真正的演出。其实，当时我们还看不懂戏，我们只是因那份热闹兴奋着。大人们会给我们讲解些剧情，可我们没有心思去听，我们热衷的是台下的零嘴儿。舅妈、姨妈会掏出些零钱，招呼那些游走的小贩过来……

到了十来岁，我能看懂戏了，并迷上了唱越剧的陆贞芳。这个娇小的女人当时也就20岁出头，她唱腔优美，文武双全。她演《渔家女》、演《双玉蝉》、演《双阳公主》时，我总是设法挤到最前面。每每演到悲情处，我清楚地看到她的眼泪在一滴一滴地往下掉。

我也喜欢当时的小生丁绿云，家乡有句顺口溜：乐清人，看戏爱看丁绿云，丁绿云不上台，乐清人呆一呆。她扮相俊美，嗓音特别嘹亮，听她唱戏特别享受。

11岁那年的正月，我在长生宫看过她们演出的几场戏。一个寒冷的上午，我正在田里挑荠菜，同学郑月萍跑了过来，说陆贞芳她们正在招生，约我一起去考考看。那时候我已经被她们迷得不能自己，想都没想就扔了篮子，跟郑月萍一起奔长生宫去了。

于是，我看到了和夜晚完全不同的戏台。那里有许多卷起来的稻草和卷起来的被子，显得零乱和寒酸，原来她们就是在这四面透风的台上过夜的！演员们见了我们都很高兴，有一个独腿老头儿特别慈祥，对着我们问这问那的，又问我们演过什么吗？我

们说，演过《打猪草》。《打猪草》是黄梅戏，是我们那很有才气的语文老师何定一教的，我们已经演了两年了。

于是，她们给我们化妆。先是用一根细带子把头发缩上去，然后往脸上涂油彩、扑粉、拍腮红、画眉毛和眼影，接着画唇线抹口红；然后是梳头、编辫、插簪、戴花，卡耳环，最后才是着装。我看看镜里的自己，根本认不得了。

我们将《打猪草》从头到尾表演了一遍，考官们没说什么，却让我们席地而坐，往每人怀里塞一个搪瓷脸盆，然后给了我们一张很大的油印试卷。我们把试卷铺在脸盆底上，掏出钢笔就写了起来。对于刚刚小学毕业的我们来说，那张试卷并不难，笔尖在脸盆上轻快地啄着，发出叮叮当当的声音，没多会儿就把那张试卷完成了。独腿老头儿看了看，竖起大拇指说：你们的文化真高！

很轻松的，我们就被录取了。然后剧团让我们去做一次体检。体检要3毛钱，这时候我才把这消息告诉了父母。母亲哼了一声，一脸不屑地说，戏子！——干什么不好，想去当戏子！父亲认真地纠正说：周总理说了，现在不叫戏子，叫人民演员！可是母亲就是不允许她的女儿去当人民演员。郑月萍已经体检完毕去剧团报到了，我却因为3毛钱的体检费急得团团转。我无计可施，只能软磨硬泡来对付母亲，她走到哪里，我就跟到哪里。就连母亲上厕所，我也站在她身边，不断地磨蹭。

现在想来，如果当时母亲打我一顿，说不定我就跟着剧团跑了。可是那一回母亲没有动怒。她终于掏出了3毛钱来，用少有的温柔对我说：这钱就归你了，你爱怎么花就怎么花，但是不要去体检，啊？

那时候我们家很穷，一年到头大人也没给过我一分零花钱。母亲破天荒的大方和宽容，让我不知所措。我热泪盈眶，心想，也许是我错了，就决定听话一次。就这样，我和演戏失之交臂。

这以后，我还是爱看年戏，戏班子到哪里，我就跟到哪里。只是感受不一样了，陆贞芳在台上掉眼泪，我台下跟着掉眼泪，心里每每酸楚得发疼。

闹猛灯节

　　一年一度的元宵佳节又到了。那个晚上，是灯之展览、灯之争奇斗艳、灯们最火爆最具规模的聚会。年复一年，年年元宵，年年灯节。大凡国泰民安时，灯节就热闹非凡，老百姓就欢欣鼓舞；反之，灯节也萧条了，百姓也落魄了。宋朝的陈烈写过这样一首诗：富家一碗灯，太仓一粒粟；穷家一碗灯，父子相聚哭。风流太守知不知，犹恨笙歌无妙曲？

　　试想，如果年岁不好，或者兵荒马乱，民不聊生，遍地哀鸿，百姓连吃饭都成问题，哪还有心思、哪还有钱搞什么灯节？那糊涂的福建太守蔡君谟还搞摊派，必得一家一灯，千古骂名自然就逃脱不了啦。

　　提起灯节，我就想起关于元宵节的歌儿来。有首脍炙人口的民歌叫《五哥放羊》：正月里正月正，正月十五挂上那红灯。红灯（那个）挂在（那个）大门外，单（来）等我五（那个）哥他上工来……

　　这是一个地主小姐跟长工的爱情故事，有点儿酸楚，有点儿委婉，也有点儿小资。

　　下面的这一首，就比较革命的了：都说那十五的月儿亮，比不过那军属门前的大红灯。大红灯（那个）大红灯，灯上写的是光荣，红灯挂在大门外，照得全家红通通……

　　毋庸置疑，这是首拥军爱民的歌。歌中的主人公张大哥正在朝鲜战场上"英勇杀敌立战功"呢，这样的家庭，当然该好好慰问，好好关心。元宵节喜气洋洋的大红灯笼，都被当作犒劳的奖品挂到军属门上了。

　　我这辈子头一回看黄梅戏，就是《夫妻观灯》。那时候我正读初中一年级，花了一角钱买了张戏票，挤进那人头攒动的剧

场。这个戏人物简单，只有小夫妻俩，他们一问一答、一唱一和、载歌载舞的景象至今历历在目。在这之前我看过几次越剧，以我十一二岁儿童的心智，觉得越剧悲悲切切、缠缠绵绵，有点儿难懂；哪比得《夫妻观灯》欢天喜地、明白易晓、朗朗上口？这以后，凡课间休息时，同学们常常夸张地模仿着舞台动作，一边唱那黄梅曲调：

> 长子来看灯，他挤得颈一伸。
> 矮子来看灯，他挤在人网里行。
> 胖子来看灯，他挤得汗淋淋。
> 瘦子来看灯，他挤成一把筋……

同学们乐此不疲，校园里充满着欢乐的旋律和笑声。

我的家乡是著名的工艺美术之乡，花板雕、象牙雕、石雕、根雕、泥塑、漆画、细纹刻纸等等，成就了一批批人才，打开网页搜寻"乐清象阳"，肯定会找到那些个大名鼎鼎的工艺美术大家。所以扎糊些元宵彩灯什么的，完全是小菜一碟。简单的灯，家家户户都会做，聪明的主妇就在这个时候比心灵手巧，元宵节前保密着，等到灯节这天拿出来，赚了个赞美和风光。

记忆最深的是一种"马灯"（不是那种旋转的走马灯），那是一匹匹篾扎纸糊、画上眼鼻嘴脸、装上长长尾巴的"马"，分前后两块，都点着蜡烛，用细绳分别系牢在半大孩子们身前背后，看起来他们就像骑在马背上一样。孩子们且歌且舞，仿佛马群在草原上奔腾跳跃，烛光把马体照得通明透亮。那时我还小，很羡慕有资格穿着红袄绿裤的哥哥姐姐们。有一次灯会结束，一位叫小春的女孩却哭得委屈，原来，蜡烛翻倒烧了马灯、烧了缎裤子、还烧疼了她的屁股。

村子里有扎龙船灯的高人，此君不但懂得天文、地理、文学、历史，且雕、塑、镂、画无不精通。

扎龙船灯是一项大工程，往往得花几个月的时间。灯的大小、形状，是仿古代皇帝坐的龙船。船身分四五层，层层雕梁画栋，间间金碧辉煌；门窗是细纹刻纸的，精致考究，"墙"上的楹联壁画，美不胜收；人物的头脸是彩泥捏的，惟妙惟肖，衣服是彩纸剪的，巧妙合身。每层都是一台戏，或《水浒》，或《西厢》，或《红楼梦》、《西游记》、《白蛇传》、《封神榜》，一出一出的像立体的连环画，绕船舷一周就是一个故事，把龙船弄得像个多层次的露天剧场。几百号人物造型准确，神采奕奕；摇动船下的机关，仕女们衣袂飘飘似歌似舞，武将们枪来戟往打得如火如荼。

这样的龙船灯带头，后面跟上童子观音灯、八仙过海灯、百兽闹春灯、鲤鱼莲花灯……更有磬锣鼓钵铿锵，喇叭唢呐齐鸣，把个灯会搞得轰轰烈烈，热火朝天。男女老少扶老携幼纷至沓来，真是人山人海叹为观止。

如今，城里的灯节似乎更为隆重了，除了五花八门的传统灯笼，还有各种电子灯、霓虹灯，闪闪烁烁，变幻无穷；配以彩车、台阁、炮仗、焰火，更兼来自四乡八镇的狮子队、舞龙队、歌舞队、腰鼓队；真是火树银花，车水马龙，正应了辛弃疾的青玉案《元夕》：东风夜放花千树，更吹落，星如雨。宝马雕车香满路。风箫声动，玉壶光转，一夜鱼龙舞……

爱清静的人，自然要到灯火阑珊处。那里有一盏盏宫灯，挂着一条条精彩的灯谜。灯谜可是集知识之大成啊，没有相当的文化根基是不敢问津的。在这里，文人雅士济济一堂，叙叙旧情，亲身"射虎"，实在是一年一度难得的赏心乐事呢。

元宵灯节是一年之中最闹猛的节日，往往倾城而出、万人空巷。大家都知道，平安是福，千万别挤着踏着啊。年轻的父母们更要保护好自己的孩子，君不见《红楼梦》里那个苦命的英莲、金陵十二钗副钗里那个聪明善良的香菱——就是在元宵灯节观灯时被人拐走的，当时她才3岁。一个好人家的女孩子，被卖来卖去，受尽欺凌；后来还成了流氓地主薛蟠的小妾，历尽沧桑……

所以在这一天，就有很多人观不成灯，因为他们要为大家的安全操心啊。像我们这些"如今憔悴，风鬟雾鬓，怕见夜间出去"的人，应该是静悄悄地待在家里，"不如向、帘儿底下，听人笑语"了。

舍外的瓜园

我常常觉得，我家的老屋是一只大鸟：高高的台门是鸟首，正屋是鸟身，两边的披屋就像大鸟半敛的翅膀，屋脊那一道道瓦楞，就是大鸟梳理得整整齐齐的羽毛了。

东西披屋外都有一块空地，我们叫它"舍外"。"舍外"应该是个园子，长六七米，宽三四米。

东屋和东舍外属于我们家，西屋和西舍外自然是叔叔家的了。

"舍外"的土质不错，父母心情好时，会种点花草瓜菜。我妈种瓜的本领很好，她曾收获过一个 72 斤的南瓜王，引得许多人来看热闹。父母心情不好或忙不过来了，就任园子荒芜着。墙脚的瓦砾堆里，有一棵苦楝树，一棵柿子树，是它们自己长出来的。

我小学毕业了。父亲对我说，你长大了，应该为家里干点什么了。像我这样的农村女孩，平日里少不了煮粥、洗碗、打猪草、带弟妹的，父亲既然这样说，我想我干的那些都是小儿科不作数的，我得干点儿像模像样的事情了。

我认真考虑了两天，宣布说，我要种瓜。瓜的种类很多，但我家偏爱的是南瓜和丝瓜。我们家的南瓜是扁圆形的，模样周正漂亮，烧熟了特别的甜，既可当零食又可当饭吃；丝瓜做菜做汤都很鲜美，且清凉解毒，紧急时是可以当药用的。

我先在园子中间平出块筛子大的土，在上面铺上细细的草灰泥，找出母亲去年留起来的瓜子撒下，然后天天浇水。看两片厚厚的肉芽破土而出，我感到几分新奇、几分有趣。两三天后，第一片嫩叶长开了，然后是第二片、第三片，等到有四五片叶子的光景，就可以移栽了。

我在披屋的滴水檐下，一排儿挖了十二三个坑，栽上南瓜；在靠墙那边也挖出十二三个坑，栽上丝瓜。

移栽的瓜秧成活了，父亲嘱我去挖沟底泥，那些泥全是腐殖质，很有肥力的。我把沟底泥堆在瓜秧周围，垒得高高的，像一个个小坟堆。

可是老天爷却跟我作对，第二天就下了一场瓢泼大雨，檐瓦上的流水像一支支小瀑布，冲得我的瓜秧仰天叉八的。须晴日，我总结了教训，把一棵棵南瓜秧重新栽下，当然要远离讨厌的屋檐水了。

而丝瓜遭遇的是另一劫。有一种虫子模样像蚕，却灰不溜秋的总是生活在地下，我们都叫它"地蚕"。地蚕专在夜里咬瓜秧，一晚能摧毁三四茎。清早起来，我一看断在一边的嫩瓜秧就恨死了，扒开泥土，活擒地蚕扔到远处喂鸡，再在空了的坑坑里补上新的瓜秧。

瓜秧在我的呵护下刷刷地长高，小小藤蔓颤颤悠悠的，像婴儿索抱的小手。于是我开始搓稻草绳。我人小力薄，搓的绳子歪歪扭扭，粗一段细一段的，大人们就笑话是"缚赖孵鸡绳"。我把绳子的一端拴上块断砖，再把断砖甩上瓦背，南瓜秧就顺着这"赖孵鸡绳"，乖乖地往屋上爬。丝瓜秧简单一点，只要引导它们上了苦楝树或柿子树，它们就会兢兢业业地往上攀缘了。

这些瓜们太能生了，差不多每个叶腋下都能长出一小瓜来。几天后，南瓜顶着朵金灿灿的花，丝瓜顶着朵嫩黄嫩黄的花，我每天清晨起来就去数瓜，心里美滋滋的。

盛夏，披屋上的南瓜秧如海浪翻滚，把整个瓦背都遮盖了。而苦楝树和柿子树上，则丝瓜累累，一根根如垂下的手臂。我们家丝瓜是青皮的，长达米余，比白皮丝瓜好吃得多。摘丝瓜比较简单，搬条凳子，拿把镰刀，站在凳子上，一般就能够得着丝瓜的下半截了，往下一扯，拿镰刀割断瓜蒂就行了。一个清晨，我往往能收二三十斤丝瓜，吃自然是吃不完的，卖也是不好意思去卖的，除了送亲戚朋友，左邻右舍们也会来讨要。说自家孩子发烧啦，咳嗽啦，脸上长疖、脚背生疮啦，要吃丝瓜清热败火。

摘南瓜就复杂得多了。南瓜长在披屋上，离地面比较遥远。我家没梯子，光站在凳子上，是无论如何也够不着它们的。我绞尽脑汁，终于想出个"曲线摘瓜"的办法。

我家的屋子不是像一只大鸟吗，鸟尾巴就是一间尘封已久的破楼。在我的记忆中，此楼从来没住过人，也没见过上楼的梯子。但是楼下有一扇木门，木门的背后有四条横档。我像猿猴那样手脚并用，利用这些横档引体向上（除了长手长腿的我，家里再无一人能上此破楼）。进了破楼，再从"鸟屁股"（窗口）出去，跨上了"鸟尾巴"，再顺势上了"鸟背脊"——正屋，再跨过鸟的肩胛，顺着鸟翅膀就是披屋上头了。

披屋上的南瓜真是欣欣向荣啊。天气不太热时，我爱在屋脊坐一会儿，看风过去，瓜叶摆动，看藏猫猫的南瓜露出半个笑脸，就有了成就感。如果太阳很毒，屋脊烫得像热锅，我不敢久留，挑几个大而老的瓜，往上一端，听得一声脆响，那就是瓜熟蒂落了。

我没有飞檐走壁的本事，抱着个大瓜在屋顶行走，显得十分笨拙。速度慢了不说，滚烫的瓦片还会烫得我脚底起泡。我一趟一趟地搬运着南瓜，瓦片在我和瓜的压力下劈劈啪啪乱响。瓜搬下来了，屋子可遭殃了，一遇雨天，到处滴滴答答地漏水。奇怪的是我爸从来没有因此而责备过我。他只是去叔叔家借了梯子，上了房，把碎瓦片一一捡出扔掉，把尚且完好的瓦片匀开一点。爷爷他老人真是先知先觉，他在我父亲5岁那年造的房子，竟能料到他儿子将来无钱修房，也料到他的孙女的破坏力很强，事先把瓦片铺得极厚极密！

摘下来的南瓜并不马上吃，我天天搬它们去晒太阳，以增加它们的甜度。下午一般有雷雨，我得赶快把它们转移到干燥处，以防淋雨霉烂。总坐在檐下的两岁小妹也懂得这个常识，天色一变，她就鹦鹉学舌般喊：下雨瓜瓜搬！下雨瓜瓜搬！

那次我去外公家，外公问我最近在干什么，我骄傲地答：种瓜。外公问你种的南瓜有多大？数字概念我一向模糊，再说我也从来没把我的南瓜过磅。我想了想，就按母亲的最高纪录打了个折，答道：大的一个有四五十斤重吧。外公说，好，下次来送我一个。

回到家，我马上拿南瓜过秤，称来称去，天哪，这些瓜都只有 10 多斤，最大的一个不过 20 斤出头。我不是成了个爱吹牛不诚实的孩子吗？我又怎么向外公交代呢？

我被这事弄得心神不宁。我没有别的办法，只是拼命给南瓜施肥、浇水，三天两头地在根部培沟底泥，盼望它们能给我结一个大瓜。秋天，我收获了所有的南瓜，最大的才 30 斤，我就把这个南瓜送给外公，心里惴惴不安。幸好外公事忙，他把我说的话给忘掉了。

我家的南瓜可真是甜啊。煮南瓜时，我们不但不加糖，还要掺进些实心的粟米丸子，然后，盛起一碗碗的南瓜丸子，左邻右舍一一送去。大家都说，你家的南瓜，甜得黏住嘴巴啊。

丝瓜躲在树叶里，常常过期老去。初冬，柿子树和苦楝树都凋零了，皮脆发黄的老丝瓜在寒风中瑟瑟发抖。我们摘了下来，瓜络是中药，洗碗擦锅也是上品。还可以把它们剪成脚底型，垫在鞋里，很透气，还可以治疗脚气病呢。

屋后的水田

出了我家老屋后门，沿墙根是一段 10 米长的石坎，石坎一拐弯，和一条田塍连接，勾勒出一块小小的水田。这块菜刀形的水田，是爷爷砌屋时残留下来的。爷爷把地基挖得很深，又用石头填得老高，"百年大计，基础第一"啊。可这块水田就倒霉了，它终年水深过膝，虽然撒下谷种也能长出秧苗，但那青壮如茭白的稻秧就是结不出谷穗来。

于是就改栽了芋头。大概是高高的围墙挡住了光照，日复一

日的只见青青的一塘芋叶，却没见挖芋艿的时候。但这块小小的水田，却成了我们孩提时的乐园。

农村的孩子很少有单纯玩耍的时间。为了喂猪，妈交给我们一个长把笊篱，让我们去捞芋叶下的浮萍。那种浮萍小小的，圆圆的，密密麻麻挤挤挨挨的，绿得非常干净非常精神，间或有墨绿色的蜈蚣萍穿插其中，那水面看起来，颇像一条厚厚的花色地毯。

那时候弟弟七八岁，我也就9岁10岁的模样。捞浮萍对于我们来说是小事一桩。我们卧趴在高高的石坎上，一伸手就能捞上满满的一笊篱，水顺着篱眼子哗哗的淌着，一会儿我们就捞上一大篮。我们一趟又一趟地提着淅淅沥沥的竹篮回家，很容易得到大人的表扬。

雨后，芋叶上的水珠滴溜溜地转，转出了阳光的七彩，转出了珍珠的华丽，我们呆呆地看着，有了如梦如幻的感觉。我们想把"珍珠"掌握在手里，就去折芋叶。可只要我们一拧叶子，那些小精灵就都跑掉了，但我们不怕，只要折得下叶子，再往里面撩一点儿水，然后提着芋叶的两只角，同样能转出五光十色的韵味来。

夏日的夜晚，劳累了一天的大人们在院子里洒一遍清水，架起竹床，搬来竹椅，或躺或坐着纳凉。他们一边用大扇子驱赶着蚊子，一边聊着日子的艰难，估计着早稻能收多少。我和弟弟可没那么老实，我们拿了扇子跑到了后门外的石坎上去。夜的舞台上有多少萤火虫啊，它们点着小小的灯笼，一闪一闪地舞蹈着。只要飞到我们头上，我们就举起扇子，啪的一下子把它给打下来。掉在地上的萤火虫傻傻的，肚皮朝上，半天也翻不过身来。我们就借着它自己的光芒，把它们抓住，然后装到一个玻璃瓶里。

中国有"囊萤映雪"的美丽传说。抓到那么多的萤火虫，我们就赶快回屋找出课本，试图好好"映读"一下。可是事与愿违，不知是我辈视力不济，还是古人凭空瞎说，那满满的一瓶萤火虫根本起不了照明作用。饶这么着，我们也不想让萤火虫饿死，我们天天摘来带露的丝瓜花，塞进瓶里去喂它们。

最有兴致的当属钓蛙了。农民们对钓蛙是有讲究的：青蛙是益虫，是朋友，是不得杀害的，钓上来也必得给放回去。我们钓的是"糙皮田鸡"，"糙皮"个儿比青蛙大，肌腱很发达，它的皮色是灰黑的，不太光滑。我们当年以为糙皮田鸡是吃小蛙的，不是什么好东西，所以钓它吃它就没有罪恶感了。

钓田鸡是要做准备工作的。白天，我们带着根三尺长二指宽的篾片，去弹性十足的田塍上找小蛙，看见了，拿篾片一拍，把它拍陷进泥里，然后把它挖出来，有那么五六只就够了。我们用一根粗线把它们拦腰捆在一起，回家后拿出钓竿，这钓竿光秃秃的什么都没有，只要把这捆小蛙拴上去就行了。我们把拴了小蛙的钓竿倚在墙上，小蛙们都还活着，伸胳膊踢腿的闹得很欢。

天黑定了，我和弟弟拎了竹篓，拿了钓竿，来到后门的石坎上。钓田鸡的方法非常简单，我们举着钓竿，一提一放，一提一放那捆小蛙打击着水面，发出扑通扑通的声音。田鸡们寻音而来，一口叼住，我们感觉到重量的增加，就赶忙提拎上来，甩到了石坎上。田鸡们知道上了当，立即松口逃窜，我和弟弟扔了钓竿，满地去抓它们，聪明的田鸡扑通一声就跳回水田里去了，让我们空抓了一手的草屑，但还是有不少的田鸡比较笨，当了我们的俘虏。

杀吃田鸡是第二天的事了。那时候农村十分贫穷，一年到头也难见几次荤腥，缺乏营养的孩子们都是精瘦精瘦的，因此吃田鸡是很幸福的事。杀田鸡毕竟是残酷的，可我们管不了这么多了，何况，哪一种杀生不残酷呢？只是田鸡又有些不同，它们鼓鼓的双眼会巴巴地看着你，两个前爪很像人的手掌，你一举刀，它就吓得眼睛一闭，"双手"捧住自己的脑袋，弄得我常常下不了手。弟弟虽然小我两岁，可比我果断得多，他推开了我，挥刀一斩，就把田鸡的脑袋给斩掉了，连带它捧着脑袋的脚趾。斩掉了脑袋的"糙皮"还是活的，还会满屋子乱蹦，弟弟抓住它们，拿细柴梗把脊椎一通，它们就立即死翘翘了。然后是剥皮，从脖子开始，先退出前腿，再沿着身体往下，最后从下肢一直剥到脚

趾。接下去是开膛破肚，摘去胃肠。田鸡的腹内有一朵朵菊花形的黄油，清洗时总是浮在水面。在缺油少酱的日子里，我们把田鸡油熬起来，然后又用它的油炒它的肉，颇有"煮豆燃豆萁"的感觉。

退下来的田鸡皮并不扔掉，我们把它翻过来，刮去表面的灰黑，也放到锅里去煮，据说田鸡皮治浮肿病最好，也能治少儿疳积和脸色黄黑。

屋后的水田，给了我们童年的快乐，也给了我们成长的营养，同时在我心灵的深处留下了杀戮的阴影。

饥饿的日子离我们越来越遥远了，对于田鸡，我总有一种负罪感。我没有刻意去赎罪，也没有方法赎罪，只是朋友请吃的餐桌上出现蛙肉，我是坚决不伸筷子的。

鼠年说鼠

老鼠是人类的冤家，想想看，还有哪种兽类敢和人类如此作对的？人类恨老鼠，所以关于鼠的成语俗语，没一个好听的：鼠目寸光、鼠窃狗盗、鼠突狐奔、抱头鼠窜、老鼠过街人人喊打、一粒鼠屎坏一锅汤等等，不胜枚举。

少年时读过一首诗：

> 斜插，
> 杏花，
> 做一幅横披画。
> 毛诗里谁道鼠无牙？
> 却怎生咬倒了金瓶架！
> 水流向墙外，
> 春拖在床下。

这情理宁甘罢？

也只能数说着猫儿在骂。

诗固然美，但老鼠的恶行也略见一斑。

老鼠的确不是好东西。首先它们偷盗成性，粮食啊，糖果啊，菜肴啊，逮什么偷什么。据统计，地球上每年被老鼠消耗的粮食为2000亿斤！它们连袜子、肚兜、绒线、报纸、书本都偷，干什么？做窝呗，有了这些物质铺垫，它们的窝应该是非常舒适的。

老鼠还是破坏专家，比如偷盗你衣袋里的食品，又不好好"干活"，非要把你的衣衫咬得满目疮痍。

老鼠的门牙终身生长着，必须不断地把它们磨短。它这一磨不要紧，我们的家具可就遭殃了。畚斗、米箩、箱子、橱柜，常常被"磨"得东一个豁口西一个豁口，要多难看有多难看，当然也存不住什么东西了。

我嫁到海门后，享受的是"水缸镶灶连眠床"的待遇。夏天，棉被没处放，我就在窄窄的过道上方搁了块木板，把两条棉絮用塑料薄膜裹好放在上面。秋凉了，我把棉絮拿下来，一头大鼠"鼠奔豕突"而出，把我吓了一跳。打开棉絮一看，天哪，一窝粉嘟嘟的尚未开眼的鼠婴，正在轧堆蠕动呢。棉絮的里芯早就被撕烂了，还粘着母鼠生产过程中的斑斑血污。

娘家的善男信女们会念许多经咒，如金刚经、大悲咒、地藏王菩萨经；奇怪的是还念一首老鼠经：

　　老鼠经，
　　老鼠经，
　　老鼠日日没良心，
　　菜油偷去当茶喝，
　　馒头偷去当点心。
　　咬坏樟树佛，
　　打碎琉璃灯。

七分控诉，三分无奈。但老鼠竟然进入"经典"，实在令人匪夷所思。

最可怕的是，老鼠还传染凶险的疾病，如鼠疫、出血热、斑疹伤寒、钩端螺旋体病等等。老鼠夺走我的被窝没多久，我的妯娌就被出血热夺走她 32 岁的生命，扔下一对幼小的儿女和老实巴交的丈夫，她是死不瞑目啊。

提起鼠疫，就更叫人毛骨悚然了。人类历史上有 3 次鼠疫大爆发，凶恶的病魔横扫欧亚大陆，让近一亿人死于非命。那时，东欧的几个国家，真是"千村薜荔人遗矢，万户萧疏鬼唱歌"！残存的家人，有的因为承受不了打击而发疯，有的因为极端的痛苦而自杀。政府为了掩埋堆积如山的尸体，不得不释放牢里的犯人！

所以我国把老鼠列为"四害"之首，是非常正确的。

当然，也有可爱的鼠类——小白鼠，他们为人类的医疗事业忍受身体的各种不适，甚至献出了生命，让人心存感激。近些年兴起的卡通片，总是让聪明绝顶的老鼠去捉弄笨猫先生。是猫儿的确愚蠢？还是一种反讽？

但老鼠生存能力之强，团队的合作精神，是毋庸置疑的。我上小学五年级时，家里鸡窝里的鸡蛋常常不翼而飞。正不知盗贼姓甚名谁呢，有一天放学回家，我发现一只老鼠仰躺在地上，怀里抱着一个鸡蛋，另一只老鼠咬着它的尾巴，像拉车一样把它拉着，往墙角它们的洞穴拉去。它们见了我并不回避。于是我想起刚刚读过的一首诗：官仓鼠，大如斗，见人开仓亦不走，健儿无粮百姓饥，如遣朝朝入君口？

后来，我把这事告诉了姑妈，姑妈又给我们讲了个她亲见的老鼠偷油的故事：一只老鼠站在油缸沿上，它用毛茸茸的尾巴浸满了油，一转身，那油就滴滴答答地掉在等在下面的伙伴嘴里，这样反复几次，下面这只老鼠饱了，它们就互换个位置，让另一只老鼠也吃饱喝足。老鼠的聪明才智，真让人叹为观止。

20 世纪三年困难时期，畜类禽类都成了稀有动物了，不少人因为营养极度不良而得了浮肿病。只有老鼠活得潇洒，成群结队地、轰轰烈烈地在房屋的顶棚上"过兵车"。人们穷极无奈，就在老鼠身上打起主意。大家动手各显神通捉了老鼠，把鼠皮剥了，竟是一身紫红色的瘦肉，清汤寡水地煮了，据说并不难吃。这吃鼠运动一发而不可收，倒是救了不少人的性命。那鼠皮毛厚实细密，是不错的皮料，把血管剔干净了，四向拉开钉在板上，风干了揭下来，供销社收购6~8分钱一张。

你见过牧羊、牧马、牧牛、牧鹅、牧鸡、牧鸭吧？可是你听说过牧鼠吗？——肯定没有。但是我还真的牧过老鼠呢，可这过程太短暂，而且是以我的惨败而告终。那年，我大概六七岁，父亲揭开家里那个又高又大的米缸时就喊：有老鼠！我赶忙跑了过去，踮起脚尖趴在缸沿一看，果然有头小小的老鼠，正张皇失措地沿着缸的内壁乱转呢。台州有句俗语，叫作"老鼠脱落米缸里"，可这头幼鼠错误地估计了形势，它只想着"脱落米缸"的幸福，却没有料到我家的米缸是这么空虚，空虚得我父亲只能伸进头去，伸长双手才把缸底的米粒"扫"起来，这小小的老鼠又怎么能逃得出去？于是父亲动用烧饭的火钳，弄了半天才把它夹住，正想处死它呢，我说，爸，给我玩！童年的我没有玩具，父亲心疼我，就拿了根细细的苧绳拴住它一条后腿。我快活地接过绳头，以为它会像被拴住的麻雀那样向前扑腾，或者像螃蟹一样在地上兜圈子，我可以吆喝它，牵着它到处找吃的。可是这幼鼠太有性格了，火钳刚一松开，它就突然转过身来，以迅雷不及掩耳之势，一口咬上了我的手指，惊吓和疼痛让我猛一松手，这只非凡的幼鼠就带着一截苧绳逃之夭夭了。

我和老鼠宿怨彰然，当然不说它的好话。鼠年前夕我想，人们总是龙年赞龙、虎年颂虎、猪年夸猪，这老鼠，总没得好褒扬的吧？想不到编短信的果然是天才，竟利用了"鼠""数"的谐音，于是，"数不尽的钱财"、"数不尽的收获"，"数不尽的快乐"，"数不尽的幸福"纷至沓来，倒也给节日平添了几分喜气。

悲怆刘雪庵

父亲常跟我提刘雪庵。

对于刘雪庵，年轻人可能不很知晓。但如果提起《踏雪寻梅》或《何日君再来》，恐怕会哼几句歌的人都不陌生了。

刘雪庵既能填词，又能谱曲。我喜欢《踏雪寻梅》：雪霁天晴朗，蜡梅处处香。骑驴把桥过，铃儿响叮当……好花采得瓶供养，伴我书声琴韵，共度好时光！

这首歌有画面，有芳香，有铃声、琴声、读书声，还有好心情，堪称美轮美奂。这词儿就是刘雪庵所作，谱曲的是他的老师——著名作曲家、音乐教育家——黄自。

再说《何日君再来》：好花不常开，好景不常在。愁堆解笑眉，泪洒相思带。今宵离别后，何日君再来……

这首蜚声海内外华人区的歌曲，我并不喜欢。究其原因，也许是我们那个年代所受的教育，也许是骨子里的一些什么。这颓俗的歌词和刘雪庵无关，但要命的是，曲作者却是刘雪庵。

事情的经过是这样的：1936 年，上海艺华影片公司拟拍歌舞片《三星伴月》，导演请刘雪庵写一首探戈曲。刘交稿后，导演心血来潮，让编剧黄嘉谟填词《何日君再来》。刘雪庵看到后，如芒在背，曾向友人表示不满，但碍于情面，未公开提出抗议。

父亲说，就是这"碍于情面"害苦了他！倘若当初他不管不顾地把脸一翻，在媒体上公开声明不屑与这样的艳词颓句为伍，那他的命运就不是后来的样子了。

刘雪庵出生于四川铜梁的一个书香门第。童年时熟读了岳飞"精忠报国"的故事和文天祥"留取丹心照汗青"的诗句，基本确立了他的人生观。1930 年秋，刘雪庵考入上海音专，师从萧友梅、黄自，学习理论和作曲，又向俄籍教师吕维钿夫人讨学钢琴，随朱英学琵琶，从吴伯超学指挥，还在龙榆生那里学习中国韵文及诗词……有这样的大师群体施教，极有天赋的刘雪庵进步飞快，一出手就写出一批杰作，如《喜来春》、《燕子哥哥》《菊花典》《杀敌歌》《提倡国货》等，培养儿童健康品德和爱国精神。

我三四岁时，父亲不知从哪里弄来一架破留声机，唱的就是《提倡国货》，甜纯的童音简直就是天籁，让我爱至深深，懵懂的我也因此感受了一些些爱国道理。

成人之后，我从更多的渠道了解到刘雪庵的音乐成就。他为《红楼梦》那首脍炙人口的《红豆词》谱曲，达到了至善至美的境界，直到今天还不断地为人传唱。亦师亦友的黄自十分欣赏刘雪庵才情，常常为刘雪庵的歌词谱曲。那时候刘雪庵的创作，呈现的是古典高雅的传统美学品格。

九一八事变后，上海音专最早参加抗日游行的师生中就有刘雪庵。对着侵华首相近卫文麿的弟弟、指挥家近卫秀麿，刘雪庵严词谴责日寇的滔天罪行，捍卫了民族尊严；他的寓所成了中国作曲者协会的会所，他自费创办了《战歌周刊》，发表了大量的爱国歌曲。那些年，他创作了《中国组曲》、《前进曲》、《民族至上》等一大批抗日歌曲，并作了《中华儿女》、《保家乡》等电影歌曲。《海军军歌》、《空军军歌》也出自他的笔下。1941年，他为郭沫若的历史剧《屈原》谱写了全部插曲。

刘雪庵的作品，是嘹亮的战歌，是抗日的号角。1937年，潘子农要拍电影《关山万里》，刘雪庵为他写了《长城谣》。因为上海沦陷，电影流产了，可是《长城谣》却流传到前线后方，家喻户晓。著名歌唱家周小燕当年途经新加坡时，百代公司请她灌录了这首歌，唱片发行国外后，激发了欧美侨胞的爱国热情，抗日捐款如雪片般飞至国内。

一个遥远的镜头，常在我眼前浮现：那时的我还没有上学，父亲在自家的堂屋里弹着他那架呱嗒呱嗒的风琴，教我唱《长城谣》：

万里长城万里长，长城外面是故乡。
高粱肥大豆香，遍地黄金少灾殃。

自从大难平地起，奸淫掳掠苦难当。

四万万同胞心一条，新的长城万里长。

刘雪庵的抗日态度，还表现在他对《流亡三部曲》做的贡献。

提起《流亡三部曲》，我们只知道张寒晖的《松花江上》。父亲说，《流亡三部曲》的第二部叫《离家》，第三部叫《上前线》，都是江陵写的词，刘雪庵谱的曲。父亲年轻时不但高歌过，还排成小剧，组织他的学生们演出过，所以印象特别深。

刘雪庵是当之无愧的爱国人士，是极有民族气节的音乐家。可因为那首移花接木的《何日君再来》，刘雪庵的后半生就没有消停过，他一阵子被斥为汉奸，一阵子被打成右派，"文革"时又被打成反革命。他被关进"牛棚"22载，受尽折磨和凌辱，导致他双目失明，半身瘫痪。因为他政治上的倒霉，《流亡三部曲》的下面两部也失传了。

父亲发誓要把湮没掉的两首歌翻掘出来。

旋律是记得的，父亲用五线谱和简谱各默写了一份，但歌词却背不全了。89岁的老爸苦思冥想不得，就在网上发了个帖子，请求援助。不多久，湖北荆州有位男士回应了，因为他妈也是音乐老师，还保留着几张发黄变脆的歌纸。这位男士拿着歌纸去照相馆拍了照，在网上传给我父亲。

可是照片很模糊。老爸戴上老花眼镜，左看右看半猜半忆，终于把歌词打出来了。接下来的工作是输入乐谱。为此，89岁的父亲买了个"音乐大师"软件，自己安装了，然后着手学习简谱、五线谱输入法。调性、节拍、重音、断音、持续音、强弱音、倚音、种种连接线和反复记号，这让我看来要多麻烦有多麻烦的事，却被父亲干成了。

在北京朋友的带领下，父亲和我走进了八宝山公墓。在墓墙上，我们看到了尊敬的刘雪庵先生，他花白的头发，睿智的眼神，那么的端庄和儒雅。遗像两旁的文字是："鞠躬尽瘁，光明磊落"。下面是：中国著名作曲家刘雪庵先生千古。

先生，安息吧。

海燕翱翔

海燕是台州女人。她姓郏，这个姓不多，容易让人记住。20世纪 80 年代初，海燕还是个 20 岁出头的女孩，在一个叫人艳羡的国营大厂——台州化肥厂工作，她是按实力考上党委办秘书这个位置的，干着"白领"工作。

海燕出生在干部家庭，解放战争时期，她的父亲是地下党的交通员，冒着生命危险奔波穿越在敌人封锁线上。海燕在成长的过程中，感受着父母的正直和善良，也受到了父母的文学培养和熏陶。她父亲的国学底子不薄，还出过古体诗词集。耳濡目染，海燕从小就爱舞文弄墨。

因为都热爱文学，我们俩走得比较近。海燕落落大方，积极勤勉，没有小女人的种种毛病，文章也写得大气。

大约在 1986 年的一天，她打电话告诉我说，她要调离台州了。我问她到哪里去？她说到新安江一个小厂，她结婚不久的丈夫就是那条江边人，她"随夫"去了。

放下电话，我有些惆怅。清人黄仲则的一首诗浮现在我的脑海：一滩复一滩，一滩高十丈，三百六十滩，新安在天上。旁边一位朋友问我为什么发呆，我就把海燕的事说了。她当即嗨了一声，说，这人傻呀！舍弃这么优裕的生活，去那山沟沟里，连海鲜都没得吃！

我想，海燕爱她的画家丈夫，肯定胜过爱生猛海鲜。除了爱情的力量，还有她的梦、她的追求。她是海燕，不能一辈子待在安乐窝里，她要到风雨雷电中去搏击呢。

海燕很有亲和力，她到了新安江，就有了许多新朋友，并且也成了那里的文学骨干。那时候，全国掀起一股影评热潮，杭州团市委和电影公司发起了"青春奖"影评征文活动，海燕参加了，并获

得了很高的奖项。那一天，海燕高兴地打电话给我，说她正在浙江省人民大会堂参加颁奖仪式，著名影星潘虹给她颁的奖呢！

凭着她深厚的文学功底和对工作的热忱，海燕得到各方面的关注和赏识，不久就调入著名企业——新安化工集团，并任《新安化工报》的主编。那以后，我经常在报刊上读到她的散文、诗歌。有次，《浙江日报》还整整一版的刊登她写的报告文学呢。

她偶尔也回台州，但总是行色匆匆。为珍惜难得的聚会，我们彼此抢着说话，恨不得把自己心里的话全倾倒出来。她谈我的小说，一个个细节，一个个人物，她记得清清楚楚，理解得也非常到位，能这样读我的人不多，这让我感动，觉得她是知音。

光阴荏苒，转眼海燕也年已半百了。她是企业编制，前年就退休了。可她身体健康，思维活跃，工作热情不减当年，单位就返聘她继续干《新安化工报》的主编。有一次，她郑重地跟我说："我要写一部长篇小说。"我知道海燕从不说空话，不说大话。她是成竹在胸，胜券在握啊。于是我说，好啊！我等着读你的新作……

去年暮春，奥运在即。5月11日，新安化工集团企业骨干、劳模一行28人，带着3000万元的现金支票，赴汶川卧龙自然保护区认养大熊猫"新新"和"安安"。这种活动，当然少不了海燕。工作认真又充满爱心的她是想把这一善举、义举做得更加圆满，更加有声有色。

5月12日上午，四川卧龙的天是那么的蓝，水是那么的绿，空气新鲜得让人恨不得把自己的胸腔彻底打开。认养熊猫的仪式在和谐与欢乐的氛围中如期进行。之后，在汶川县长的带领下，他们穿越在青翠欲滴的竹林中，观赏了憨态可掬的国宝，海燕兴高采烈地搂着大熊猫，拍了人生最后一张照片。

14时10分，一行人离开卧龙回成都。坐在商务车里的海燕发现自己的坤包还在大巴车一位朋友手中，就赶上去拿。那位朋友说：拿什么拿，你就坐在这里吧。随和的海燕就坐到了朋友身边。这辆满载着26名新安人的大巴上路了，紧跟着的是公司董事长和汶川县长的两辆小车，记者的商务车殿后。车队至映秀镇差一公里的地方，突然狂风大作，山崩地裂。大巴车被巨大的泥石流裹挟着，翻着跟斗向山下坠去，在车子翻滚的过程中，8名新安人被甩了出去，其中3人先后被飞石击中身亡，大巴车一直翻入谷底的河中，继而又被泥石流深深掩埋……

噩耗传来，公司上下无不大惊失色。郏海燕的夫君和孩子肝肠寸断，瘫痪在床的老母几次死去活来。多少人在祈祷，祈祷神灵救赎好人；多少人在盼望，盼望奇迹出现。

可是塌方体积太大，挖掘工作变得茫茫无期。10天过去了，一个月过去了，两个月过去了，仍然没找到那辆遇难的大巴。半年过去了，还是音讯杳无。对于死难者的朋友们、亲属们，那是一种怎么样的等待和煎熬啊！直到7个月后，人们终于挖到了车子残骸。那天天气非常寒冷，在凛冽的寒风中，海燕的儿子根据皮带和断裂的眼镜框，认领了面目全非的母亲。

我是在去年12月14日的钱江晚报上看到海燕讣告的，那上面写着：新安化工报主编郏海燕在"5·12"四川大地震中因公殉职……

我的眼睛迷离了，那些字如飞虫，在我的面前乱舞……

伊人已去，思念成灰。又是5月12日了。海燕啊，你香魂已销，音容犹在。我的心，每想起你来仍然痛得尖锐。海燕啊，你为奥运，为大熊猫付出应该付出的，你为绿色中国、为和谐社会努力了、奋斗了，你英勇无悔啊。愿你的在天之灵，能安抚和你一起丧生的熊猫兄弟。天堂里没有地震，你可以放心地自由翱翔。在那个祥和神圣的地方，完成你的长篇巨著！

安息吧，海燕！

翠　槐

那一年，我家的生活难以为继，母亲决定把我送到县城大舅家寄养。

出门之前，母亲曾再三再四的叮嘱：大舅家不比自己家，干活你要抢在头里，吃东西要退到后边，不能和表妹吵嘴，不能惹大舅和舅母生气，等等等等。

7 岁的我原本很淘气，这下子可成了个乖孩子，灾难真是教育人的最佳方法。

寄人篱下的日子里，我学会了自律，学会了忍让，戒掉了囡儿家所有的娇气骄气。我每日里黎明即起，拿了把比我个儿还高出一截的大扫把，使出了吃奶的力气，把屋里屋外洒扫一遍；表妹才比我小两个月，她一天到晚叽叽喳喳、嘻嘻哈哈，一会儿缠着舅舅要这要那，一会儿歪在舅妈怀里打滚；我早就学会不妒忌不眼红了。

我插班到乐清县小的二（上）年级读书。破衣服，旧鞋子，傻傻的脸蛋，一头黄毛——这就是我当年的光辉形象。同学们欺生，更有城里孩子对农村娃居高临下的优越感。我非常非常的孤独，非常非常的悲凉。

只有一个叫周翠槐的女同学会朝我友好地笑笑。翠槐和我同年，微黑的瓜子脸，五官很美妙，睫毛长且密，很好看地向上翘翘着。放学的时候，她常约我一块儿走，只可惜那段路太短，绕过银溪湾，跨过张公桥，我们就各奔东西了。

通常，课间休息的时候，同学们总是尽情地在操场上玩耍，我却只能站在走廊上，远远地、怯怯地看着。也许是一个下意识的自卑动作，我的一只手总是撂在教室的窗棂上，仿佛要抓住点什么。

那一天我正这么站着，忽然觉得有人在掰我的那只手。

"把手放下。"一个阴沉的声音在命令我。我看到一张虚胖的脸和一双虚胖的眼皮，同时记起她也是我们班同学，名叫林蓬子。

我做错了什么？我赶紧反省自己。终于，我确认自己既没有遮了谁的视线，也没有挡了谁的道儿。这么想着，我的手就没有放下来。

"你听到了没有？"林蓬子恶狠狠的嗓门提高了一倍，因为生气，她鼻梁边的雀斑就变得显著起来。

我觉得她是无理取闹，就没有理她。

她用力掰我的手，拧我的手背，一边骂着："乡下囡，小穷鬼，看你这猪爪子放不放下来！"

这太欺侮人了，这个虚胖脸太不是东西了。我的犟劲上来了，可是我一不会吵架，更不会打架，我只是无依地抓住窗格子，保持着那一点点可怜的尊严。林蓬子就用指甲掐我，掐得我很疼，但我就是不松手，她变本加厉地狠掐，直掐得我的手背满是新月般的伤口，一个个伤口都在悲壮地渗着血水。委屈、痛楚、孤独、无助，使我的双眸噙满了泪珠，我把双眼撑睁大大的，生怕眼皮一合，那泪水就扑簌簌地直往下掉——我认死理的脾气让我从小就吃足了苦头。

"林蓬子，你凭什么欺侮人？"周翠槐就在这关键时刻出现在我们面前。

林蓬子翻了翻虚胖的眼皮，说：狗咬耗子，多管闲事。

翠槐说，好，我告诉老师去。她刚要转身，却改变了主意，伸手猛拍了林蓬子的虚胖手一下，把纠缠在一起的我们两只手都拍了下来，然后她拉起了我，把我拉进了她们跳绳的圈子里。

大概是因为我那段时间表现特别好，班主任洪哲文老师就让我当了我们那个组的学习小组长。具体工作就是把同学们做好的作业本收上来交给老师；又把老师批改好的本子发放到同学手中。这是我整个学生时代第一次、也是最后一次"当官"，我干得很认真，很卖力。

乐清的小学生从一年级开始就用毛笔，先是描红，上大人，孔乙己，化三千，七十士……接着是写大楷、小楷，抄书，造句；就连打草稿，做算术也全用毛笔。只有画图画才用铅笔。所以，无论怎么样穷的学生，毛笔是必备的，而铅笔就不一定了。

为了省墨，毛笔是不洗的，只用一个金属笔套套着。那一天，我发现我的书包破了个小洞，肇事的笔套不知什么时候已带着我唯一的那支毛笔逃之夭夭了。

我心慌得不行，几次想跟大舅要钱买笔，但始终张不开口。

上课的时候，我变得心猿意马；做作业了，我仓皇地东张西望。洪老师发现了，问明白怎么回事，就让我们的班长把她一支富余的毛笔借给我。

我使用着班长的毛笔，还是不敢开口向大舅要钱。3 天后的一节课间，我收完了作业簿回到桌位上，发现班长借我的那支毛笔不见了，慌忙找时，只见它躺在地上，我赶紧去捡，在捡起笔杆的同时，那笔头却悲惨的掉下去了，我当即像被雷击了一般，脑袋爆炸了。我冲着三四个人一组、挤来挤去玩骑马的男同学们说：你们把我的毛笔挤得掉下地去了，你们将它给踩坏了！

男孩子们根本就没理我的哼哼和泪水涟涟，有一个还冲我凶凶地嚷嚷道：你哪只狗眼看见我们给你弄到地上的？又是哪只狗眼看见我们给踩坏的？

我无言以对，只有绝望地哭泣。

我又没有笔做作业了，洪老师给我拿来一支不知是谁的秃头笔，这支笔难写极了，我带回舅舅家，用剪刀修了修，越修越糟糕。从此我的笔迹不是粗细不匀，就是开叉空心，要多难看有多难看。班长又追着要我赔笔，说没有笔就赔一毛钱。我当然赔不起，她就把价格降到 8 分，后来又降到 5 分，最后又降到 2 分；可怜的我连 2 分钱也没有！

7 岁的我充分地体味了被逼债的痛苦。当时我曾想逃跑，逃回乡下家里去。可是我不敢；再说，不是放假时间，舅舅也未必能给我小火轮的票钱。我就这么度日如年的过着，终于有一天，翠槐不知从哪里弄到一支不错的毛笔，替我还了这笔债。

那个夏天，学校里流行起和平鸽来。那是一种赛璐珞质地的胸饰，一只只造型非常精美，白脑袋白身子，黑眼睛红脚杆，红红的喙上还叼着根青青的橄榄枝。它们精神抖擞地站着，可爱极了。

有人告诉我，这是用 5 分钱买的。我不敢奢望能得到 5 分钱，不敢奢望拥有这代表着全世界人民最美好最善良愿望的小精灵。看着同学们的胸前一天天地停歇上这神圣的美丽，我只有在一边悄悄地欣赏着。

有一天，大舅忽然捧出了两只和平鸽，给我和表妹一人一只。这两只和平鸽甚至比同学们所有的鸽子都漂亮，因为他们的都是收着翅膀的，而我们这一对则是展翅飞翔的。意外的收获使我的心一阵狂跳，我毕恭毕敬地、小心翼翼地接过鸽子，将它别在自己的胸前。

我终于也有和平鸽了，这多么好啊。那一天上学的路上，太阳变得特别明媚，天空显得格外蔚蓝，连金溪和银溪都在叮叮咚咚地向我祝贺。

同学们都围了过来，争着看我这个式样新颖的小白鸽。我第一次觉得同学们和我亲近了，友好了，他们的眼里甚至有了些许羡慕。天啊，居然有人羡慕我了，我简直是幸福极了。

只有一个人，她冷冷地站在一旁，不屑地翻着她的虚胖眼。我至今还不明白，一个 8 岁的女孩，哪里来的这么多的阴冷和仇恨。就是在第二节课间的时候，也就在我们曾经发生过纠纷的那截走廊上，她找准了时机，把另一个同学当胸向我推来，毫无思想准备的我们撞了个满怀，咔嚓一声，我倒霉的小精灵被撞折了一个翅膀！可怜巴巴地趴在我的胸前。

我伤心欲绝地哭了起来。

翠槐知道了，她跑到林蓬子面前，盯着她，要她赔我的和平鸽，林蓬子翻着白眼，一副爱理不理的样子。这时候上课的钟声响了起来，翠槐说了声"你等着瞧"，就拉着我进了教室。那一节课我根本就没上好，我心疼死了我的和平鸽，又担心大舅追究起来骂我是败家子。

第三节课的下课铃一响，林蓬子一溜烟就跑掉了。周翠槐好看地笑笑，胸有成竹地牵着我的手，我们绕过了银溪湾，走过了张公桥，顺着大街一直往南走。

我们在一个小小的修理店门口站定。我从来没有见过这么窄的店面，好像是一条小小的弄堂口拦成，那宽度刚好放得下那张修理桌子，桌上搁了些不知是修理钟表还是修理钢笔的工具，一个虚胖脸虚胖眼皮的男人在独自吃饭。

"蓬子爸，你家蓬子把她的和平鸽给弄坏了。"翠槐说，并把

我使劲地往那个酷似林蓬子的男人面前推。

那男人顾自吃饭，眼皮都没有抬一下。

"你赔她的鸽子。"翠槐说，并继续推我，"说呀，你为什么不说话？"

"你赔我的鸽子。"我壮起胆子说。

不知是天生的模样，还是生气的缘故，蓬子爸那虚胖的眼皮和虚胖的腮帮子一块儿耷拉了下来。

"才上午戴上的，就被你蓬子弄坏了，她舅舅不骂她吗？"

"才上午戴上的，崭新崭新的，我舅舅……我舅舅……"说着说着我的舌头发硬、嗓子打呃，泪水就滴滴答答地往下掉。

"哭什么哭，要他赔，不赔不行！"周翠槐理直气壮地说。

这时候林蓬子踅到她父亲的修理摊前，一看到我们，她扭头就跑。翠槐嚷嚷道："林蓬子，你跑什么！告诉你爸，是不是你把人家的和平鸽给弄坏的？"

林蓬子还是跑掉了。翠槐对她爸说："你明白了吧？不是她弄坏的，她才不跑呢——你赔，不赔我们不走。"

我鹦鹉学舌般说："你赔，不赔我们不走。"

这个虚胖男人吃不下饭了，他生气地把饭碗一扔，伸手在衣袋里掏啊掏的，半天，掏出个 5 分的硬币，拍在我们面前。翠槐那睫毛好看地扑闪着，她抓起这个硬币，到对过的文具店里买了只一模一样的和平鸽，然后拉着我凯旋了。

秀　英

那一年我 15 岁，母亲为我联系好，让我到黄浜小学去代课。

去黄浜有 10 多里路。因为是第一次，肩膀上又压着棉被、草席、番薯和米，等我东打听西问路、七拐八绕、走走歇歇到达目的地时，已经是午后了。

黄浜是个大地方，东南傍东海，西北接良田。由一村、二村、三村和陡门头组成（陡门头算不算一个自然村，我已经忘记了）。黄浜小学的烧饭老头告诉我：老师们都休息去了，食堂也没客饭，你到陡门头去吃吧。

陡门头有一间饮食店。店门前铺着几根长长的石条，下面的木陡门在潺潺地漏水。四四方方的店堂里，放了五六张小方桌。已经过了吃饭时间，店里空空的一个顾客都没有，只有一个和我差不多大小的女孩在擦拭桌子。她干得十分认真，桌面被擦得露出白白的木纹。

我拿出4小两（相当于现在的0.125千克）粮票和1角5分钱，要了一碗面条。一会儿，里面传出一个男人粗糙的声音：秀英——端面——

女孩放下了抹布，在围裙上擦着双手进屋去，我发现那是条圆角的、四周波浪滚滚的围裙，宽阔的带子在她背上好看地交叉着。她出来了，将一碗热气腾腾的汤面利索地放在我的面前。

她继续擦拭桌子，一边偷眼在打量着我，我也偷偷地打量着她。她非常非常的漂亮，匀称的身材，雪白的皮肤，头发天然卷曲着，几缕俏丽的发丝卷在她腮边生动地晃来晃去。皎洁的前额下，一对柳眉平平展展地伸向鬓角；大大的、形状极佳的杏眼，带着一丝淡淡的、不易察觉的忧伤；人中很深，嘴唇是那个年代营养不良的那种，稍稍苍白，上唇正中有一红豆大的突出，更添了那张脸的姣好和妩媚。她浑身上下特别整洁，一点儿也没有农村饭店服务员的那种邋遢和肮脏。

有人说欣赏女孩只是男人的专利，我以为有失偏颇，甚至觉得有意在亵渎一种圣洁的东西。就当时来说，我是被那种美丽迷住了。我记起《西厢记》里有"惊艳"两个字，我想我当时也是被"惊艳"了。

她在我对面的长凳上坐了下来。她的睫毛浓而长，弯弯地向上翘起，她的鼻子小巧端正，呼出的气息带有一种淡淡的清香。我们相对一笑，就算是认识了。

她的目光不再躲闪，她看定了我，眼里漾起一层层波澜。然

后她将双掌托着腮帮，双肘抵着桌面，这样我们的距离就更近了点。她目不转睛地看着我，我还从来没有这么被人看过，有点儿不好意思，只管低头吃面。

她的双肘不自觉地向我移动，再移动，她已经无法坐住了，屁股就离了凳子，那身子便整个儿趴在桌面上。最后我们几乎是眼对眼了，中间仅仅隔了那连汤都被我喝得所剩无几的面碗。

我抹了抹嘴巴准备起身，她轻轻地叹了口气，放弃了和我的友好对峙，重新落座，说：你，真好。

我不知道我什么"真好"。论长相，我不如她；论衣着，我一身黑不溜秋的学生装，远不及她的花袄和围裙好看；我家里又穷，初中毕业就得为生计四处奔波；她在这间饮食店至少可以混个肚子囵囵呢。

"你几岁了？"她问。

"16。"

"虚岁？"

"虚岁。"

她笑了，说，我就知道我俩同年呢。

"读过中学？"她继续问。

"初中毕业——你怎么知道的？"

她俏皮地歪了歪脑袋，说："我会算命。"然后，她指着我胸前的钢笔说，"我可以看看吗？"

我取下了我那紫红色笔杆的钢笔，那是"文谊"牌的小号笔，当年我考上初中时，福州舅舅给我的奖励。

她接过了钢笔，小心地旋下了笔帽，拿笔在手心里画着什么。又问我，到黄浜来做什么？

我答，代课。

"就是教书？"她的眼睛因为惊诧显得更大。

我点了点头算是承认。我曾经在别处代过半个月的病假，这一回代的却是产假，待那位老师生了孩子一个半月之后，我立马就卷铺盖走人。

她几乎是用崇拜的神情看着我，我被她感动了，就问：你上过几年学？

　　她郁郁地说："3 年。爸死了，学也就上不成了。瞧瞧，你都会教书了，可我学的那几个字，差不多都还给老师了。"

　　她的模样叫人心疼。我不知道该怎么安慰她，只是呆呆地坐着。

　　我们很自然地成了好朋友。我在黄浜没有一个熟人，所以我在放学之后，或者家访回来时，都要去她那里看看，美好的脸蛋和美好的态度总叫人愉快。她如果忙着，我在门口探探脑袋就走；她如果闲着，我就进去坐坐，给她讲我这一天代课的奇闻笑话，比如哪一个捣蛋鬼把鹅带到教室里来了，追得女生们鸡飞狗跳；全班最胆小的一个孩子打开自己的砚台，从那里蹦出个癞蛤蟆来……

　　那时候我的肚子总是饿，诱惑我的还有秀英店里的那种乒乓球大小的硬米圆子。那圆子实心，有一点红糖的味道——那时节的红糖有多稀罕啊！没有粮票，那团子是 1 元钱 1 只，我一个月的工资如果都不做别用，可以买 18 只团子。我知道我不能这么奢侈，但是我管不了自己，平均两天总要去买一只，压压爬到嗓子眼里的馋虫。

　　陡门头饮食店生意不错。尤其是渔船归港的日子，渔民们往往把刚刚上水的鱼虾直接拎到了店里，这时候小店的饭桌几乎全被那些穿斜襟大褂和大裆灯笼裤的汉子们坐满了，他们吵架般的猜拳，没命地灌酒。这时节，"秀英秀英"的吆喝声就野了起来。到了后来，那一桌桌喝红了眼的男人们就直着喉咙大声嚷嚷：

　　"秀英，过来，喝一杯！"

　　"秀英，到我们这桌来！"

　　"秀英，我们这酒好！我们这鱼鲜！"

　　"秀英，我们这卵子大！"

　　"秀英，秀英，他妈的瞧不起我们还是怎么的？当心老子把小店砸个稀巴烂！"

　　这时候，秀英就躲到厨房里去，谁都不理。外面喊急了，饮食店的头儿就推她说："去，喝一杯，看他们还吃了你不成？"秀

# 稻田的等鸟
daotian de dengniao

英就委委屈屈地踅了出来，那些人就抢着给她腾位置、拿筷子。秀英端端正正地坐下，拣了一个最小的盅儿，把酒给喝了下去，然后起身到另一张桌子去，这时候上一桌子的人就拦她不得，不然两桌之间就有一场好斗。她一桌一桌地喝过去，筷子照例是不动的。完成任务后，一溜烟躲到灶后头去了。

有一天放学后我正要去秀英那儿，疙瘩脸刘老师喊住了我，说和我一块儿去陡门头。刘老师是去讨要学费的，秀英有两个弟弟，一个是刘老师四（1）班的，一个是刘老师爱人二（2）班的。

刘老师对秀英说：你大弟的学费3元5角，你二弟的学费3元。上半年你还没有工作我们也不跟你要，现今你赚工资了，两学期的学费一并儿缴了吧！学校也难哪，你不缴他不缴，这学校还办不办得下去呢！

秀英的脸就显出惊恐来，眼睛就特别圆，她带着哭腔说："我一个月的工资才12元呢！"

刘老师说："你眼睛也不要圆，我到你家也不知多少回了，你娘又寡妇失业的，且有病在床，你们一家不指望你又指望谁呢。"

秀英的眼睛就萎了下去，脸上堆满了乌云。一直旁听的饮食店头儿说："你那两个弟弟就不要读书了，我给你说个情，早点儿上船学讨海去吧。"

"不，不！"秀英急剧地摇着头，说，"刘老师，求你了，我一个月交你2元钱，可成？——我一家人要吃饭，娘要看病吃药，爸的棺材钱还未还清……"说着，那泪水就顺着她那俊秀的双腮扑簌簌地直往下掉。

我心酸得不行，这时候我才明白，秀英活得比我难。我说，刘老师，就这样吧，让秀英一个月给你2元，六七个月也就还完了。说着我拉着刘老师，逃也似的离开了那间饮食店。

我牵念着负债的秀英，那天晚饭后我又来到了陡门头。那晚店里很清闲，秀英坐在干干净净的饭桌边想心事。她好像已经释然，也许是刘老师终于同意她一个月补缴2元学费而欣慰。见了我，她说，阿丹，借你的钢笔用用。

她铺开了一张从小学生练习簿上撕下的方格纸，攒足了劲，

一笔一画写着：小鸟在前面带路，风啊吹向我们。我们像春天一样，来到花园里，来到草地上……因为幻想，因为憧憬，她的模样纯洁得像油画上的天使。她的字生硬幼稚，有的还缺胳膊少腿的，那"带"、"像"、"园"字她想了半天还写不出来，就停下笔来问我。然后，她望着自己这几行歪歪扭扭的字，叹息道：阿丹，若能像你那样哗哗哗的写一气，多好啊！

我望着她那美得无以复加的双眸，那里面有一种永远也无法兑现的欲望，有着失落和遗憾。后来她又央求我说，把钢笔借她一晚，她想写好多好多的字，我想都没想就同意了。

那天下午放学后，我又来到了陡门头，却不见了那个美丽的倩影。老头指了指旁边的一个小房间，悄声说：在哭呢，去劝劝她。

那是个极小的房间，搁了两张窄窄的床板，一张是秀英的床铺，一张排着 3 个筛子，放着些炸过的鱼、淘过的牛肉和捏好待蒸的硬米圆子。秀英头发蓬乱地歪在床上，盈盈泪眼茫然。我问她怎么啦？她不答，我盯着问，她越发呜呜地哭泣起来，我猜测她又受了什么委屈，想想这么个可爱人儿，没人疼没人怜，反倒要受那些鲁莽渔民的欺负，我鼻子一酸，就跟着她一块儿哭了起来。

终于止住了哭泣，她红着眼睛说："雀儿岛的阿豹最坏了，回回都跑到这儿来喝酒，回回都醉得像头猪。"

我傻乎乎地说："他猪不猪，跟你有什么关系？"

"他对我动手动脚。"

屈辱和愤怒让我脸上着火，那火一直烧到后脖子。可是我一筹莫展，只有跺脚的份儿。

"今天还差了个媒人对我妈说，要用 200 元钱娶了我去。这种人，嫁得么？我糊涂的娘竟然说，嫁哪个男人都是一辈子，何况他还一手拿得出 200 元呢。"

"不嫁不嫁！"我急急地说。但我知道一个小女孩的话是那么的苍白无力。

"当然不嫁！"秀英说，"吊起我来我也不嫁！"尽管态度坚决，但我觉得我们非常渺小，像两颗微小的尘芥根本不能主宰自己的命运，只能随风飘荡而已。

这天，黄浜小学的全体老师都去劳动锻炼，我们这组是去给麦子上灰肥。

回来的路上我摸了摸口袋。我的脑袋嗡了一声，心猛地就向一个深渊坠了下去：我把我唯一的那支钢笔给弄丢了。

我赶忙回头去找。天已经黑了，况且麦田那么大，寻找那小小的钢笔，无疑是大海捞针。

我懊恼欲死。3元6角钱一支的钢笔，对我弥足珍贵。当初父亲看着舅舅给我的这个奖品，不无艳羡地说他这辈子还没有用过这么好的笔；他千叮咛万嘱咐，让我爱惜天物、小心保管；初中3年都平安无事，如今工作了反而把它给弄么丢了，真是越大越没用了。乡下还没有圆珠笔、书写笔什么的，这一丢，我拿什么去备课呀。

夜办公的时候，我望着美孚灯舌头般的光晕发呆。坐我对面的一位跟我妈妈那么大年纪的夏老师看不下去，就把她一支富余的金星钢笔借给了我。

第二天我到饮食店去的时候，秀英又向我借钢笔。我说这可是夏老师的。她说："就借一晚，我把《小鸟在前面带路》写好就还你。"我想起她写这支歌的那种向往、那种陶醉的神态，心马上就软了，把那支黑杆子的金星借给了她。

我们犯了个大错误。那天晚上，雀儿岛的阿豹又在陡门头喝酒，已经快午夜了，喝得疯狗般的阿豹吼道：

"秀英你这小娘×出来！你给老子死出来！"此刻秀英正躲在她的小屋里，一门心思地在写《小鸟在前面带路》呢，她写得那么投入，那么着迷，以至店堂里的喧嚣都充耳不闻。阿豹一脚踢开了那扇小门，吼道：

"我叫你写，写，写！认得几个臭字，就他妈的眼珠卵子朝天不认人！"他一把夺过那支倒霉的钢笔，啪的一声给折成两截。

那一晚秀英的眼睛哭成了水蜜桃。尴尬的是我和秀英俩都赔不起那支昂贵的"金星"，而夏老师又并不打算轻易放弃。她对我说："这可是金星，虽然是旧的，但金星毕竟是金星！"

她开始对我喋喋不休，随着我的代课时间即将结束，她的喋喋不休频率和强硬程度都不断升级，直弄得我六神无主，脑袋直冒金星。

我只得把这尴尬转嫁给秀英。秀英拿出了2元钱，当我把这笔赔款交给夏老师的时候，夏老师反而更愤然了，她愤愤地喊了起来：金星呀！最不济也得5元钱！

我曾经想替秀英还上3元钱，可是我捉襟见肘的18元工资总是难以果腹。所以努力了一阵子，却无法如愿以偿。

贫穷往往会摧毁友情。当我踯躅良久，终于把夏老师的意见告诉秀英的时候，我知道我俩的友谊完了。

离开黄浜的日子里，我总是被一种歉疚折磨着。半年之后，我在另一所学校代课，一次集中学习时碰上了疙瘩脸刘老师，我就向她打听秀英的消息。

他说："她已经嫁到雀儿岛去了。"出门的那天，许多人都跑去看了，秀英那个哭，铁石心肠都被她哭软了。

小　梅

小梅是小保姆，16岁。圆圆的脸上带着几分灵气，几分傻气。将她移交给我的时候，她妈一边抹泪，一边诉说她爹的种种劣迹，诉说家里的日子如何难过；又千叮咛万嘱咐小梅好好干活，像听她妈的话一样听我的话。

那阵子我身体不好，于是就接受了她。

"妈！"小梅头一声喊我，她在厨房，我在卧室。我怔了怔，心里一动。继而细辨那喊声，虽然怯生生的，却也情真真的。看来，她的确想将她的一切，至少在我家这段时间里的一切，都托付给我了。

然而，我却不能接受这个"妈"。这有点儿乘人之危之嫌；况且我的儿子也大了，外人听见恐怕要误会。于是，我便纠正她

喊"阿姨",喊我的先生为"叔叔"。

小梅头一天干活,面对着嘶嘶作响的高压锅,她两眼发直、双手发抖。一问,她不但没有在高压锅里做过饭,而且没有在任何器皿里做过任何饭。我问:你在家里都干什么?她答:玩呀!我问:一天到晚都玩?她答:都玩。我又问:一年到头都玩?她答:都玩呀!

面对这个只知道玩的小丫头,我不知道是怜还是爱。

于是,我指点她烧饭。第一顿饭她做夹生了,第二顿做得半生半熟,第三顿也就熟了。当然也得辅导她煎药,头一回她将药罐煎炸了,第二回将代替药罐的砂锅震裂了,第三回也就煎得像模像样了。

小梅每干成一件事,我就说声"谢谢"或"辛苦你了。"小梅先是受宠若惊,后来便笑,没几天就成了个见人就笑的"笑星"了。有时我也习惯性地扫扫地,抹抹桌子,她一把夺了过去道:我来我来——要不,你雇保姆干什么?

小梅白了,红润了,女孩子的娇痴之态也随之而来了:一会儿趴在叔叔的耳边叽叽喳喳,一会儿搂住我的肩膀又摇又晃;一会儿又在镜子面前照过来照过去,并嚷:阿姨,快来看呀,到了你家我怎么变成双眼皮儿了?有一回,电视里在播《天鹅湖》,我和一个客人正在聊天,不知怎么一来,她竟当着客人的面来了个大劈腿,继而笑倒在地半天起不来。

我得常常提醒她给我煎药。我吃中药的习惯是一天一服,连吃个三五天。遇上我情绪好,我也会逗逗小梅,对着她端上来的满满一碗袅袅冒气的苦汁,我哈气皱眉、龇牙咧嘴做痛苦状。

小梅的脸便褪尽了笑意。

"这药很苦吗?"她问。

"很苦。"

"恶心吗?"

"直想吐。"

"不喝不行吗?"

"当然不行。"

小梅便怔在那里，半晌一动不动。

第二天，端上来那碗药汁便少了许多，可并不见浓度增加；第三天，那药汁只有一茶盏了，奇怪的是也没见浓度增加；第四天，干脆只有一酒盅了。

"怎么这样少呀?"我问。

"我替你给喝下去了!"小梅亮亮地回答。圆圆的红脸上，充满了替我分忧的满足与骄傲。

五舅传奇

五舅一米八的个子，骨骼清奇，长相不俗。五舅比我大七八岁，我刚上小学一年级时，他已经是初中毕业班的学生了。

有关五舅的第一个记忆，是乐清中学的一次文艺晚会。那天我正在城里的外婆家玩，听说中学里有演出，就早早地跑去看热闹。看着看着，来了个《捉特务》的小戏，一位英姿飒爽的民兵上了场，竟是我的五舅！戏里的他本来是和一位姑娘约会去的，结果遇上了一个形迹可疑的人，就和那家伙斗智斗勇，最后终于把他抓了起来，当然也赢得了姑娘的芳心。

晚会结束得很晚，我就留在乐清中学的男生宿舍里，和五舅同睡一个铺子。那时的乐清中学在白鹤寺，男生宿舍就在大雄宝殿。殿里的佛像都没有搬迁，和学生的高低铺济济一堂。我爬上了五舅的上铺，在昏暗的电灯光下，看着表情各异的罗汉，摸摸如来佛的大手——五舅的铺位正靠着如来佛的右手，那感觉非常奇妙。下铺的男生伸出个脑袋冲我嚷了起来：小丫头，你尿不尿床？我应嘴说：你才尿床呢。其他的男学生们就吃吃地笑。那时候还很封建，女娃儿是绝对不许爬到男娃的上头去的，他们之所以能这样纵容我，我想完全是因为捉住了特务的五舅的缘故。

没多久，五舅就志愿当兵去了。那是国家公安部招的兵，驻

守在杭州湾旁的余姚县临山镇。临山镇三面环山，北临钱塘江。

五舅的工作是很危险的，因为他们总是抓土匪，土匪们对他恨之入骨。再说，五舅们在明处，土匪在暗处，要时时刻刻提防土匪的暗算。

有一次五舅接到情报，说当晚有一个匪徒在家过夜。五舅就去敲门，这家的女人出来应门，躲在门后的匪徒手执一根粗大的青柴棍，穷凶极恶地朝五舅的脑袋劈来，幸亏五舅机灵，一闪身就躲了过去，不然，不死也得瘫了。

还有一个黑黑的夜晚，五舅他们正在巡逻，一位大嫂迎面跑来，她上气不接下气地说：大军同志，有人被土匪装进麻袋，要扔到海里去了！五舅他们顺着她指点的方向，赶忙朝解放塘追去。一路上，却见有三三两两的民兵在路边站岗。五舅问：有人被装进麻袋要扔海去了，你们怎么无动于衷？那些民兵不吭气，却悄悄地溜了。五舅这才明白，他们原来是通匪的。

一直追过了解放塘。当时东海正在涨潮，怒涛拍打着海岸，发出惊心动魄的声响。借着一缕微光，五舅发现了两个鬼鬼祟祟的人，抬着条沉重的麻袋，正要向海里扔去。五舅一声断喝，土匪一惊，扔下麻袋撒腿就跑。五舅打开被扎得紧紧的麻袋口，里面钻出个人来，他的嘴里塞着破布，唔唔地哼着。五舅定睛细看，竟是农会主任夏根灿！

因为这件事和一贯的表现，五舅立了三等功，荣升了班长。不久，五舅的部队整编走了，却把五舅等四五人留了下来继续工作，五舅们的长枪也换成了短枪。那时候，远方的鹰厦铁路动工，开山的大炮震动了山里的华南虎。一只华南虎沿着海边的山脉北上，到了钱塘江，过不去了，就逗留在五舅驻地附近——这可不是我和我五舅杜撰的，是当时的专家们分析的。

流亡的老虎同样要喂饱自己的肚子，一路上，农民的猪呀羊呀，常常失踪，还有一个孩子被虎咬死了。不少百姓亲眼目睹老虎在他们家的畜栏出入，动作敏捷如闪电。

有一对老年夫妇膝下并无子孙，只养着一条宝贝牛犊。一个清晨，老人发现牛犊没了，就来五舅处哭诉。看到他们涕泗滂沱的样子，五舅发誓要把这头老虎拿下。

一个凌晨，天还黑着呢，一人来报告说，老虎就在后山！五舅带了几人上山搜索，20多分钟过去了，却一无所获。这时那个牛犊失踪的老头子来报，说老虎在他家牛栏里睡觉呢。五舅心想，这老虎可能累极了。就赶到这家，看见牛栏里果然躺着个黑乎乎的东西，呼噜打得山响。

五舅带了两名战士上了牛棚，占了3个有利的位置。这时天已放亮，他们在草棚上各挖了个洞，管窥老虎。五舅掏出手枪，悄悄地对他的战友说，我们3人一起瞄准虎头，听我口令，我喊到"三"时，大家一齐开枪，以防打虎不死反被虎伤。接着五舅轻声喝令，他刚念到"二"，砰！一位战士因为太紧张了提早扣动了扳机。被惊醒的老虎腾空而起，怒扑屋顶上的那位战士。顶棚被整个掀翻了，他们全掉了下来。埋伏在牛栏对面的两位战士就朝着老虎开枪。老虎掉转脑袋，朝旁边的一个竹林遁去。这时，临山区的徐区长带了民兵来增援，他们把三八大盖交给了五舅。五舅他们追进了竹林，用长枪一阵射击。老虎身中多枪，竹林也影响了它的行动，它的行动变得迟缓了。

受伤的老虎出了竹林，钻进了一家四合院。五舅他们上了四合院的房顶，居高临下朝着老虎点射，又扔了一个手榴弹，那家伙才趴在地上不动了。

流了那么多的血，这头死虎还有298斤重。五舅他们扶正了虎姿，拿手枪比着一一拍照。真所谓"虎死威不倒"，照片上的老虎威风凛凛的，不知内情的人，还以为是活的呢。

解放军打死老虎的消息不胫而走，附近几县的百姓争先恐后地赶来观看，他们随身带了馒头，蘸着老虎的鲜血吃，说是大补元气。随后陆续赶来的人吃不到虎血馒头，就拔了几根老虎的胡须去，说这东西避邪消灾。再迟的人拔不到虎须了，就拔了几根虎毛去，据说功效和虎须等同。

地方和部队都为五舅们开了庆功大会，五舅们的光辉形象上了浙江日报、解放军报和部队前线报。外公和我们看到这些报纸时，真是欣喜若狂啊。

这头老虎后来是这样处理的：虎皮上缴浙江军区，虎骨泡酒送往各地首长，虎肉和内脏切成一块块的分给附近百姓，他们包虎肉饺子，做红烧虎肉，还烤制了虎肉松。其中一位 18 岁的美丽女孩也来看热闹，老虎成了媒人，这女孩后来就成了我的五舅妈。

那张虎皮被制成了标本，一直在浙江博物馆里展出，90 年代我还去看过，我找不到它身上的伤痕，也看不出虎毛哪儿被揪过了，可见制标本的人是有本事的。

因为为民除害，五舅升任了排长。再后来形势越来越紧张，五舅因为家庭出身不好，升迁无望，就转业到地方。如今五舅早就退休了，可还是一米八的个子，皮肤白净，鼻直口方，身子也没发胖，看起来还是那么英俊潇洒。

我拿什么给你

林浩，你这个虎头虎脑的小孩，你和我的小孙子一般大小，你们都是小学二年级的学生。所不同的是，他生活在安宁、幸福的城市里，而你们的汶川却遭遇了可怕的大地震。

5 月 12 日下午 2 点 28 分，你正坐在你们映秀镇渔子溪小学的教室里，安安静静地听课，刹那间，外边山崩地裂，而你们的教室也发疯般地晃荡起来。受惊的你们一窝蜂地往外跑去。可是刚跑到走廊里，就被脱落的水泥块砸倒了。

你真幸运，除了脸上的皮肉被刮破了，你的身体还好好的。你晃了晃身子，抖落了瓦砾和土块，抬起头来。浓重的尘雾让你打了个很响的喷嚏，你吐掉嘴里的沙土，却听到了同学的哭泣声。9 岁的你实在是太小了，还弄不明白到底发生了什么，但这不妨碍你安慰同学，你说，别哭，有我陪着你呢。可黑暗、恐怖和疼痛让这位同学抽泣不止，于是你放开嗓子唱起歌来，你的歌声冲破了废墟的死寂，那位同学渐渐地安静了下来。

　　你想，你应该突破重围，应该出去。于是你匍匐着，穿过乱七八糟的缝隙，爬过高高低低的断砖和水泥块，你的膝盖肿了，你的手掌破了，从一个狭窄的"洞里"穿过时，你的背脊被铲去了一层皮。就这样，你努力向光明爬去。

　　你的眼前豁然开朗，你终于爬到了学校的操场旁。太阳明晃晃的，照得你眯起了眼睛。明媚的阳光下，站着你脸色铁青的校长，他挥动着双臂，不知在喊叫着什么。你忽然想起，刚才有两位同学压在你的身上，而他们好像不会动了。

　　是的，小林浩，那两位同学的确不会动了，他们那叫"昏过去了"。于是你想，不能让他们一直"昏"在里边，你要把他们弄出来。于是你这个小小的男子汉重新钻进黑洞洞的废墟，你背起一个离你最近的男同学，使劲地向外爬去。

　　你终于把他驮出来了，你把他交给你们的校长。然后又返身钻进了那恐怖的地狱，去救另一位女同学。可是这位女同学"太不听话"，你把她软耷耷的手搁在你的肩上，可那双手总是滑了下来，任你怎么说怎么喊都无济于事。你已经满头大汗、气喘吁吁了。于是你转过身来，抱起她。9岁的你抱着9岁的她，在摇摇欲坠的水泥残骸里艰难地挪动，你是把吃奶的力气都使上了，你受伤的背脊疼得你直冒冷汗，你半拖半抱地把她弄到了走廊尽头。就在这时，一块水泥板又砸了下来，正好砸在你的左胳膊上，你忍着剧烈的疼痛，把这位同学拖到了操场上，交给了焦急万分的校长。

　　得救的同学们都被家长接走了，可是却不见你的爸爸和妈妈。终于，你的姐姐带着你的妹妹来了。

　　天已经黑了，余震一阵阵袭来，让你们站都站不稳。你的姐姐决定带着你和妹妹往都江堰逃命。可是道路都被该死的塌方给堵了，根本走不了。你们找啊找，总算找到一条小路，那是一条河的河滩，你们真聪明，沿着河床走就不会迷路。你们摸着黑，踩着泥沙，踩着鹅卵石，从一座座摇摇欲坠的桥底下穿过。你们深一脚浅一脚、磕磕绊绊地走着，每磕一下，你浑身的伤口都痛得要命。你们的小脚都走肿了，一串串的泡就像你吹过的肥皂泡。7个小时以后，你们终于到达了都江堰。

可是，那里并没有你的亲人。7 天过去了，10 天过去了，一直到现在，你们还没有爸爸妈妈的消息。孩子，我的心和你们的心一样沉甸甸的——也许你们将成为孤儿了。

我不幸的小孩子们，我拿什么来帮助你们？你们的脸容还这么稚嫩，你的身躯还这么瘦小。当然，政府会救助你们，许多好心人也在关心你们，可是我还是盼望奇迹发生，你失踪的父母有朝一日会从天而降。

勇敢的小林浩，我拿什么来奖励你？一个漂亮的书包？一只新款的铅笔盒？还是一本美丽的图书？这一切，在你英勇的行为面前都轻若鸿毛。如今，你已经成为全国人民心目中的英雄，你也将成为全国小学生学习的榜样。可是，失去了至亲至爱的父母，心中是不是惶恐和惆怅？

我坚强的小孩，我拿什么抚慰你？你英俊的小脸会不会留下疤痕？你受伤的胳膊会不会有留下后遗症？你还这么小，今后的路还很长很长，千万别让伤痛妨碍你前进的步伐啊！

我英雄的孩子，在突然袭来的灾难面前，我看到了你的从容，看到了你的镇定，看到了中华民族的光辉未来和强大！

我亲爱的小孩，我真希望你能到我家来，跟我的孙子一起读书、一起生活。当小鸟晨啼的时候，我送你们去上学；当夕阳西下的时候，我接你们回家。我会给你们俩一模一样的关怀，一模一样的快乐，一模一样的爱！

我亲爱的小孩，亲爱的林浩们！

母爱无边

平日里，这些年轻的母亲们，也许柔弱，也许娇媚，也许还比较任性。但是在巨大的灾难来临之际，在幼小的生命亟待保护的时刻，她们毫不犹豫地挺身而出，在一瞬间就成为顶天立地的英雄。我感念震灾中的母亲！

当救护人员发现她的时候，她已经以这样的姿势定格了：双膝跪地，双手坚定地撑着。她的上身向前匍匐着，模样就像行跪拜礼，她的身体已被压得变形，让人不忍卒睹。但是在废墟中，却拱起了一座母爱的桥梁。

我不知道她从哪里得到的力量，在大厦即将倾倒的瞬间，在水泥板和砖块狂暴地砸向她的那一时刻，她没有趴下，而是用这种独特的姿势支撑着，直到永恒。她背负着的可是千万斤的废墟啊！

也许她还活着？救援人员冲她喊叫，用撬棍敲击着水泥框梁。她没有听见，也没有任何的反应。队长从砖石的缝隙中伸进手，触摸到的是冰凉的躯体。于是人们暂时放下她，走向了下一个废墟，去救一息尚存的人。

或许是得到神灵的启示，救援队长忽然想到什么，他迅速地往回跑，竭尽全力地把手伸进那女人身子的苍穹中，他探到了一个软乎乎、暖融融的小生命！那是一个孩子！救护队员们把断壁残垣搬开，在她屈曲的身体下面，抱出一个三四个月大的婴儿。在母亲的呵护下，她还酣然熟睡着，因为有母亲的庇护，山崩地裂，并不意味着什么。

队长紧紧地把婴儿护在怀里，泪眼盈盈，满脸慈祥。

橄榄绿和红色的襁褓互相辉映着，成为了人间最美丽的一道风景。

孩子毫发未损，她一直安详地睡着，红扑扑的小脸让所有的人为之动容。

随行的医生准备给她做体检时，襁褓中却滑出一台手机，上面是一条已经写好的短信：

"亲爱的宝贝，如果你能活着，一定要记住，妈妈爱你！"

这是世界上最感人的短信，同时也是一条特殊的遗嘱，一个伟大的祝福！

亲爱的宝贝，妈妈爱你！

手机从这一双手传到那一双手，就这么一直传下去，泪水滴在手机屏上，模糊了那两行字。

都说是父爱如山，母爱似水。但是谁敢说，这位母亲的脊梁不是一座大山？

5月13日的下午，都江堰一座坍塌的民宅里，数十名救援人员用双手奋力地挖着，努力搜寻着幸存者。

一块沉重的大石板被移到一边，揪心的一幕跃入人们的眼帘：

一位年轻的母亲怀抱着婴儿，她的头脸和身躯全是血污。她的上衣向上掀起着，雪白的胸脯刺得人眼睛生痛。而怀里的女婴则十分安详，她惬意地含着母亲的乳头，咂吧有声。婴儿粉嘟嘟的小脸与母亲残损的头颅，形成了鲜明的对比……

女婴被医生小心地抱起，离开了母亲的怀抱，她大声地哭闹了起来。

她贪恋着母亲的乳房，她并不知道她亲爱的母亲，从此与她阴阳相隔，再也不能提供甘甜的乳汁了。

母亲的头颅向前倾着，身体弯成一座小小的拱桥。在猝不及防的灾难袭来之时，母亲只来得及做两件事，一是把身子蜷曲，护住自己的宝贝，二是把乳头放进孩子的嘴里，让她在等待援救的时间里不再挨饿。在大地被撕裂的刹那，这两件大事做得如此从容，如此完美。

母亲的姿势，显得刻意而努力。她尽最大的力量保护着孩子，因为那是她亲生的骨肉，"一个死去的妈妈还在为自己的孩子喂奶"，生命在壮烈地延续着。

哺乳的场景司空见惯，但在此时此刻，人们的心灵被强烈地震撼了，泪水再也无法克制……

从地震发生，到人们从废墟里把娘儿俩挖出来，已经过去了二十六七个小时。母亲的身体早已冰冷，母亲的四肢也早已僵硬。但我知道，母亲的乳腺依然温软，母亲的血液依然进流。没有冷却的是意志：那是亲爱的宝贝，那是我的血肉啊！

没有母亲血液的支持，婴孩的体征能如此正常，神态能如此安详？

泪水淹没全世界的眼睛，也让全天下的孩子们醍醐灌顶：母爱如山！

震后的家园，满目疮痍。人们从倾塌的房子底下，救出了许多婴儿。

他们的母亲，在哪里啊？或许是长眠于地下，或许在医院的急救室里。

或许他们还健康的活着，只因为悲痛和惊吓，奶水干涸了。不幸的孩子啊，聚在刚刚搭起的帐篷里，挥舞着手脚，张大嗷嗷待哺的嘴巴。

他们在声声地哭喊，呼唤着母亲的到来。

没有奶粉，没有奶瓶。只得用米汤或稀粥来喂养，可他们稚嫩的小嘴只能吮吸，不会喝汤！

蒋晓娟来了。她是一个6个月男婴的母亲，也是一位美丽的巡警。婴儿的啼哭牵引她的视线，扯痛她的神经。她猛然停下脚步，敞开自己的胸怀，没有任何的羞涩，把一个个小生命拥在怀里。

"宝贝别哭，让我来喂你吧。"甘甜的乳汁，带着体温，滋润着一个个干渴孩子的心田，融融的母爱，抚慰了孩子惊恐的眼神。孩子们笑了，打着饱嗝，他们感到满足。依偎在慈母怀里，欣然安睡。

母亲的乳汁，源源不断，犹如山泉。世界上的孩子，都是我们的骨肉！

看着这样的母亲，看着这样的婴儿，我热泪交流。我总想对孩子们说，宝贝别哭，你失去了一位母亲，但是有千万位母亲伸出双臂来拥抱你们！

我们的怀抱，虽然陌生，但同样柔软，同样温馨。

在我们的怀抱里，孩子们会健康、幸福地成长。

银溪阿婆

那一年我调入一家新单位工作，自觉得压力很重。我家先生在一家企业忙着，绝对不比我轻松。于是我们俩把孩子都疏忽

了，大儿子不知怎的就得了急性肝炎，眼白仁黄得像在浓茶里泡过似的。

他住院了。凭良心说，我没多少时间陪他，除了送饭。犯甲肝的人忌油，闻到油味儿就恶心，我得给他做清淡的饭菜。这样，医院、单位、家三点跑来跑去的，我虽然算得上健壮，渐渐地也就有点儿招架不住了。

大儿子住院寂寞，常常偷偷地跑回家来，毫无顾忌地躺在床上看书听音乐。他和老二同铺，我说，你这是干吗呀，小心把弟弟传染上！可是老大我行我素，我们又不能在家里设卡放哨时刻管着他。

半个月后，老二也浑身发黄，嚷嚷肝区疼痛了。于是我把老大骂了一通，把老二也送进了医院。家里出现两个病人，我简直焦头烂额。

银溪阿婆就是这时候来到我家的。她大概60多岁，身板扎实，脸色红润，大手，大脚，还有着一副只有一辈子吃粗粮才有的大板牙。

她问我每月给多少佣金？我按当时的行情说了个数字，她说，能不能再加一点？我说不能了。

她成了我家的第一个保姆。银溪阿婆干活主动，走路铿锵，不打诳语，且手脚也干净。最主要的是，她把我该干的都干了，我一下子有了非常放松的感觉，所以我很喜欢她。

两个儿子出院后，我把她留了下来。吃饭时，她拘谨着不往好菜里伸筷，我和孩子们都齐喊阿婆吃菜，她还是不吃，我先生就大块肉大块鱼地往她碗里夹。她不好意思，又特别感动，常常检讨说：天诛诛啊，天诛诛啊，我当初怎么还向你讨价还价呢。

她跟我几乎无话不说。说银溪山里的景象，说儿媳妇如何的"狼"——她说的就是"狼"，不是我的笔误。儿媳规定她养4头母猪，烧3代人的饭菜，洗十来口人的衣服。猪草和柴火也都归她负责。她跟我描绘了折松枝的方法：抓住刚刚够得着的树梢，慢慢地把它往下拉，往下拉，另一只手顺着松枝往上移，然后把粗粗的松枝折下来。有一次的松枝太强劲，带着她反弹回去，竟把她高高地吊在半空中……

如果猪嚎了，饭煳了，或者衣服哪儿没洗干净，儿媳妇就不准她吃饭。银溪阿婆在我背上做了个双拳击打的动作，说儿媳妇的拳头"擂鼓般在她背上擂"。我看着她厚实的背脊，心想亏得她长得结实，否则准会被捶断几根肋骨的。

大概有这么个儿媳做参照，银溪阿婆就觉得我们家的人都太好了，只想多给我家做事。早晨，她很早就出门去了，待我们起床时，她已经满脸红光地提回两塑料桶高山泉眼里的清水了。当年椒江人都还在吃又腥又咸的土水时，我们家早就享受上"农夫山泉有点儿甜"的滋味了。

如果我偶有小恙，银溪阿婆就难过地看着我，一副无援无助的样子。她这么在乎我，我反倒安慰起她来了，尽拣轻松的话给她听。她还是忧心忡忡，有时眼里还闪动着泪花。

第二天早晨我多睡了一会儿，醒来时，发现她站在我床前，虔诚地打开一个小纸包，把一些灰黑色的粉末倒进了我的水杯。我问，这是什么啊？她说，香灰，在菩萨前求来的，你喝下去就没事了。

虽然是个荒唐而迷信的行为，但银溪阿婆对我的关爱还是让我非常感动，让我有一种享受母爱的幸福感。

两个月后，银溪阿婆的孙女来了，那女孩刚好 20 岁，很灵光，叔叔阿姨的叫得亲切。临走时还拿了我家的一块呢子料去，说帮我儿子做一条冬裤。过了几天，裤子送来了，两个裤管细得像毛笔的笔杆似的，根本不能穿，但人家一片好心，我自然是不能说什么的。大约在她回家后的一个星期，我发现我的一套内衣不见了，按说一套内衣也算不得什么，但那是一位朋友从香港捎来的，上上下下缀满了针织花朵，非常漂亮；再找，我的一个金戒指也不翼而飞了。

家里没来过外人，那就很可能是银溪阿婆的孙女顺手牵羊拿的。我想问问阿婆，又怕伤她自尊。我考虑良久，终于还是问了，我说阿婆，你孙女在家乖吗？比如……没等我说完，阿婆就警惕地反问道：你家丢了什么？于是我把不见了的东西说了出

来。阿婆气坏了，恨恨地说，这天诛囡，去年到她外婆家，把外婆压在箱底的两块银洋也搜走了，气得外婆追了过来，大骂：我没有你这样的外孙女，以后再到我家来，打断你的狗腿！

银溪阿婆恼得连饭也不吃，急匆匆地回老家去了，第二天回来时，手里拿着那套被洗得皱巴巴的内衣，却没见戒指。阿婆说她孙女见她回家，撒腿就跑，也不知躲到哪里去了。

阿婆非常内疚，不断地骂着"天诛囡"，我知道她是真骂，是真气。我怕她气出病来，说算啦算啦。可过了些日子，阿婆又讪讪地对我说，我家孙子17了，你看看，能不能给他找个地方，让他学点手艺？

我马上想起了他的姐姐。转而一想，女孩子经不起漂亮服饰的诱惑，男孩子总不至于吧？再说工厂里又没有内衣和戒指可偷，能帮忙还是帮忙吧。那时候模具生产的前景十分被看好，先生就找了朋友，让他进了一家正规大厂，去学翻砂造型。

这期间阿婆的孙子也常来我家坐坐，遇上吃饭的时间，我也留他吃饭。银溪阿婆三天两头见着她的孙子，笑得合不拢嘴，不住地叮嘱他好好学"生活"，说学好了本事一辈子就不愁穷了。

可是没过多久，一辆三轮摩托车气势汹汹地直扑我家，从车上跳下两名身穿警服的公安干警，直呼我先生的大名，把我吓了一大跳。一问，才知道是来抓阿婆孙子的。原来这家伙偷了厂里的铜件去卖，已经不是头一次了。

这真是跑得了和尚跑不了庙！我们这"庙"糊里糊涂地介绍了一个"和尚"，现在当然要承担责任了。我必须协助警方把这个犯罪嫌疑人抓到。我问清楚了银溪阿婆的家庭地址，警察们就开着三轮摩托车，直奔银溪山里去了。阿婆气得嘴唇发黑，双手直捶自己的脑袋，嘴里不住地叨叨着：天诛儿，你这个不争气的天诛儿啊……

从此，银溪阿婆的脸上没了笑意。不久，我要去外地学习，时间还不短。银溪阿婆自知留不住了，主动提出辞工。临走时，她哭，我也哭，我把她从楼上一直送到楼下，我们俩也从楼上一直哭到楼下。阿婆走了，我回到了楼上，还是止不住地抽泣。先生大不以为然，他对儿子们说：你妈疯了，真的疯了，一个保姆走了，她能哭成这样！

直到现在，我还是常常想念银溪阿婆，尤其是身体不适的时候。

雨勘乌沙头

擎花伞，曳长裙，跟着一帮精力过剩的少男少女，在雨中行军。

这是几年前的一次笔会。年纪大的，体力弱的都留在下大陈，我们这一行坐船到上大陈，要去踏勘人迹罕至的、却颇有特色的海湾——乌沙头。

向东，向东，继续向东；这是登上了上大陈码头以后的走法。

我们沿着山脚迤逦前进。当山间那淘气的小径把沙石和草茎塞满我的凉鞋时，我才后悔临出门时没换一双带襻的胶底布鞋。

接下去就是登山，顺着一条浅浅的痕迹，迂回曲折而上。没膝的杂草，头上的树叶，在雨中绿得耀眼，绿得膨胀。应该说，我们的马大哈向导带错了路，走着走着便什么路也没有了，我们必须花点力气拨开横贯在胸前的马尾松枝，小心翼翼地提起挡在脚边的荆条，提防着杂草掩盖着的深沟险壑，一步一探，磕磕碰碰地往上走去。任凭雨水饱和了衣服和裙子，湿淋淋的嬉笑声、喊叫声，在山谷里回荡。

终于到达了山顶。一看表，足足走了40分钟。

山那边是一个完全不同的天地。极目望去，东海碧波万顷，无际无涯；俯身一看，断崖刀砍斧削般的陡峭，天崩地裂成的诡异，赤裸裸的寸草不生，让你无处下手也无处落脚。惊涛怒气冲冲地扑上来，又在狼牙犬齿的礁石上撞得粉身碎骨。

这可怎么走？在我踌躇畏葸的时候，少男少女们或敏捷如山羊，或机灵如猿猴，用各种漂亮和不漂亮的姿态，努力向下移位。我既然上得山来，也必须下得山去，岂能独自一人留在山巅？于是硬起头皮做勇敢状，笨拙地向下探索。我惊喜地发现：只要你伸出脚去，自然就有你落脚的地方。一丁丁，一点点，丁丁点点就可以把你的身体支撑住。鞋钉会很阴险地滑我一下，这时候就有年轻力壮的手伸将过来，或拉我一下，或托我一把，让我心中升起一股暖暖的安全感。

啊，乌沙头，我们终于脚踏实地地站在乌沙头。乌黑乌黑的卵石，乌黑乌黑的沙滩，一望无际浩浩荡荡地向前延伸，延伸，终处的山脚，是一组让人莫名其妙又妙在其中的岩石群，让你浮想联翩。

水极清极净，没有一丝一缕的污染；四周极静谧，除了浪涛那来自地心、宏伟有力的节奏，再也没有半点噪音。

踢蹬掉鞋子，我们赤脚走在这乌黑的沙滩上。脚趾缝里，便冒上一嘟噜一嘟噜的黑沙子，糯糯的，油油的，像刚刚磨下来的黑芝麻酱；一块块的卵石，不管它大如磨盘，也不管它小如鸽蛋，都记录着沧海桑田，天上人间。雨下得缥缈而固执，大海越发显得梦幻迷离。偶尔有一条渔船在风波里出没，一副忙碌辛劳的样子。几只海鸟很雅致地转侧着它们的身子，在我们头上翱翔。勇敢的男孩子们已经脱衣下水，他们挥动着健壮的双臂，游向大海的深处。

我流连在这个世外桃源，一首《长相思》吟咏而成：

> 乌沙头，乌沙头，
> 浪卷乌沙滩似釉，
> 神工乌石丘。
> 碧水稠，碧水流，
> 远隔尘嚣不染愁，
> 忘归数海鸥。

登铁城嶂

净名谷和三折瀑毗邻，这儿又称"雁荡山森林公园"。其实，雁荡山处处古木参天，雉飞兔奔；更兼幽洞飞瀑，镜泊月潭。所以，我以为整个雁荡就是一个庞大神秘的森林公园。

然而，净名谷似乎更幽深、更静谧了点。从"老猴披衣"处切入，顺着峡谷上行，可见月洞古桥、玲珑小湖、大佛寺、九曲尾、水帘洞，直至一支香、鸡笼峡，最后就是三折瀑的第一瀑——上折瀑了。

净名谷高深而狭窄，分明是一座大山让造化无端地劈成了两半，裂痕犹然历历在目。举头仰望，但见天空只剩月牙形的瘦瘦一弯，脚下却曲折叮咚着一脉小溪。两面断崖对峙，南边的像城墙矗立，曰"铁城嶂"；北边的如丝麻横牵，曰"游丝嶂"。两嶂绝然壁立，导游说它们的高度是海拔 250 米。

我们顺着干净无泥的峡底小路信步上溯，左边坡上冒出了一群小木屋，造型古朴拙趣，上下错落有致。这些由松树架起的小屋，独门独院，自成体系。可供旅居，亦适消闲，饮食、卫生设施一应俱全。附近还配套了舞榭歌台、梦幻迷宫、狩猎场和世界古币展厅等。导游黄小姐说，这是当地一个农民的创举。能够投资 1000 万来开发净名幽谷，你不能不佩服温州人的战略眼光。

遥望铁城嶂，酷似奔驰的巨象，又像万里长城。它高耸危立，雄伟壮观。不知是谁在崖壁上凿出一个个洞来，洞里插上棍子，棍上挑着块块梯板。这是我一生中见过的最陡险的梯子了，它像云母片缀成的项链，佩戴在危崖的胸部，又飘荡着从半空中坠了下来。很美，很惊心动魄。

我说，我们登梯去。同行一位先生说，你们女士先上，掉下来我在下边给接着。

待到了崖下，始看清这梯子垂直得几乎没有坡度。旁边竖了块牌子，上书：为了你的安全，请游客们不要登梯。理智上我感激主人的提醒和关照，感情上又难以舍弃。心想，不让我们上，那你们造这梯子做什么？你们能造成梯子，我们反而连攀登都不行？——一种挑战的情绪在我胸中萌动，于是我说：上！

那梯子每一级的高度足有半米，且中间空空没有任何连接。我们那位先生只上了十来级就退下来了，他没了刚才的豪情天纵，谦虚地说自己有"恐高症"。没有"恐高症"的我们不动声色地继续攀登着。那一天我穿的是拖到脚背的长裙，半高跟儿皮鞋。每迈一步，鞋子往往踩在自己的裙裾上，自觉危险得很。于是我将裙摆在一边打了个结，这样裙子是收上去了，可双腿却被捆住了，根本跨不上那半米高的梯级。回头一看，朋友们已没了踪影，随行的只有导游小姐一人。黄小姐也感到了登梯的艰险，她脱了她的登山鞋，一扬手，鞋子顿时像一对崖燕直扑谷底。又嫌挎包累赘，就将它搁在梯级上，说反正前不见古人后不见来者，也不怕别人给偷了去。我也把提包撂下，待要"飞"鞋子，小姐说，你这鞋子飞不得，若叩掉了后跟儿，看你回去穿什么！

我将皮鞋留在梯级上，把裙子向上对折，翻上来的下摆在腰间绾了个结，这样行动就方便多了。一阵努力，我们登上了一个小小的方台。居高临下，净名谷尽收眼底，却不见了我们的同行。我们对着峡底喊：喂——你们在哪儿？待听到回音，却发现他们已变做小小的蘑菇，撒落在万绿丛中。

我问黄小姐，还有多远？小姐说她也没来过。于是我们做壁虎状，贴着陡壁继续爬行。又登上一个小小的高台，回首平视对面的游丝嶂，一条条一束束的，恰似晾晒的麻丝，丝丝缕缕牵向遥远的地方。

山崖有一个皱折，转了个弯，我们就转进皱折里去了。梯子更陡了，而且可怖地向一边倾斜。扭头眺望，越发觉得心虚气短，真所谓"险处不胜看"；遂不敢半点松懈分心，灵魂和力气全用上去了。小心翼翼，手足并用，一步步地向上引身。

总算到了终点。这里有一个不大的壁龛，搭着些还待工作的竹架子。据说要在这儿建一个茶座。我有点儿不以为然，这个茶座，追求的是刺激？抑或是探索和攀登？

下来仿佛比上来更难，更加险象环生。因为太陡，站在上一级梯上，基本上看不见下一级梯面。我们只得拿脚去探索。稍有不慎，或脚下打滑，后果将不堪设想。我们手足协力，仔细地留心每一步。回到了半途，我把休闲在一旁的提包挂在脖子上，导游小姐坚持替我拿鞋子，一步一挨，终于挨到了谷底，竟有坐在出了故障的飞机里，终于排除故障平安着陆的感受。

也许是紧张，也许是兴奋，上下铁城嶂时我们竟没有一点累的感觉，可回到平地，人一下子就虚脱了，我和黄小姐都嚷着膝盖以上疼痛，脚下虚虚地迈不开步。到了晚上，胸肌、腹肌、肱二头肌、肱三头肌，疼得不能动弹了。最厉害的要数股四头肌，站着坐不下，坐下站不起。上下楼梯不能直来直往，只得侧过身子做螃蟹横行了。

第二天，更是疼得变本加厉，浑身上下简直没有一块不疼的地方。

我们已经很好久没有享受过这么酣畅淋漓的疼痛了。

看来，人是很容易变得娇气的。

城市之魂

雕塑，是城市的眼睛。雕塑，是城市的灵魂。

我们去莫斯科、去圣彼得堡、去巴黎、柏林和布鲁塞尔，看到了那些矗立在街头、公园的雕塑作品，我们就知道是谁创造了这个城市的历史。这城市曾经历了多少场战争和劫难，出了哪些英雄；这个城市有多少文化艺术名人，创作了哪些不朽的作品。于是，这个城市就深深地烙在我们的脑海里，而我们也对那些铜像肃然起敬。

今天，我们来看看台州的几座雕塑。

《大奏鼓》矗立在台州市府大道北侧的赤龙山脚。我以为，它是最能体现台州人文精神的。这一组人物，或敲锣，或打鼓，或击木鱼，或吹唢呐，他们形象夸张，表情诙谐，很吸引人眼球。最出彩的是上面的那位渔民，大敞着胸怀，把一对铜钹扬得高高的。

杜甫诗曰：台州地阔海冥冥，云水长和岛屿青。台州绵延630里的海岸线，点缀着星星点点的渔村。大多数的台州人原来都是以捕鱼为生的，《大奏鼓》就是台州古老的渔业图腾。

我编过民间文学三套集成，有一首民谣我至今记忆犹新：南风转北风，心肝翼翼动，忙上岩头望老公，眼泪哭干眼哭肿！还有一个民谚说得更直白：三寸板上是天堂，三寸板下见阎王！

这一切，都说明渔家日子的艰辛和凶险。大海茫茫，风浪无情，尤其是从前，生产方式落后，又没有气象预报，渔民们无力掌控自己的命运。他们往往一出海就是十天半月，甚至一年半载，一家人过着提心吊胆的日子。

所以，他们用《大奏鼓》这种舞蹈形式，张扬生命、宣泄感情，祈求风调雨顺，盼望平安和丰收。

我看过央视1984年拍摄的《大奏鼓》，也看过石塘人表演的《大奏鼓》，感觉跟看别的舞蹈完全不同。《大奏鼓》的舞者全是男性渔民，可偏偏妆扮成女性模样。既然扮成女性，就要亭亭玉立顾盼流转，可是大奏鼓的表演却是非常的剽悍与粗犷，举手投足都展示着十足的男子雄风。

《大奏鼓》的化妆也格外夸张。擦着厚厚的白粉，画上鲜艳的腮红，和原本粗粝的脸庞形成强烈的反差。他们的服装是张扬的蔚蓝，裤子是耀眼的金黄。蔚蓝代表着生养他们的大海，金黄则象征着刚刚从海面升起的朝阳——我们的温岭石塘，可是第一缕曙光最先访问的福地啊。

据说，《大奏鼓》原先是女人跳的。渔民们凯旋的日子，渔妇们穿起节日的盛装，载歌载舞，迎接亲人平安归来。后来，男人们太喜欢这种舞蹈了，就把它演变成了自己的节目。

还有座雕塑名曰《歌舞》。

这个女人置身在台州市文化艺术中心的围墙外，和围墙里日日切磋技艺、夜夜教习箫歌的氛围非常协调。

她上身穿着中式小袄，下身却是裸露的。丰乳、细腰、肥臀，还有平直的小肚，壮硕的脚板，飞扬活泼的神态，简直美轮美奂；尤其是那一头长发，像大雨过后汹涌的瀑布，一泻千里，蓬勃着生命的张力。

这个女人妩媚婀娜，鲜活性感。没有生猛海鲜的滋养，没有健壮男人的耕耘，哪能养出这么令人心动的女人？

你看，她还能把唢呐吹得如此嘹亮。

《歌舞》和《大奏鼓》虽不是同一作者的作品，却有着异曲同工之妙趣。《大奏鼓》表现的是台州渔汉，《歌舞》则表现的是台州渔妇，一阳一阴，相辅相成。

我曾和朋友谈起，我不喜欢《红楼梦》里的林黛玉，因为她总爱使小性子，动不动望月伤情，动不动对花落泪；除了吃饱了撑的宝哥哥，谁侍候得起？更因为她的身体娇羸无力，还有肺结核这可怕毛病，谁娶了她谁倒霉，哪能生男育女传宗接代？

而《歌舞》把女人塑造得如此康健，我想是渔民的女性崇拜。像《歌舞》这种女人，上得厅堂，进得厨房，织得渔网，挑得鱼筐。

久在海上，渔民们特别渴望亲情，渴望爱情，渴望性，更渴望女人能给家庭添丁生子。家里有这样一个女人等着，累死累活也心甘情愿了。而惊涛骇浪的捕鱼生涯，传宗接代是至关重要的。《歌舞》这样的女人，会养出一大堆壮硕的孩子来。

元曲云："喇叭，唢呐，曲儿小腔儿大……"我凝视着这个吹唢呐的女人，猜不出她吹的是什么曲调。

《与鲨共舞》是椒江海洋馆的配套设施，它就是海洋馆的广告，孩子们见了，腿就拔不动了，非要进去瞧瞧。

它直观、明白，很适合儿童的口味。看，滚滚的巨浪上，浮游着一条青灰色的鲨鱼，尖利的牙齿，强劲的尾巴，鳃仿佛在一开一合，威风凛凛地乘风破浪。而让孩子们更为兴奋的是，和这条海中霸王相依相傍的，竟是一位妙龄姐姐。

我们都是龙的传人，而传说中的龙就住在海底的水晶宫里，人面大鼻、长着一对犄角的龙王；英俊矫健的龙太子；俊俏多情的龙公主；还有随着海浪起伏摇曳的白玉床、珍珠被、碧玉几、珊瑚椅；真是美丽极了，神秘极了。

遨游海底世界，是世世代代中国人的梦想，于是就有了孙悟空、哪吒他们去龙宫的各种各样的故事。

现在，遨游海底已不再是梦想了，就像雕塑中的这位女郎，穿上潜水服，背上氧气瓶，再添一对"鸭蹼"，只要潇洒地摆动双腿，就可以自由自在地去"龙宫"转悠了。

令人遐想的是雕塑中的这一对组合。少女，鲨鱼。我们知道，只有海豚才温柔，才友好，才善解人意和人亲密接触。鲨鱼可是海中恶魔，凶残如同林中的虎狮，一般海洋动物都难逃它的利齿；这婉丽娇柔的佳人，怎么敢与它共舞呢？

我想，这里面有着童心，有着幻想，有着美好的追求和愿望。我们热爱和平，懂得生态平衡，人和大自然要和谐相处；狮虎都成了人类的保护动物，我们又何尝不能与鲨共舞呢？

天人合一才是最高的境界，社会和谐将是人类永恒的主题。

华顶之醉

感谢天台的朋友，他们早早就上华顶侦察好了，于是电话频催，说今年是杜鹃花大年，请我们一定去看看。

本打算正好杜鹃节那天去的，可前天下了一夜的大雨，听外面风声雨声，我心忧然，怕华顶的杜鹃抵挡不住这场劫难，又担心这样的天气不好出门。

然而，应了苏东坡的二句诗：东风知我欲山行，吹断檐间积雨声。登山这天，竟是难得的一个好天气，正是"岭上晴云披絮帽，树头初日挂铜镜"的景象。儿子一上山就乐了，嚷嚷那蓝天，那白云，只有在西藏高原上才能看到，而我却想起了四川九寨沟那明净的天空。

华顶是天台山的最高峰，海拔1100多米，那杜鹃花自然和别处不同。她们并不是那种矮小的、趴在地上的灌木丛丛，而是伟岸挺拔的大乔木，树冠如榕树般展开，正所谓亭亭华盖，既可遮阳，又能挡雨；花也不是那种单薄的映山红，而是重重叠叠的复瓣，大如绣球，艳如牡丹芍药。颜色则有浅红的，深红的，还有玉白色的；一团团，一簇簇，姹紫嫣红顺着山势竞相绽放，远远望云，如缎，如锦，似云，似霞；所以，她的芳名就叫"云锦杜鹃"，那种昂首开放、浩浩荡荡的景象，让人叹为观止。

虽然经过风雨的洗礼，今年的华顶杜鹃却还是矫健得很，开得有声有势、排场壮观；那色彩依然红艳，依然云蒸霞蔚。于是我想：这云锦杜鹃果然名不虚传，在美丽的同时，还有着天台人的坚强和勇敢。让我平添了几分敬意。

山间小路净无泥，踩在这样的路上，让人有脱光鞋袜、要和大地亲密接触的冲动。

我们沿那石阶拾级而上，在杜鹃林中游弋，争着和杜鹃合影。耳边缭绕着游人的南腔北调，到处是欢快的笑声和歌声。华顶杜鹃正以她独特的魅力，召唤着各地游客。

香味，一种浓郁的、高雅香味，如百合，像含笑，在树丛间飘浮，沁人心脾、醒人头脑、长人精神。我见过的杜鹃不算少，家乡的杜鹃、龙泉的杜鹃、黄山、九华山、峨眉山的杜鹃，它们都很艳丽，可不芳香；就是这华顶的杜鹃也不是头回照面，可以前怎么就没有发现如此美妙的香馨啊。都说是香花不艳，艳花不香，这也是造物的公平；可上天为什么独独钟爱华顶的杜鹃，既赐予她艳丽灿烂，又赐予她袭人的芳馥？是天台精神感动了花神？还是善解人意的杜鹃给天台人的回报？

芳香是能把人熏醉的。不是我自作多情，杜鹃花的确是醉人的，还醉倒过千千万万条鱼儿。云南有个碧塔海，杜鹃盛开季节，花瓣飘落在海面上，鱼儿们都醉昏了，白花花的翻了一池子。别以为它们死了，把它们捞出来放进清水里，一会儿就清醒

过来活蹦乱跳了。

我没有吃过"杜鹃醉鱼"，那滋味想必妙不可言，人吃了这醉鱼，是飘飘欲仙呢？还是也会和鱼儿一样被"麻翻"？

走了一上午，都有点儿累了。"日高人渴漫思茶"，就想起"牛衣古柳卖黄瓜"的诗句来。可是这里没有牛衣，也没有黄瓜，只有矿泉水和茶叶蛋。正想着"敲门试问野人家"，抬眼却看到一个"山里人饭店"的招牌，不觉会心一笑。山里人饭店和别处的饭店就是不一样，背倚青山，面临小溪。几张小桌，竟是摆在盛开的杜鹃花下的。我们不禁心花怒放，心想能在这儿就餐也算是有福的了。

我不知道有多少人能有在花下进餐的运气，反正我是第一次。头上是青青华盖，绕桌的是翩翩蜂蝶，更有簌簌衣襟落花，让我们暗香盈袖，真是赏心悦目。于是就有了"杜鹃花下死，做鬼亦风流"的感觉。

端上来的全是山里人的菜，豆角、苦菜、鞭笋、萝卜、土豆，还有溪鱼、野猪肉和刚刚还在场院里溜达的家养鸡，都是真正的绿色食品。烧法也纯朴家常，连味精和糖也几乎不用，一点儿也不用担心什么色素、添加剂有害身体健康。老板娘是个和蔼的山村妇女，更妙的是，她膝下的 4 个女儿，一个个都像盛开的杜鹃花似的，鲜活、红润，可人漂亮。

喝酒，品菜，欣赏着杜鹃花瓣一片一片飘落餐桌，飘进碗里，我渐渐就有了些许醉意。到底是酒不醉人人自醉呢？还是杜鹃熏得游人醉？我不得而知。

观夕硐观瞻

走进观夕硐，像是走进了悠远的历史。

每次瞻仰，都被她的鬼斧神工所折服。长屿硐天"虽是人工，宛若天成"，千姿百态，诡秘神奇……

我们走进观夕硐，像是走进了悠远的历史。

铁锤叮当，号子哼嗨，火星飞溅，钢钎在不屈不挠地楔进。世世代代，台州硬汉们就这样向大山进攻。一根根绳索、一双双强壮的胳膊，从幽深的石仓里，吊出了石板、石条、石块，运往天南地北，四面八方……

岁岁年年，人类总是和石头亲密接触，不提远古的石斧，也见识到农民须臾不能离的石磨、石臼、石碾、石碓、猪牛食槽和拴马桩。我走过空空作响的石板弄堂，走过高高弓起的石头拱桥，路过凉亭，在石凳石桌前休息喝水，养精蓄锐后继续赶路。我瞻仰过天安门前的巍巍华表，也欣赏过故宫前的威猛狮子，还摸过民间桥头的吉祥麒麟……这一切都和长屿硐天密不可分。

为了生计，也为了造福后代，台州采石人世世代代辛勤地劳作着。1500 余年，修桥多少座？铺路到何方？将多少镇邪的石兽运往名刹古寺，又把多少日用石器送到千家万户？如今我们观看着石壁上的道道凿痕、个个洞眼，就像是阅读密密麻麻的铭文，我们读出了先辈的坚忍不拔，读出了他们的聪慧，读出了奋斗的其乐无穷。祖宗们肯定没想到，采石留下的洞穴、留下的残崖，居然成为充满石文化精神的胜境！

在诸多的石洞中，我最喜欢的就是这观夕硐了。

观夕硐位于双门硐景区凤凰山北麓，是石工们千年开采留下的最大洞群。洞口是个斜弧形的缝隙，那模样像个踽踽独行的修女：前倾的身子，微低的脑袋，黑披风曳地，显得庄重和神秘。未进洞内，先闻泉声。左侧绝壁上，一尾小瀑飘飘忽忽，下面是一个小小水潭，清澈见底。

进得洞来，只见四龙九曲桥如 4 条蛟龙，蜿蜒起伏，扑向中间的那颗巨大的石珠。桥下碧波荡漾，小鱼在悠闲地游弋。激滟的波光映照在石壁上，一层层次第展开，僵化的岩石因而熠熠生辉。

下石桥，踏上十余级整齐洁白的台阶，一尊袒胸露腹的石弥勒，对着我们绽开大彻大悟的笑容。他右手执一条布袋，传说汉

化了的弥勒就是这布袋和尚的形象。他出生在五代，又名契此，传说他为了修建他出家的浙江奉化岳林寺，手提布袋脚蹬芒鞋四方寻找上好石料，可总是没有找到满意的。他云游到台州温岭的长屿硐天，看到满山满地采出来的石板，他就动心了，对石仓主说，他想募化一布袋的石板。矿主想，一布袋能装多少呢，便爽快地答应了。谁知和尚把采石场将要运往码头的石板一股脑儿给装了进去，轻轻一拎就走了。现在，他在这里得意扬扬地坐着，笑看大地之上的芸芸众生。

弥勒左后的绝壁上，有一小瀑飞流直下。我一直以为，石是山之骨，水是山之精。今天巧遇大雨，观夕硐里里外外都是大大小小的飞瀑，水声哗然，使得硐群更加鲜活生动了。穿过一个低阔的隧洞，有只幼狮孤零零地蹲在右侧的角落里。它"头发"鬈曲，爪子稚嫩，撒娇般地扭着身体，憨态可掬。比起别处凶猛威武的狮雕来，它显然不够起眼。仔细一瞧却是宋代的作品。由于年代久远，身体局部早已有些磨损了。前方出现了一对华表，高矗的石柱顶端，蹲着一条小龙，漂亮的犄角，长长的龙须，柱身则另有长龙攀缘缠绕，更有祥云朵朵参差其间，让人觉得太平祥瑞。这可是现代新作，柱身洁白无瑕，凿痕清晰可辨。

这里有先人留下来的石磨、石臼、油碾等家用石器，更吸人眼光的是别处很少能见到的石窗。石窗有浅浮雕、浮雕、深雕、半圆雕、圆雕和透雕的，除通风、采光外，更能防火防盗，比起木质的窗棂来真是好处多多。台州石窗工艺历史悠久，构思奇妙，雕刻技艺早已炉火纯青。观夕硐下面就有一条透雕的石窗长廊，有数百扇之多，就图案而言，有心心相印、鸾凤和鸣、五谷丰登，还有金钿套环和"万"字串连；花、草、树木惟妙惟肖，福、禄、寿、禧样样俱全，象征着丰收、富裕、和合与吉祥，又充满着对原始图腾的崇拜。

穿过一条短短的隧道，我们步入了洞内的音乐大厅。大厅像个倒扣着的巨钟，有数十米高。上头窄小，下面却宽畅坦荡。厅内线条流畅，壁面比较光滑，有些像西方古老的皇家剧院。这个音乐厅着实不小，能够容纳700名观众。台上正在演奏，丝竹悠

扬，钟鼓铿锵，灯光曼妙，少女娇美，令人想起李白的"霓为衣
兮风为马，云之君兮纷纷而来下。虎鼓瑟兮鸾回车，仙之人兮列
如麻"，恍若置身在仙境中。这里并没有音响设备，但由于空窿
的共鸣和洞壁的回音，形成极好的音响效果。游客们不管处在哪
个角落，都能享受到美妙和谐的自然立体声音乐。

音乐厅的右边，有一个幽暗的小池，几只石青色的蛤蟆匍匐
其中，不知在做什么遐想。倚在洁白的栏杆上，仰脸上望，只见
岩穴如穹庐，笼盖周身，一束山泉从天而降，击起层层涟漪，蛤
蟆们也蠢蠢欲动了。崖顶一个小小的天窗，据说是一个井台。我
们此刻就置身于一个无壁的井底，与蛤蟆一样有了坐井观天的
感觉。

借着微光，我们顺着崖侧的石阶拾级而上，石壁上时有泉水
滑落，滴溜溜地湿了路面。走上 60 多级，来到了一个小小的平
台上，再沿着护栏小心地转了个弯，又攀缘了数十级，迎面见到
一个巨大的石碗。石碗旁的石壁上悬一金牌，上书"大世界吉尼
斯之最"，说明这石碗高 1.01 米，外径 2.71 米，内径 2.53 米，
估算一下能装 2 吨多水。温岭人为什么要在这儿搁一个巨碗呢？
据说不远处有一座"镬肚脐"山，颇像一只倒扣着的饭镬。饭镬
哪能倒扣呢，那百姓岂不是要饿肚子吗？于是就制作了这只宝
碗，接住了那口不负责任的镬里倒出来的饭，一方百姓才能丰衣
足食，不受饥馁之苦。

向左转，登上奇特的、呈片片鳞状的台阶，就是一条黑咕隆
咚的隧道。这里才是真正的曲径通幽处，如果没有半道上一个排
风扇状的圆形石窗，肯定是伸手不见五指的。我惊叹于崖壁的
薄，也钦佩当地人的聪明，这别具一格的石窗，既给人美感，又
能通风借光，让我们一口气穿越了这个又长又暗的路程。

前方传来啪啪的击水声。一块方石上，斜搁着一枚青色的石
钱。这石钱有多大？直径 0.8 米！虽然光线幽暗，但"政和通
宝"四字却清晰可辨。更有意思的是，崖顶一束水线，飞流而
下，直穿那四方的钱眼，仿佛是一束麻线，要把这枚大钱串起
来。长期的水击浪溅，把石钱打磨得闪闪发亮，壁上书法家张直

生先生题写的"泉声石韵"四字，遒劲清逸。此水清冽甘甜，长流不息，钱眼中终年碧水满盈，使我忽然想起古文中"钱"字与"泉"字是通假的，此刻更有财源滚滚的意义。"洞顶之水清矣，可以濯我缨，洞顶之水甜矣，可以濯我眼！"大家开着玩笑，纷纷伸手接水，或涤目，或润喉，乐不可支。

忽闻缕缕幽香，渗入心脾，前进几步，我们看到一个密密匝匝缠缠绕绕之物，色如紫檀。看说明才知道是个樟树根，不知出自何朝何代，更不知在海底埋藏了多少年。公元前200多年，温岭的渔民从海底的泥沙里把它挖掘出来。自树根之右转到一个井台旁，这八角井的每一面石栏上都雕着图案，或鹤舞，或鹿戏，或梅、兰、竹、菊，或荷花莲叶，清雅可爱。上方斜壁上，有著名画家王伯敏先生题的"醉茶"两字。汲此井水，煮云雾茶，游长屿洞，茶不醉人人自醉啊！

可是顺着井口往下一望，许多人连连咂舌，大喊"晕！"原来，这一望就望到38米的深处！但凡井，井口的下面便是井壁，这井可怪了，下面竟是深深大洞。怪不得有人给了它一个"天下悬空井"的称号。居高临下，定睛细看，发现了我们先头见过的那个幽暗的小池，但见波光粼粼，几只蛤蟆正在作"井蛙观天"状呢。过了悬空井，就是一段泉水淋漓的台阶，阶上青苔点点，路隘且滑，大家互道小心，穿过了那段"雨霖铃"，终于到达了洞顶，眼前豁然开朗。但见艳阳高照，清风拂面，我们深深地吸了一口气，竟然有种"洞中才片刻，世上已千年"的感慨。

我们伫立在观音壁下。壁上的观音都是依山傍势就地凿成的，有脚踩莲台的，有手执柳枝的，有怀抱宝瓶的，有身驾祥云的，慈眉善目，亲蔼和祥。中国人崇拜观音，她大慈大悲，救苦救难。从观音壁下行，一个小湖泊入得眼来，湖水碧中带乳，湖边绿树掩映。一拱桥，牵着逶迤的小道，把小湖一分为二，很是妩媚。拐了几个弯，到半山腰一个凉亭，亭柱上有一对子，上联"洞凿九霄横揽云天胜境"，下联"阶崇千级俯瞰世界奇观"，倒也贴切。离了此亭转个小弯，俯瞰洞内，又是一番景象：只见雕栏玉砌，石级回旋，大小洞穴错落有致，层层叠叠。若是上方有一扇天窗，得了甘霖和阳光的小块地面，必定是绿草成茵，翠竹丛生。我们转回洞内，站在不同的角度，俯看、仰看、正光看、逆光看，那石那窟，有的似卧虎瞌睡，有的如小象觅食，有的像孔雀开屏，有的如仙女撒花。真是"远近高低各不同，只因身在此洞中"！嶙峋断岩前面，有一独立小山，俏丽玲珑，犹如盆景，崖前绿树轻摇，崖上藤萝横牵，颇像一个妙龄少女，佩戴着翡翠的头饰和项链。再仔细一看，隐约有"剑冢"两字，平添了几分神秘。

最后，石级夹道的是一对龙柱和一对石鼓。这龙柱和先前我们见过的那对并不一样，通体是祥云图案，一条小龙隐约其中，看起来有些年代了，柱上青苔斑斑驳驳，青龙却更显矫健刚劲。下有一碑，说是明代成化年间的作品，当年温岭（太平）建县时，特打造了它们立在县衙门前显示权威的，倒也是个历史的见证。

这是我第四次观瞻观夕硐了，每次观赏，都有新的发现，每次瞻仰，都被它的鬼斧神工所折服。长屿洞天"虽是人工，宛若天成"，洞套洞、洞叠洞、洞复洞，洞外有天，天外有洞。洞洞相连，洞洞贯通，千姿百态，诡秘神奇，正应了唐诗之句：

> 突兀压神州，
> 峥嵘如鬼工！

千古桥闸

这是作协的一个活动，我和邹园被派往温岭市的新河镇。新河镇位于温岭东北 15 公里处。汽车载着我们吭哧吭哧了半个小时，我们来到了目的地。

正是三伏天气，自然酷暑难当。汽车的空调不好，发动机简

直就是烤箱，坐在副驾驶座的我觉得双脚都快要被烤成熟红薯了。虽是这样，我心里却挺快活。因为我们毕竟有车子坐，想想从前那些来新河干活的水利工作者们，他们肯定是扛着背包"走路日当午，汗滴路上土"，想想北宋的罗适和南宋的朱熹，官当得这么大了，肯定也没坐过跑得这么快的 4 个轱辘；相比之下，我们实在是太舒服、太幸福了。

在新河人的陪同下，我们来到金清港。港，我以前的理解是港汊，是江河湖泊的支流，是可以停泊船只的口岸。可温岭人奇怪，他们指的"金清港"，却是这条名叫"金清"的大河。台州人"江""港"谐音，或许当初就叫金清江，以讹传讹就写作"金清港"了？

我们漫步在金清港的岸上。见水面辽阔，碧波荡漾。向北远眺，披云山郁郁葱葱，隐约可见重新建造的烽火台——当年的抗倭烽火台早已坍塌了。近处，有榕树华盖，香樟亭亭，给人打造出一片片的绿荫。我们缓缓走去，又见绿杨依依，垂柳随风，三三两两的浮莲，随着河水活泼泼地漂流；虽是炎炎夏日，却让人顿觉神清气爽，神闲气定。

我说，水流挺快。老王说，这算什么？雨后那水势才叫猛呢。

大家都知道，台州多高山。10 多年前，隧道没有完全打通，外地人来台州，要绕过多少个险象环生的悬崖峭壁，要穿过多少条湍急奔涌的山溪河流？若遇到大雨天，山洪暴发，河水猛涨，裹挟着沙石和连根拔起树木杂草咆哮而下，势不可挡。如果不能及时排涝泄洪，那下游的黄岩、温岭可就惨了。

我们看现代版的温岭地图：金清港的支流极多，它们纵横交错，经经纬纬，织成了一张巨大而丰沛的水网，滋养着整个温黄平原。这就是历朝历代治水者的功绩。温黄平原素来以产稻谷著称，所以台州有句老话：温黄熟，六县足。可是在北宋时期，"温岭地最洼下，昔人谓为釜底。"温岭的一个大镇，至今还叫作"泽国"，当年的积水状况略见一斑。这样的农田，养荷花栽茭白还差不多，种粮食，十年九荒也就不足为奇了。

中国是个农业大国，中国历代的清官，都以兴修水利为己任。如果说大禹治水多少掺进了一些神话色彩，那么战国时期蜀郡太守李冰及其子率众修建的都江堰工程，还坚如磐石地守护在岷江的激流之中，一任后来人瞻仰和感叹。

提起台州的兴修水利，百姓们忘不了一个人——罗适。罗适（1029～1101），字正之，台州三门人，北宋时期著名的治水专家、诗人、思想家。罗适小时候的学习才叫认真刻苦，买不起书，典当了自己的冬衣去购书；没有灯油和蜡烛，他取出柴火中的松明点燃夜读。功夫不负苦心人，治平二年（1065），他高中进士。随后，他任过安徽桐城尉、河南开封令及著作佐郎、朝散大夫等职，勋至上护军。他为官清廉，不信鬼巫，为老百姓做了很多好事实事，颇受人们爱戴。罗适73岁逝世之后，乡亲们把他的遗体迎归故里，葬厝在马家山上。

北宋元祐年间（1086～1094），罗适任两浙提点刑狱，巡行浙东。到了黄岩温岭，他踏勘了90多条河流港汊，这些河流虽有一些拦水的堤堰，却没有一个水闸。上游的人筑了堤坝，把水给拦走了，下游的人就召集人马，拿刀弄棍，打将上去掘堤放水；对方也不甘示弱，双方常常打得头破血流，严重时还闹出过人命。

这样的土堤坝，遇山洪暴发，很容易被冲毁，既保不住水，还会给下游带来洪涝之灾。

罗适还查明，沿海三分之二面积的土地，因受海潮侵入，都成了盐碱地了。70余万农田旱来旱死，涝来涝死，咸了咸死。农民有种无收，真所谓"四海无闲田，农夫犹饿死"了。

罗适以渊博的治水知识和丰富的治水经验，全盘安排水利计划，他将位于河流要害处的大堤，改建成水闸。所谓水闸，就是在河道的关键处装一扇能升降的闸门，将闸门开启，河水可自由流通，将闸门关闭，就截断了水源。这样就实现了蓄水保水、均衡水源、防涝排洪的作用。

罗适不辞辛苦，亲自率领工程技术人员和民工们，夜以继日地赶造水闸。当年就建设了永丰、黄岩、周洋三闸，当年投入使用。

水听人管了，人畜有水喝有水用了，上下游的百姓也不用打架了。庄稼伺候舒服了，就努力地给百姓多长些谷子，"连岁之间，民喜其利"。尝到了甜头，官民修建水闸的劲头倍增。附近邻县的人都来取经，处处学习造闸，从此浙东地区的水闸星罗棋布，遍地开花。水利事业的迅速发展，给农民带来了温饱和富庶。

可是，不是每一个官员都能像罗适这样关心百姓疾苦的。在以后的百年里，朝廷腐败，金兵南侵，山河破碎，黎民倒悬。皇帝抱头鼠窜到南京（商丘）去了，再后来在杭州建立了苟且偷安的小朝廷；大臣们也自顾不暇，卷了金银细软，带了大小老婆各奔东西。台州的水利没人管了，渐渐的，河道壅塞，水闸毁坏，农民们又陷入了水深火热之中。另一位对台州水利做出重大贡献的官员是朱熹。朱熹（1130～1200），字元晦，徽州婺源（今属江西）人。

朱熹是程颢、程颐的四传弟子，程朱学派的主要代表。朱熹博学多才，著作等身，光是收进《四库全书》的就有40部。他宣扬"存天理，灭人欲"。年轻时我一听这"灭人欲"，吓了一跳，可能有人会和我一样想："灭人欲"是把人的欲望都灭掉，太霸道太残酷了吧？所以骂的人很多。细看原话，却是这样的："饮食，天理也；山珍海味，人欲也。夫妻，天理也；三妻四妾，人欲也。"这理论，无非是让人节俭一些，收敛一些，不要太放荡，太穷奢极侈而已。这理论，用今天的廉政角度、道德角度和养生的角度去看，都有着积极的意义，在当时哀鸿遍野、路有饿殍的情况下，更是必要的。

淳熙八年（1181），浙东风不调、雨不顺，饥荒像一个幽灵，在台州上空盘桓，百姓们活不下去了，腿脚灵便的外出逃荒，性格倔强的落草为寇。受命于危难的朱熹，于农历十二月初六那个朔风怒号、大雪纷飞的日子里，踏上了临安（杭州）到台州的旅程。

南方没有车马，崇山峻岭行不了舟楫。更兼年关逼近，盗贼猖獗。在那些个寒冷而危险的冬日，年过半百的朱熹日夜兼程，奔台州赈灾来了。

当时临安是"山外青山楼外楼，西湖歌舞几时休？"而台州的官员也不甘落后，太守唐仲友（字与正）天天灯红酒绿，聚众豪饮，高级歌妓们则在一旁莺啼燕啭，轻歌曼舞。朱熹拍案而起，他拒绝了地方官员的接风洗尘，直接取道黄岩温岭。他召集有关人员，了解到这年台州飓风接踵、洪水上屋、道路行船，更兼泥石流、山体滑坡等等灾情，百姓死伤不计其数。又遭遇八月十五的大潮汛，海水倒灌，晚稻腐烂，颗粒无收。朱熹痛心不已，他四处奔走，实地踏勘一个个旧闸，但见闸板朽烂，闸桥断裂，腐水浊泥堆积数里之遥。朱夫子立即向朝廷打了报告，阐明温黄平原乃浙东的粮仓，说温黄熟不但台州足，还有余粮可以支援新昌、嵊县等地。但因为水利年久失修，河闸淤塞不能用。又因为地方财政困乏，无力检修。请求朝廷火速拨款 2 万贯。

接着，朱熹起用人才，举荐温岭的宣教郎林鼐和承节郎蔡镐主持修闸。说"林鼐曾任明州定海县丞，敦笃晓练，为众所称；蔡镐曾任武学谕，沈审果决，可以集事"。同时指斥了当时的黄岩县令范直兴"不甚晓事，恐难依仗"。

有了资金，有了得力的干部，又招募了民工，台州的水利工程轰轰烈烈上马了。他们浚修河道，挖掘官河，该分流的分流，该疏通的疏通。最关键的是，在重要的河口重新筑闸。闸的功能是：枯水期，关紧闸门，保蓄淡水，不让宝贵的淡水白白流失；雨汛期，开闸放水，不让大水淹没了庄稼和民房；大潮上涨时，关紧闸门，不让海里的咸水倒灌进来，保证良田不进盐碱，保证百姓喝上好水。

修闸期间，朱熹并没有按他的"级别"住在舒适的官邸里，而是和工程技术人员一样，住在闸旁的百姓家里。有一晚，他宿在海边闸头洪亭长家里。夜深人静，月白风清，朱熹听潮起潮落，思筑闸之各种事务，心潮起伏，睡意全无。遂披衣起，在庭中踯躅吟哦，得七绝一首，题笔写在主人墙上：才到重阳气便高，雁声天地总寥寥，客怀今夜不能寐，风细月明江自潮。又有一次，他宿在下蒋村，与一陶姓老人探究兴修水利之事，这老陶是有学问之人，且德高望重，说起建闸头头是道。两人谈得十分投机，朱熹心里高

兴，索来笔墨，亲书"静廉"真书二大字，赠予老人。

朱熹在罗适的基础上，博采众长，增加了水闸的科技含量。他悟出了一个"连通器"原理，以保持水位的平衡。他对建闸执行官蔡镐说：南监（属新河）的五个水闸，基底石必须齐平如一，使河流五道俱通，若一闸稍低，水流会涌到这个低的水闸去，久而久之，这个水闸必定会淹坏，其余的水闸也要废弃了。

在当时的科学条件下，怎样才能做到"基底齐平如一"呢？武学博士蔡镐想出个法子，他们在披云山的烽火台上树起旗帜，放置铳炮。挑了个大潮日子，每个闸处都派有专人守候。蔡镐自己手执红旗守候在海边，待到潮水退到最低位置时，他挥动手中的红旗，烽火台接到信号，立即倒旗放铳，五闸的守候者们听到看到了，都在这统一时间里划定统一的水平线，然后就按照这水平线打基建闸，达到五闸齐平的标准。

在官民的一齐努力下，短短的几个月内，中闸、北闸、麻糍闸、下卢闸四座闸桥初具规模。

他们还别出心裁搞了个"爬梳之法"，每个水闸，都配置了一个梳状的耙子，每隔一段时间，就耙去杂草，梳去淤泥，洗涤净闸门闸槽，保持闸门的启闭自如。使"其间田亩70余万，尽为膏腴。"

朱熹曾说过："水利兴则黄岩无旱潦之灾，黄岩熟则台州无饥馑之苦"。世世代代的台州人都不会忘记这两句名言，有识之士认为朱熹这话，最为"洞究利害"。

所谓物以类聚，人以群分。这么苦干实干的朱熹，对官僚们歌舞升平骄奢淫逸的生活，当然是深恶痛绝的。

有个女子叫严蕊，字幼芳，是南宋初年台州大腕级官妓。洪迈《夷坚志》第十卷里说："台州官奴严蕊，尤有才思，而通书究达今古。"周密在《齐东野语》称她"善琴奕歌舞，丝竹书画，色艺冠一时。间作诗词，有新语。"因此，严蕊红极一时，大小官吏、富豪乡绅都以结识她为荣，求人办事，也常常通过她去开后门。

唐仲友也很迷恋严蕊，鉴于自己一把手的身份，不敢轻易造次。但凡有重大盛事，必召她歌舞侍宴。那严蕊的确是有点儿才华的，有一次，唐仲友指着窗外盛开的桃花，以"红白桃花"为题，命她题词一首。严蕊略加思索，挥笔填就《如梦令》一阕：

> 道是梨花不是，道是杏花不是，白白与红红，别是
> 东风情味。曾记？曾记？人在武陵微醉。

吟咏罢，众人拍手叫绝。唐高兴极了，当即赐其锦帛两匹，端砚一方，外加纹银20两。从此，两人卿卿我我，吹弹唱和，难舍难分。

宋朝有法律规定，凡官府举办酒宴，可以召官妓歌舞佐酒，但不得留她们过夜伴宿，违者律处。朱熹正为治水之事绞尽脑汁，寝食难安，唐仲友却在那里花天酒地，不管百姓死活。朱熹很是愤懑，就上书弹劾唐仲友"违法扰民，贪污淫虐，蓄养亡命，偷盗官钱。"这一招应该是很厉害的，不但揭发了唐仲友的经济问题、生活作风问题，还揭发他涉黑！可是唐仲友的姻亲王淮是当朝宰相，他把奏章压下了。朱熹岂肯善罢甘休，他一连上书10次，终于有人把奏章送达皇帝手里，唐仲友因此革了官职。

这朱夫子到底是个读书人，除了一身正气，还有点儿书呆子气。朝廷让你治水，你就只管做好你的本职工作好了，干吗擅权去干纪检部门的事？这大概也算是"灭人欲"的毛病。但官员们沆瀣一气，你好我好大家好，你一个出头椽子，不烂你烂谁呢？

朱熹在台州只待了9个多月，就被调走了。这不，治水只治了一半，水闸也只建了4座，如果能干满一届两届，可以为台州做出多少贡献啊！淳熙十年（1183），朱熹为常平使者，又一次来到台州。他不管鞍马劳顿，就召集有关人马，接着干他的未竟事业。他和下属们经验丰富，成竹在胸，夜以继日，马不停蹄地苦干，终于把回浦、金清、鲍步、蛟龙、陡门等6闸打造完成，和以前造的4个水闸加在一起，朱熹在台州造了10处桥闸。这10个闸，保证了温黄平原70余万亩农田的灌溉和排涝，保证了台州农民的丰收和温饱。朱熹为人刚正不阿，因此官场不能春风得意。他在考取进士后的50多年的时间里，官只做了7年，而真

正待在朝廷伴驾则只有 46 天。但是，朱熹治水功不可没，他修闸的壮举，被记入了史册，成为后代官员们学习的楷模。明嘉靖年间（1522～1566），台州知府周志伟率领黄岩知县方介、太平知县曾才汉一行，来视察朱熹当年的水利工程。他们走了几天几夜，发现河道因长久未浚，海涂淤涨，都堵塞了；河闸也因为没人管理，牛踩人踏，闸桥断裂了，闸板朽烂了，再也不能用了。周知府急了，赶忙向朝廷奏疏，要重新修闸，并历举朱熹当年造闸的功绩，要求政府拨下治水款项。他在奏章上写道："金清、迂浦、周洋、黄望、永丰、细屿等闸，知为朱文公遗迹，锐意修复。"周志伟还盛赞朱熹治水之策的英明，锐志向他学习，并褒扬众水闸的功能是"潦则泄之，旱则蓄之，潮则捍之。"

在老王和小鲍的带路下，我们去参观尚存的几个水闸中的中闸。中闸位于新河镇中闸村南鉴小学后面，桥畔矗立着一块石碑，上面刻着：此闸系朱熹所建，始建于南宋，各代重建。闸三孔，南北走向，长 14.4 米，宽 3.8 米，中孔跨度为 4.9 米，南北两孔跨度均为 4.8 米，闸正中开两闸槽。

可是，由于年代久远，闸下淤泥堆积，杂草丛生。闸桥看起来更像一条长长的、矮矮的石凳桥。旁边散落了一些石条，两个闸孔基本堵塞，一个闸孔里有细细的流水潺潺，似乎向我们诉说岁月的沧桑和当年的风光。

太阳西斜了，车子带着我们去看另一个景点——麻糍闸。麻糍闸位于新河镇原高桥乡驻地东约 500 米的河上。这个闸有个有趣的故事，传说建闸时节，桥石板铺上去就断了，再铺再断。正在束手无策之际，有仙人路过，见状，忙拈了旁边的一块麻糍，将断石给粘牢了。我们笑着说，温岭的麻糍这么厉害，倒是牵出个饮食文化来了。

车子在南鉴村旁停住。我们下了车，踏上一条逶迤不平的田间小路。小路很小，荒草没膝，狗尾草招摇着向我们致意，空气中弥漫着一种久遗了的田园气息。田埂两旁的水稻生机勃勃，齐整硕壮，丰收在望。

下了一条蚯蚓般的田塍，高一脚低一脚的，我们终于来到麻糙闸旁。这是个两孔梁式闸桥，由大块大块的花岗岩砌成。造型美观，制作精良。闸计两孔，东西走向，长 11.8 米，宽 3.8 米，两孔跨度均为 4.75 米，闸墩侧面的正中，开着笔直的闸槽，当年的闸门就是沿着这闸槽升降。我们现在是看不到闸门了，据说，闸门由不易腐烂的厚木板做成，上面凿两个圆孔，启闸时，用两根带钩的铁杆勾住圆孔，几人奋力提将起来，水流就哗哗哗地通过了。

闸墩下部做成分水尖，以避大水的正面攻击。分水尖上叠砌石台，石台之上采用叠梁，其挑出的叠梁头做成插拱状，并用斗承托拱状叠梁，非常有特色，很有观赏价值。2006 年 5 月 25 日，国务院核定公布了第六批全国重点文物保护单位，温岭市的新河闸桥群作为古建筑类名列其中！所谓的闸桥群，除了朱熹当年所建的几个水闸之外，还有一座金清大桥。最后，我们这一行就目标远远的金清大桥而去。老王告诉我们，大桥始建于明朝，由年久失修，桥面坍塌，现在保留下来的，是清嘉庆（1796～1820）初年二次重修的。

映入我们眼中的大桥高 12 米，长 64 米，宽 46 米，五拱五洞，洞洞通航。远远望云，似蛟龙横渡，如长虹卧波。一行人步上桥去，发现桥面建筑非常艺术，每个桥拱的上面都铺作平台，5 个平台错落有致，中央的那个最高，两边对称下去。高低平台之间，都由 10 道石阶齐齐整整的相连。桥侧有石砌护栏，56 根栏柱上端，或狮子，或麒麟，或荷花，或莲蓬，精雕细作，栩栩如生。祈求着一方百姓岁岁平安，年年吉祥，瓜瓞绵延，子嗣昌盛。

桥的南北两端，各连着一方形桥亭，四角攒尖，造型别致，可供行人避风挡雨、乘凉歇脚之用，体现了人文关怀的初衷。亭上原有匾额，由天台书法家梅人鉴书。南曰"人无病涉"，北曰"水不扬波"，同样祈求风平浪静，国泰民安。此桥已有 200 多年历史，一任人踩马踏，车水马龙。就在我们流连之际，摩托车呼啸而来，风驰电掣而过，手拉车满载着货物，上上下下。老王说，几百年如一日，金清桥岿然不动，可见当时建造的绝不是豆腐渣工程。"文革"中，造反派双手发痒，砸掉了桥柱上的几个

狮子脑袋，不过其他雕饰宛然如初。金清桥具有相当的旅游价值和科技参考价值。

官河的开凿与水闸的设立，农田灌溉、排涝和河流蓄淡有了保障。明清两代，沿海陆续开辟农田 20 余万亩，温黄平原在不断地扩大。

金清港浩浩荡荡，大型机动船轰隆轰隆地驶过，耕起了汹涌的人字形波涛。直到现在，金清闸桥的水利设施仍起到灌溉农田抗旱防涝的重要作用。在宋代，那该有多大的现实性和前瞻性！

我们走在金清闸桥之上，感受清风在脸上吹拂，清水在桥下长流，我们心中朴素的清官情结油然而生。罗适和朱熹主持建造出金清桥闸，就是莫大的功德。这种功德就像眼前的金清桥闸一样，是岁月的风潮所难以磨灭的。

水闸映照的是历史，是镜鉴，是民心。我抚摩桥栏，端详水闸，如读一本史书，如读一块丰碑。

桥头的亭子里，几位长者在说古论今。千古功罪，百姓自有评说。

神奇的湿地

在浙江东南黄金海岸线上，有一个名叫玉环的海岛县，隶属浙江省台州市。把玉环所属的海域和大小岛屿加在一起，面积 2300 平方公里，而真正的陆地面积却只有 378 平方公里，相当于俄罗斯文豪列夫·托尔斯泰的私人庄园。

据《太平寰宇记》载，玉环的县名，源自海岛的奇观："晨雾绕岛，形状如环；上有流水，洁白如玉"，多么浪漫，多么富有诗情画意！

可是"洁白如玉"的流水过于纤细和羸弱了。和所有的海岛一样，玉环的淡水资源十分紧张，玉环人常常向邻县买水。从前，我曾看到一条条洁净的舢板，在摇动的橹声中，满载着清清的淡水而归；现在则简单多了，自来水管一根根地携起手来，别处的淡水就源源不断地沿此潺潺而来，但等待放水的玉环水桶却排成了长龙。

玉环人盼望有充足的淡水，一代一代的玉环人，都在做着海水变淡的美梦。

新世纪第一缕曙光冉冉升起的时候，一个伟大的工程启动了，那个工程名叫"围垦蓄淡"。首先，玉环人在西边的漩门湾外，筑起了一道108公里长的拦海堤坝，这堤坝就像一条巨龙，把漩门湾抱在怀里，而涨涨落落的潮汐和台风掀起的恶浪均被挡在了外头。从此，漩门湾就成了一个内湖，周遭的土地就成了人造的沼泽。接着，他们从邻近的县市引进淡水，淡化漩门湾的水质和土地。湾内的水位高了，开启坝上的水闸，把咸水放出去。如此轮回，几年"换血"，漩门湾的水真的清淡了，土地真的松软了，玉环人生生地造出了一个6.5万亩的湿地。

好客的玉环人请我们去湿地观光。湿地的起始地点是玉环的生态农业园。高大的木麻黄像齐整整的卫士，构成了生态农业园的屏障，接着的是阔叶林带、针叶林带，还有美丽的华盛顿棕、椰子树等颇具热带风光的树种。

我曾在不同的季节去过这个地方。春天，我看见夭桃如霞、梨花似雪；夏日，我观赏榴花的热烈，赞叹莲花的圣洁。空气中总是弥漫着各色花果的香味，那浓烈，那芳馨，让我屏息敛气。

现在正是丰收的季节，琳琅满目的果树让我们目不暇接：前边是一片橘林，后边是几亩梅子，左边是石榴圃，右边是文旦园，红澄澄的橘子像千万盏灯笼，把园子点缀得像节日一样，而文旦的累累硕果，已重重地垂到了地上……

尝罢了香甜的橘子和名闻遐迩的楚门文旦，我们来到了湿地的起始码头。这里的水，像河，似湖，渺渺茫茫，绵延着伸向远方。周边非常清幽，各色鸟儿的高吟浅唱清晰可闻。辽阔的芦苇无边无际，芦苇黄了，黄得那么纯净，而白白的穗儿，则齐刷刷地指向一边。水面上的浮莲和圆萍还是绿的，挤挤簇簇，不离

不弃。

　　天空特别高远，湛蓝的天幕上，白云生动地移动着。往下看，却见云彩在水里幸福地游弋。空气纯净得让人打战，我深深地吸了一口气，顿觉浑身通泰，神清气爽。

　　干干净净的码头上，一条漂亮的游艇正整装待发。它将载着我们到达漩门湖的彼岸。陪同我们的玉环县委宣传部的一位同志说，别小看这人造湖，一个来回，我们得走两个半小时。

　　我们登上游艇，坐在舒适的位置上，倚窗凝眸。马达启动了，船头像一把犁，把碧水劈开，成人字形哗哗地披向两边。有时候，水面上会出现美丽的漩涡，似梦似幻。远远近近，有许多养殖网箱，它们一排排、一行行，像写在湖面的乐谱。间或有几个作业的渔民，在茫茫湖面上，仿佛一些神秘的符号。

　　我们纷纷奔上小艇的顶台，凭栏远眺。滩涂、湿地、小岛，还有那远处影影绰绰的玉环城，和山林交相辉映。主人告诉我们：漩门二期围垦区总面积5.6万亩，其中蓄淡水域2.4万亩，相当于杭州西湖3倍的面积！

　　一条泼剌的大鱼，呼地跳出了水面，在阳光下鳞光闪闪。主人说，这湖里，淡水生物和海洋生物混杂生长，鲫鱼、白鲢、鲈鱼，还有那金色的、尾巴开叉的凤尾鱼，都非常丰富；沼泽地上，弹涂鱼以一种特殊的方式蹦蹦跳跳；沙蟹横行着，举着一对柄眼机灵地观望，见有人来，迅疾地闪进洞里。

　　忽然有人喊：野鸭！野鸭！我忙抬头，只见一群野鸭排成队，低低地从眼前掠过；还有几只白鹭，展开雪白的双翅，优雅地蹁跹翻飞。主人还说，该区域自然物种资源相当丰富，已记录到各种鸟类72种、其他动物115种、植物244种。这里的野生动物有4纲16目29种，其中不乏鸢、苍鹰等国家二级重点保护动物；这里还是全国最大的野生黑嘴鸥栖息地之一。我想是啊，大面积的芦苇沼泽和广阔水系，是水禽们的乐园，也是其他动物们生存繁衍的天堂！

　　小艇快近终点，雄伟的大坝横在眼前。为防游艇搁浅，马达停了，小艇凭着惯性轻轻地前移。几只水鸟猛地惊起，扑棱棱地冲向天空。那情那景，恰似欧阳修《采桑子》里的句子："无风水面琉璃滑，不觉船移，微动涟漪，惊起沙禽掠岸飞"，有人则吟起了李清照的《如梦令》："争渡争渡，惊起一滩鸥鹭"……

我们踏上终点的码头。看着脚下的石路，看着埠旁清清的水流，我虔诚地俯下了身子，想尝一尝这水到底有多咸多淡。我捧起一掬水，送进了嘴里，仔细地品了品，淡的，完全淡的，没有一丁一点的咸和涩，且味道还不错！我的心一阵狂喜，玉环人成功了！他们的蓄淡工程实实在在地成功了！

一行人次第登上了拦海大坝。这是一道神奇的大坝，宽阔、坚固，仿佛是万里长城的一段。外面是滔滔的乐清湾，海水又苦又涩；而里面则是打造出来的漩门湖，湖水清冽甘甜。我站在大坝上，任西北风吹拂着我的头发，我心潮起伏，思绪澎湃。我对着西面的乐清城市建筑，对着高高矗立的雁荡山脉，我甚至想对着全世界呐喊：你们看见了吗？看见勇敢勤劳的玉环人吗？看见这神奇的人造湿地和人造湖吗？千秋功罪，自有后人评说。玉环人打造了这么个生态环境，功德无量啊！

现在，这个湿地集观光、娱乐、休闲、度假和文化教育为一体，吸引着远远近近的游客。"蓬莱清浅在人间，海上千春住玉环。"漩门湾不是海市蜃楼，而是实实在在的人间仙境！

稻田的等鸟

我们家乡有一种鸟，它的叫声很特别：等！等！等！急促而坚定。乡亲们不知道它的学名叫什么，干脆就叫它"等鸟"。这个"鸟"在这里不读 niǎo，而读 diǎo，第三声。

等鸟生活在水稻田里。它们把水草和稻叶胡乱一缠绕，就算是鸟窝了，这个既漏风又漏雨的草团，应该是天底下最简陋最糟糕的鸟窝。我们村子里有一位顶级懒惰的女人，她连自己身上都

稻田的等鸟
daotian de dengniao

不收拾，那头发一年到头都乱蓬蓬的，就被人们说成"等鸟窝"。

等鸟的脖子短短的，喙细，足长。羽毛呈沙灰色，缀细碎斑纹，但不美，也不光亮，还老是湿漉漉的，和落汤鸡一般。总之，等鸟是种不招人喜欢的丑鸟。

农谚说："田头歇秧篮，割稻只等七十三"。意思是秧苗移栽后，成活、长高、分蘖、抽穗直到黄熟，这个过程大概是73天。而刚刚插下的秧苗虚弱得很，且疏朗得可一眼望到头，哪里做得成鸟窝？——这么算来，等鸟整个筑巢、婚恋、产卵，孵化和抚育儿女的过程，就不会超过两个月了。

因此，它们很着急，它们天天"等等等"的叫，也不知是等雏鸟快快出壳，还是等出壳后的儿女快快成长？也许又是另一种意思，就是让稻子等等，不要成熟得那么快；让农民等等，不要急着收割，因为稻子一割倒，等鸟就面临着家破鸟亡的危险了。

每当夕阳西下的时候，等鸟两口子如果找不到足够的食物，就会发出一阵阵惶恐的狂叫。

因此，农民们就把那叫声当作下班信号，"信号"一响，他们就可以收拾农具上埭了。

等鸟没有坚强的翅膀，不能像喜鹊、乌鸦那样自由地在天空飞翔；等鸟的脚上也没有蹼膜，不能像众多的水鸟们可以在江湖里肆意捕食。造物主太不公平了，他赐给孔雀富丽堂皇的羽毛，赐给黄莺婉啭亮丽的歌喉，赐给鸳鸯美满幸福的婚姻，但是赐给等鸟些什么呢？它们只能凭一对瘦弱难看的腿，在稻秧中间一跳一跃的。等鸟因先天条件太差，无法猎获更多更好的食物，只能就地取材，吃点稻子上的蛾子、螟虫，或者水里的蠕虫。如果大田里刚刚施过大粪，那么新鲜的蛆虫就是它们的美味佳肴了。

等鸟夫妇的育儿工作是非常辛苦的。因为活动圈子太小，捉到的那点点虫子，喂到了这只喂不到那只，看着雏鸟们张着黄口嗷嗷待哺的样子，它们很难受也很焦急，只是不断地说，等！等！等等！可是它们没有等到更多的吃食，也没有等来更好的命运，却等来了化肥和农药。蛆虫没了，螟虫也被杀死了，等鸟的生存环境是越来越恶劣了，大鸟们常常饿着肚子，小鸟们往往来不及长大，农民就开镰了。

听到割稻的声响，等鸟本能地躲向稻田的深处。可是农民们并不会因为等鸟的惶恐而延缓收割时间。等鸟们躲啊躲，稻子咔嚓咔嚓的一片片倒下，直到只剩下最后一小片时，大等鸟就从稻丛中冲出，箭一样地逃窜，如果附近有水沟，它们便一头扎进水里，宁可淹死也不束手就擒。农民们追到水沟边，在水里摸索着，一会儿就把它们逮住了。

等鸟生性刚烈，一旦失去了自由，就狂蹦乱跳，拿自己的脑袋去撞硬物，直到头破血流活活撞死，大有士可杀不可辱的样子。

有一个流传很广的故事，说有两个青年农民在一起耘田，耘田就是把稻田里的野草连根拔起，再塞进烂泥下让它们沤肥，所以有"端午前，指头好肥田"的说法。耘着耘着，他们互相询问什么时候收工上垟？一个说："莲船关闭时。"另一个说："等鸟啼叫时。"莲船是一种水草，叶对生，天一擦黑，每对叶子都会紧紧地合起来。

可是，那天却奇了怪了。天早就黑了，莲船也早已关闭了，那个说"莲船关闭时"的农民也回家了；夜渐渐更深了，那等鸟就是不叫，另一个老实的农民就一直耘田不止。他的父亲左等右等不见儿子回家，急着去打听，了解到是这么回事，心想儿子也太一根筋了。就走到田头，躲起来学鸟叫：等！等！等！儿子生气地说：狗娘养的，怎么到现在才叫呢！

这当然是个笑话。可那晚的等鸟为什么不叫呢？因为它死了！等鸟的死又是另一个故事了。因为雏鸟们越来越大，胃口越来越好，可是鸟爸鸟妈却找不到更多的食物喂养它们。它们急啊、愁啊。等鸟爸爸经不住这种折磨，索性抛下妻子，独自找活路去了。等鸟妈妈又气又急，但是它不能扔下宝宝们不管。它心急如焚，那叫声就越发的凄厉惨切。它想出一个养活儿女的主意，这个主意很沉重，沉重得叫人窒息。它先是绝食，再找块石头，把自己撞得鲜血淋淋的，然后挣扎着回到窝旁奄奄待毙。总之，它死了，它死的目的就是让身上长出蛆虫，母亲肉体培养出

来的蛆虫非常肥美，而且营养丰富，雏鸟们就靠这些蛆虫迅速成长，待到稻子收割时，基本上就能够独立生活了。

死了母亲一个，救活孩子一窝。等鸟妈妈用自己的思维方式和行为方式养育了儿女，完成了繁衍物种的大业。

因此，人们对这种其貌不扬的等鸟有了一种感佩、一种敬畏。割稻时，鸟窝暴露了，等鸟逃窜了，习惯性的一头扎到附近的沟渠里，半大小子们欢呼雀跃着去追去逮，大人们就会教训道，别作孽，想想它们那杀身成仁的娘。

是啊，等鸟母亲的品质，是让某些人汗颜的。

红肚兜

妈妈从辛劳了几天的圆花绷上卸下那"花"，展开，于是我看到了一个美丽的菱形。妈妈拿着那块温柔的绣品，在我的身上比了比，然后拿起了剪刀，很仔细地修圆了三只角，又将上面的那只角剪平。接着她又翻开书，找出一块两指宽绣得密密麻麻、夹得平平服服的花片，压在那剪平的地方。

"这叫额。"妈说。

每年，当归燕开始衔泥做窝的时候，妈妈就动手翻寻那些樟脑味儿很浓的布头给我做肚兜。那些布头有棉的、有麻的、有绸缎的，那颜色有柿红的、枣红的、樱桃红的。妈妈的针线绝对是千里挑一万里挑一。不管我是新戴了一顶荷瓣帽还是新穿了双虎头鞋，也不管我是刚刚迈出了自家的门槛还是被带到了外婆家，只要我在哪儿露面，我便会被那儿的大姑娘小媳妇们"抢"走，她们抱起我坐在桌子上，摘下我的帽子，脱走我的鞋子，巧一点儿的便比比画画试图描个样儿，笨一点儿的便只怨爹娘没给她们生一双巧手。我那很小很小的记忆，是被那些由衷的赞叹和热烈的拥簇印在脑子里的。

妈妈在缝着额。额很结实，绣满了像如意、云朵那样的图案。如意和云朵之间，嵌满葡萄、樱桃和珍珠粟，使人懂得额里边很奥妙、很丰饶。

我指着额下边那片空白问妈："这就是脸了？"

妈忙夸我聪明。那时候妈常夸我聪明，后来好像就不夸了。于时我又记住，脸应该是明朗的、洁净的、不用任何修饰的。

"肚兜肚兜，名堂在肚子上呢。"妈又说。于是我便注意到了那夸张了的、永远笑嘻嘻的大嘴，觉得那充满着喜庆的红唇本来就应该是长在肚子上的。我张开了胖乎乎的双手，十指并排儿伸进了大嘴，我摸到了那个真正的、和我肚子一般大小的兜兜。

那是些多么生动、多么好看的肚兜啊。这一个，一只小白兔在桂树下舂药；那一个，一对红鲤鱼在水里戏莲；妈手上正缝的这个，一个像我模样的娃娃，正在努力将一个比她还大的寿桃抱起……

我曾经问个不休：

"肚兜有什么用场？"

"护肚子呗。"妈答。

"肚子护起来有什么用场？"

"长大了装娃娃。"

"娃娃怎么出来呢？"

"……从肚脐眼里出来。"

"肚脐眼怎么长的？"

"炒豆崩的。"

"几时崩的？我怎么不晓得？"

"你还在我肚子里的时候。那炒豆子'嘣'的一声钻进了我的肚子里，又钻进了我肚子里的你的肚子。"妈说着说着就笑了。

我感激那颗炒豆。如果没有它，我可能一直待在妈妈的肚子里没法子出来。

"什么时候穿新肚兜呢？"

"端午节。"

于是我天天扳着手指，算那个叫端午的日子。

当粽子的香味从家家户户飘散出来的时候，当龙舟的锣鼓敲得我咚咚心跳的时候，我便爬上了板凳，将肚子挤在灶沿，看妈妈将那些刚刚打下来的新蚕豆，炒出紫绿相间的小斑点来。当一粒蚕豆"嘣"的一声从妈妈的颊边擦过的时候，我紧张地喊道："妈妈，快躲开，当心你脸上也蹦出个肚脐眼来！"

大约是炒豆也心疼我妈，从来也不忍心在那皎洁的脸上弄出点什么。妈把炒熟的豆子全弄到一个筛子里，接着用热乎乎的汤水给我洗澡，直洗得我皮肉发亮发红。

然后给我穿肚兜。肚兜的带子极有讲究，额上的那根细、圆、软、白；腰里的两根窄、扁、双色，织着极精致的枣眼或莲心。妈妈先提起额上的细带，轻轻地绕过我的脖子，在额另一头那个金光闪闪的环里穿过，打个单耳结；又拉开腰里的两根花带，绕肚子一周，在我的腰后系成个蝴蝶结。

龙舟的锣鼓催得好紧，我跳出浴盆就跑。

"回来！"妈喊，"天还有点儿凉呢。"她端起那个筛子，将那些热热的炒豆喂进了肚兜的那张大嘴里。我的小肚子给捂起来了，暖洋洋的很是舒服。

妈端详着她的作品，端详着她的女儿、她的肚兜，她实在分不出哪一件更让她满意。她终于点点头，拍拍我的脸蛋说："去吧！"

我蹒跚在家乡那条卵石路上，妈妈呼叫爸爸去护我的声音在背后追逐着，炒豆在肚兜里兴高采烈地喧哗着。

这以后，妈妈好像再也没有做过肚兜。直到我 19 岁远嫁他乡的那一天，妈妈搜搜寻寻找出那些遥远了的、洗得发白发毛的肚兜，仔细地卷好，塞在我那个寒酸的包袱里。

"妈，带这些干吗？"

"避邪。"妈说，却扭过了头去。我头一次发现，妈那依然美丽却显得苍凉的眼睛里，有东西闪了一下。

不知道该归功于儿时的那种"护肚"，还是得力于出嫁后的那种"避邪"？总之，我迈过了大大小小的坎儿，躲避了一些几乎不是人力可以克服的灾难。

图腾祭

那时候我很小，小得连吃饭都得让人抱上桌；下来呢，将肚皮架在长凳上，哧溜一声往下滑，常常硌得肚皮生疼。

记不得有什么菜，只记得那张发白的八仙桌旁围满了人。靠墙的两张太师椅上搁着两条矮凳，供够不着饭桌的弟妹们专用。爸、妈、灵昆姑婆和本村的两位表哥及我，坐在另外三方的长凳上。寡妇姑妈并没有固定的位置，她站在桌子的这只角或那只角，随时准备放下碗来照顾一下孩子们，或者给一边奶着小弟的我妈盛饭。

饭桌上的气氛很是庄严。孩子们不嬉笑、不打闹，大人们也不谈家事、国事、天下事。只看见一圈蠕动着的嘴巴，只听得一片吞咽的轻涛。当时我并不知道，这么多的嘴巴和肚子，全靠父亲一个人喂养。父亲在离家5里的柳市小学当老师，在那泥泞弯曲的河堤路上一天两个来回。

父亲为人耿直，曾经因为些小事惹怒过上司；在家却极其随和，妈和亲戚们都叫他"糯糯佛"。因此，管束、训导我们的责任，一直都由我那严厉的母亲来担承。

吃着饭，妈会突然嚷起来："手呢手呢？瘫啦？"于是姑婆或别的大人们就会悄悄地提醒我：捧牢饭碗，捧牢！

所谓"捧"，其实就是象征性地用左手护着碗。不知是家规还是族规，也不知是教养还是修养；也不管那口碗在八仙桌上稳还是不稳；也不管那满溢着粥汤的碗如何的烫手，年年代代，世世相传。孩子们往往还没有学会拿筷子，就已经学会"捧"饭碗了。

我懒，或许天生就是个不懂规矩方圆的，吃着吃着，那左手便不知滑到什么地方去了。自己还浑然不觉时，妈的"筷子敲"

已落到我的脑顶心了，啪的一声，稳、准、狠；头皮即刻隆起两道棱子，脑袋里也煮开一锅粥了。

当时我并不懂，饭碗是一种象征，一种图腾，是妈妈他们崇拜供奉的偶像。挨了"筷子敲"的头皮过几天就不疼了，然遭了突然袭击的恐惧却深深留了下来，从此吃饭时就不敢放肆。

有一个黄昏，不知为什么父亲没有按时回家。我站在后水门等啊等，西北风把我的心都吹冷了。我向着爸该来的那条路移步，一直到了河堤上。天都黑了，才见到爸爸影影绰绰的身影。我迎上去，拉住爸的手，爸的手好暖，我被爸牵着小跑着回家，一边叽叽呱呱问个不停，爸一句都不答，我使劲仰起脸看爸，只看见朦胧的一脸疲惫。

那一顿晚饭，桌子上多了一盏油灯，灯盏里卧着两根白白的灯芯。

我的生物钟大概很准。那顿晚饭因为比平日迟了两个小时，吃着吃着我的眼皮就撑不住了，舌头沉沉地拌不动饭了，不知不觉就迷糊了过去。惊天动地的一声"当啷"，我被惊醒了，我看见我的饭碗摔在地上，化作一地的惨烈。

满座皆失色，然人人屏气敛息，连吃奶的弟弟也不敢咿呀娇呓。我无语，硬起头皮准备承受母亲的暴风骤雨。

母亲并没有做雷霆怒。只是正襟危坐，满脸肃杀，双眼仿佛视而不见。半天，那嘴唇轻轻翕动，吐出三个字：捡起来。

寡妇姑妈利索地弯下身子。妈说：不用你，要阿丹自己捡。

我让肚皮从长凳上滑下。在移过来的灯光下，在睐睐的目光中，在八仙桌沉重的阴影下，我一点点收拾起那些锋利的残局，将它们放到那尚留着一角碗帮的破碗底里。我正待将这一叠子倒霉扔到外边去，妈妈那幽幽的声音又响了：

"放一撮盐。"

我双手在灶面上一趴，双脚便蹭到了灶的腰箍上。灶面上的水湿了我的肚脐，冷到了肠子。我继续将身子向上向前引伸，越过那直径二尺三寸、还余半锅粥的大锅，终于够着了烟囱脚的盐钵，我抓到了盐，又从灶沿滑下，将盐放进碗底。

"抓一撮米。"

米在贮藏间。贮藏间弯弯曲曲、漆黑一团、出鬼魅走蛇虫。这时候我已顾不得了，我磕磕碰碰、摸摸索索，终于摸到了那个滑腻的大肚子米缸，推开那沉重的缸盖，探进手去，空空；再钻进头去，双脚早悬了，还是空空；我一个猛子扎到了底，耳朵里听到了汹涌的涛声，总算在缸底抓着了米，便赶忙从那黑暗里逃离出来。

"舀点水。"

水最简单了，家里也只有水缸最满。只是那破碗底太浅，我将水从这边倒进，水却从那边淌出，倒把盐米冲走了一些。

我以为这下子可以出门了，不料妈那声音又起：

"找一张红纸来，避避邪。"

又要进贮藏间！我觉得自己要崩溃了。但我知道崩不得，家里没有救世主，妈妈认真起来，"糯糯佛"爸爸也爱莫能助。何况那天晚上他有心事，现在想来也许就是因为"饭碗"的问题吧。

我咬紧了牙关，像咬住了某一根支撑物，再一次摸进了那黑得深刻、黑得遥远的贮藏间。这一回妈妈准我带一盒火柴，用来辨别纸头的颜色。我拉开了一个个大的小的、长的短的、紧的松的抽屉，烧着了一根根火柴并烧疼了我的手指，终于找出了一块舌头大的红纸。

红纸放进碗底，漾出了一摊鲜血。

姑婆拔下发髻上的银簪，在灯盏里沾了几点油，滴进了破碗底；妈妈接过表哥递给她的柴草，择成寸把长的几梗，盖在那堆碗片上。然后把那一堆神圣的破烂，端放在我的头上。

"顶上它，不许摔倒，送到大门外，搁在柑园围墙的墙洞里！"妈妈下了最后一道命令，将小弟递给姑妈，起身收拾碗筷。这顿饭，全家都只吃了一半。

我双手举过头顶，诚惶诚恐地捧着那一堆破碎，我的腿蹭着腿，我的脚挨着脚，战战兢兢地走出厨房，走出二门、走出大门。外头的天跟贮藏间一样的黑，不知谁家的狗在哭，碗片们在

我的头上摇摇欲坠，混合着盐混合着油混合着血混合着米和柴的水，濡湿了我的头发、淌到了我的脸上，和我汹涌的泪水汇成几条小溪，畅快地往我身上流去。

从那以后，"饭碗"这个词儿就以一种特殊的形式贮存在我的记忆里。